A Study
on the Stylistic History
of Chinese Short Stories
in the 20th Century

20世纪中国短篇小说文体史研究

吴德利 著

人民文学出版社

图书在版编目（CIP）数据

20世纪中国短篇小说文体史研究／吴德利著．—北京：人民文学出版社，2023
ISBN 978-7-02-018243-5

Ⅰ．①2… Ⅱ．①吴… Ⅲ．①短篇小说—小说史—研究—中国—20世纪 Ⅳ．①I207.409

中国国家版本馆CIP数据核字（2023）第172919号

责任编辑　曾雪梅　陈　悦
装帧设计　黄云香
责任印制　张　娜

出版发行　人民文学出版社
社　　址　北京市朝内大街166号
邮政编码　100705

印　　刷　北京建宏印刷有限公司
经　　销　全国新华书店等

字　　数　206千字
开　　本　890毫米×1290毫米　1/32
印　　张　10.875　插页3
版　　次　2023年9月北京第1版
印　　次　2023年9月第1次印刷

书　　号　978-7-02-018243-5
定　　价　79.00元

目　录

序

我曾为某一家专门刊登短篇小说的杂志题词："饰小说以干县令，闻街巷而求大达。"前半句是直接照抄庄子名言——饰小说以干县令，其于大达亦远矣——的前半句。鲁迅说这句话的意思是"琐碎之言，非道术所在"。接着又补充说，此小说"与后来所谓的小说者固不同"，为"琐碎之言，非道术所在"的说法留了余地。即使后出历史文献中有更宽容的观点，也只是说在长篇大论的经传面前，那些丛残小语，街巷传闻，也有可观之处。我题词的后半句，正是对"琐碎之言非大道所在"这一观点，进行逆转式的改写，也是为现代小说正名。意思是说："琐碎言辞渴求高名，街谈巷语也通大道。"这正是鲁迅所说的"后来所谓小说者"的价值。

对于近代兴起的"小说"（艺术虚构叙事性作品）这种文体，中国人大致在19世纪末至20世纪初，才开始接触并极力鼓吹。严几道、夏曾佑、康有为、梁启超等，皆为先驱者。所谓小说界革命的发起人，以及新小说报社的创办者，对于现代小说这种新生事物，初遇而惊诧，故说话难免夸张。梁启超在《译印政治小说序》(1898)中，引康有为之言：六经不能教，当以小说教之；正史不能入，当以小说入之；语录不能谕，当以小说谕之；律例不能治，当以小说治之。这简直是小说万能论。现代小说成为文学中与诗歌并驾齐驱的重要文类，梁启超自然功不可没。其论文《小说与群治之关系》(1902)的核心观点是：小说为文学之最上乘也。跟传统以诗为最上乘的观念正好相反。但梁启超的论证思路或命名的方式，是模仿孔子关于诗之功能的命名。

孔子论诗的功能时说："小子何莫学夫诗？诗，可以兴，可以观，可以群，可以怨。迩之事父，远之事君；多识于鸟兽草木之名。"孔子的话里包含了文学的主要功能：兴(唤醒激发想象力)、观(风俗得失观察力)、群(群体凝聚吸引力)、怨(以诗抒怨批判力)，事父事君(社会道德功能)、多识名物(认知教育功能)，简称"四力二功"。

梁启超认为，现代小说有两种主要功能：模仿现实以满足好奇心，表达情感以满足感动心；实现这些功能要靠四种力量——熏、浸、刺、提，简称"二功四力"。其中熏、浸、刺、提四力之间，有逻辑层次上的关联：熏的力量，在空间中展开；浸的力量，在时间中展开；熏和浸的力量，相当于缓慢渐进的渐悟；刺的力量，则相当于迅速骤然的顿悟；熏、浸、刺三者的力量，是自外向内的；只有提的力量，是自内而外的，提为心灵之力。跟孔子谈艺之“四力二功”重心在道德教化指向相比，梁启超尽管也十分重视小说与政治伦理的关系，但他在这里所说的“二功四力”，更多的指向小说的艺术功能本身。

上述都是纸上谈兵，隔靴搔痒。真正具备现代小说精神，并能成功实践的人，是中国现代文学的开山鼻祖鲁迅，以及现代白话小说开山之作《狂人日记》。鲁迅跟梁启超（包括王国维）等人的重要区别在于，鲁迅身上有一种真正的现代精神、现代语感，并呈现为现代风格。这一切都体现在他那种特别的叙事实践中，自此开启了中国短篇小说的现代之旅。

近百年来，汉语白话短篇小说这种文体日趋成熟，的确需要认真加以总结。吴德利适时而动，完成了学术专著《20世纪中国短篇小说文体史研究》。该书取宏观文化视野和微观文本分析结合之法，从“文体功能”角度切入，运用叙事学、形式批评、文体学等理论资源，通过对大量20世纪中国短篇小说文本及其研究资料的综合分析和评价，对20世纪中国小说的艺术形式与时代精神之间的互动关系进行了梳理和总结，该成果在文体史和思想史相互阐释的综合考察中，全面梳理了百年来中国短篇小说的艺术贡献，突破传统文学史叙述中思想与艺术二分法，促进以形式带入思想的分析思路，重新认识文学文体的思想史价值。该书行文流畅，可读性强，是一部值得推荐的文学研究和教学参考著作。

吴德利在攻读博士学位期间，就致力于短篇小说文体研究。这本著作将其博士论文的“当代”范畴扩展到整个20世纪，时间跨度大了，材料多了，研究难度自然也大了，但他迎难而上完成了这部近20万字的著作，特写小文以示祝贺！

张柠

2022年初冬

于北京西外小村

导论

短篇小说文体的现代性及形式意蕴

一、短篇小说文体的现代性演进

小说在成为一种个体意识表达的手段，将其文体提升到文学首要地位之前，经历了漫长的演化时间。首先，从小说表现的社会内涵来看，最初的“小说”出于稗官，被视为“街谈巷语，道听途说”的民间“小道”，“君子弗为”①。汉魏六朝时期也一直延续鬼神志怪之书，似乎脱离不了“小”的贬义色彩。及至《世说新语》才稍有面对现实社会的记事功能。鲁迅言称：“世之所尚，因有撰集，或者掇拾旧闻，或者记述近事，虽不过丛残小语，而俱为人间言动，遂脱志怪之牢笼也。”②即便如此，志人小说也由于记事虚浮不实，流于戏谑，依然无法进入正统的史传文学之列。

再至唐传奇，小说开始将现实记事与传奇虚构结合起来，强化

---

① 《汉书·艺文志》，引自鲁迅《中国小说史略》，北京：东方出版社，1996年，第3页。

② 鲁迅：《中国小说史略》，第43页。

了亦实亦幻的叙述功能和文体优势。这可以看作是中国古典文言短篇小说的自觉时代。鲁迅评价其“叙述宛转，文辞华艳，与六朝之粗陈梗概者较，演进之迹甚明，而尤显者乃在是时则始有意为小说”。[①] 促成唐传奇兴盛的原因在于唐代城市经济的繁荣、市民阶层的扩大和文化娱乐的需求给小说提供了一定的发展空间；但从表现方式上看，唐传奇很大程度上只是发挥了一种消遣性的叙述功能，成为文人创作中发挥才情的一种“余事”[②]。宋明时期，随着城市商业繁荣与市民阶层的进一步成熟，中国古典白话小说开始被赋予独立的社会传达功能。它不仅满足了市民生活的文化娱乐之需，而且承担了对市民个体生活经验的传播与泄导作用。通过对那些丰富的越轨性生活事件的讲述，小说大大贴近了现实生活，并在市民生活中发挥道德精神上的训诫和教导作用。但这种道德化的讲述仍然缺乏个性化叙事，在叙述视角上多采用超人格、无个性的叙述方式，形成了一种固定的叙述套路，映现出带有束缚性、封闭性的文化心理结构。古典白话短篇小说的讲述者难以逃脱史传的框架而获取自由的表达权利。

蒲松龄的文言短篇创作达到古典短篇小说的艺术顶峰。他重新强化了抒情性的表达内涵，呈现文人化倾向的小说创作风貌；同时

---

① 鲁迅:《中国小说史略》，第51页。

② 唐传奇的创作多来自文人之间的聚会遣兴，或士子们应试之前投谒时的“行卷”“温卷”之风。

其小说的表现内容指向了社会象征层面，对小说文体的讽刺功能是一大彰显。然而，作者正统的文学观念束缚其小说叙事仍然无法摆脱附庸性的地位；小说末尾常常出现“异史氏曰”的史传文学构架，将小说的叙述牢牢拴在了故事性层面，难以在作家身份、个体体验与时代意识之间找到更富于个体情感性、自主创造性的个人表达意志。晚清小说的兴盛是在社会革命意识之下促成的。尽管依然强调传统小说的社会宣教功能的发挥，但由于其文体越来越发挥作者个体对社会改造的愿望，小说开始离自由表意的现实生活反映越来越近了。

其次，从小说的叙事文体上看，整个中国古典文学贯穿着一条主情的宏线，其叙事的表达功能与地位一直成为抒情文体的附庸。叙事表达功能在古典诗文里面得到充分体现，从“歌其事”的诗经、乐府诗到杜甫的“诗史”；从诸子散文、《史记》到唐宋古文等，古典叙事传统在现实主义的诗歌、散文创作中构成了一种延续。然而，作为独立的叙事性文体一直难以进入正统的文学殿堂。从古典小说发展史可以看出，小说作为一种能够独立表达的叙事文体，一方面承担的叙述内容大多虚幻不实，离个体生活经验较远；另一方面叙事的行为多为文人抒情表达之外的“余事”，很少作为正式的文学创作旨趣。从唐传奇的自觉化文体意识开始，小说创作也只是被当成展现才识的一种方式，而不是生活经验的记录与理想的表达方式。从文体的叙述成分上考察，这些传奇叙述中大量渗入诗文成分，有明显向正统诗文靠拢的倾向，在叙事语言与结构上受抒情文体的影响较大。之后的宋明白话短篇小说也依然如此。且在古典长篇小说的形成过程中，从民间说书到个人创作的小说成形之间，文人化的抒情功能及语言润色作用尤其大。小说叙事当中融入大量的诗文、主观评议等正统文学成分，单纯的叙事体难以独立完成对社会现实和个体经验的书写。直至《红楼梦》的创作，其叙事性文体之中包含大量抒情诗文成分无以复加，作者力求在小说创作中更多地发挥出抒情文体功能，极力渲染"满纸荒唐言，一把辛酸泪"的抒情表意态度，而非强调对现实世界反映的客观、真实。所以说，即使是古典小说发展到最高峰，中国小说家也依然难以摆脱正统的抒情文学观念的影响，一直将抒情视为表意功能的正统，叙事只是作为附庸性的地位。

从中国古典文学的精神看，强大的抒情传统是中国古代文化整体人格的一种想象方式，表达的是一种理想化的人类生活经验；而小说的叙事传统只是在整体性的史传框架之中偶尔做一些片断式的越轨笔触，一些纯粹私人化的艺术爱好，在文人抒情的末端展现多余的个人趣味。古典小说中的叙述行为挣脱不了史家代言或"文以载道"式的公共叙述人格，故事的讲述方式一直束缚在史传结构与道德整体感的永恒法则之中。小说作为一种独立的叙事文体真正开始挣脱正统文学的抒情枷锁与史传结构的包围圈，必须是小说家的个体人格走向独立，创作主体意识开始抬头的现代小说形成阶段。

综合几方面的考察情形，有助于进一步认识短篇小说文体的现代化如何显示出形式史方面的优势。短篇小说在古典时期作为一种非主流的文学样式，它在民间故事传播中表达下层人民集体的愿望和理想，或者作为叙事片断寄宿于正统文学门户之内；所以在艺术形式的发展上远远不如其他文学样式。然而，到了现代社会，短篇小说不仅从传统文学体式中脱颖而出，而且超越了近代长篇小说文体一跃而为现代文学样式之首。个中原因即是小说能更好地充当现代人的表达工具。比起传统的文学表达方式和近代长篇体裁，它更具灵活性，更富于现代意识。它在作为现代社会的写实手段，或作为公共政治的表达手段，以及个人情感表达上能够体现出良好的形式策略和传播效果。两千年来的传统小说形式一直受制于史传文学的正统规格，禁锢了文人作家的直接表达自由；一旦传统体制崩溃，失去晋升的依靠，中国知识分子唯有热眼向洋，向西方现代科学和现代生存意识中找到个体命运的前途，以及民族自新的希望；其个体主义、平民主义的思想意识在自我觉醒中萌发出来。而最具平民文学精神的小说与戏剧（中国戏剧从民间走向典雅的古典化过程中越来越程式化及文人气太浓，现代戏剧的发展自然转向了舶来品的西方话剧）体裁形式最先得到重视。现代短篇小说借机摆脱了传统文学形式的束缚，取得了“文言一致”的表达自由，从而获得了个体生存经验的直接表达权利。

所以，从时代精神和现代传播的特点看，现代短篇小说既是一种蕴含现代人文思想的传播文体，又能够成为现代人表达个体精神的艺术形式。并在其后的发展中很好地吸收了现代散文和诗歌对个人化情绪表达的文体长处，形成独特的中国现代短篇小说文体发展面貌。

纵观整个20世纪短篇小说的发展，其现代文体的形成并非在《狂人日记》诞生的一刹那就完成；而是在历史时代的跌宕起伏中经历了一个充分的过渡、开拓、成熟、转化的过程。其文体形态以及新的形式法则，在整个20世纪的中国文学史中留下难以磨灭的影响。

现代小说首先催生的是"短篇小说"这一活泼的产儿，中长篇小说还在孕育和待产阶段。现代小说的诞生是在与旧小说母体的决裂中横空出世。它携带着强大的西方现代基因，现代人强烈的主体意识、无羁的自由表达打破了传统旧小说因袭的封闭式叙事模式，截入到开放性的人生写实故事之中，从而给人以启迪和思考，而非娱乐与自足。短篇小说自由活泼的文体将传统文学的"结构—功能"全部打破，以全新的社会表意功能为现代社会革新做出贡献。但从具体的形式基因考察，短篇小说的现代起始不便划分明确的界限，一是晚清新小说的繁荣已经借鉴了现代叙事的形式技巧，如叙事结构的变动、叙事视角的变化等；二是现代小说诞生之后仍然残存着较多的旧形式因素，如对笔记体、传记体等传统文言体式的运用和戏仿，对白描、衬托、抒情等辅助性叙事手法也有一定程度的继承，这些均融入现代小说以后的艺术生命之中。所以，稳妥地说，中国现代小说文体是在西方现代小说理论与创作和传统文学形式因素的双重孕育下形成的。然而，从文体形式所反映出来的时代功能看，现代小说脱离旧小说形式的分界还是很明显的，尤其是创作主体意识的觉醒带来多变的叙事视角、以人为中心的叙事结构，以及个性化的自由表达意志所导致的心理空间开拓；同时，短篇小说文体还加强了叙事视角与选材截入方式上的空间效果、结构上的开放和布局的精巧。随着新文化运动推动的思想革命成功，初始期的现代小说带来了艺术形态上的多样发展，日记体、自叙体、乡土小说等写实性现代小说成了最具号召力和阅读性的崭新文学形式。

在新文学文体形式的革新成功之后，短篇小说越来越凸显出富于个性表达和文学传播功效的文体特征，表达出广泛的现代中国人的生存愿望和内心理想，它开始向多个形式向度上吸收艺术的资源配置。一是以关注大时代信息为基点的“社会剖析派”在西方现实主义小说的法度上开始了对更大时代空间的开拓，并以富于戏剧张力的结构、细致的客观描绘表现清晰的宏大主题，反映时代命运的历史趋向；二是以关注平静的社会节奏下平民生活状态为主要视点的“京派小说”运用一种散文化的结构、日常生活化的诗蕴、抒情化的笔触，挖掘现代普遍人的人性特征，以及不易捕捉的心理状态微妙变化，其叙述主体的从容反映了知识阶层对时代命运的潜在关注；三是以关注殖民化文明状态下的现代都市生活为视野的“新感觉派”在小说形式感上的前卫精神，他们运用跳跃性的结构方式和片断化、感觉化的叙事表达都市生存境况下人的心理感官经验，几乎将中国现代小说的形式发展提升到与西方小说发展的同步阶段。不过，对于整个中国现代社会的进程来说，新感觉派小说的发展显然只是局部性的形态试验，是畸形状态下东方工业文明的产物。此外，这个时期的现代历史小说也获得了独立的审美地位，不仅在创作上取得丰富的成果，而且在“以古讽今”的创作原则、古今杂糅的艺术手法及人物塑造上丰富了现代人表达的精神域度，扩大了现代小说的题材领域、精神表达领域，以及艺术表现领域。

进入革命浪潮及民族解放年代，短篇小说有两种发展选择的分流趋向，一种是在革命战争中经受洗礼，注重尚“力”风格的主流小说形态。其创作在“正确的”主题思想的统辖下，逐渐从带有主观性表达的现代小说形式转向了客观化的小说创作方式，如“东北作家群”“七月派”小说家到解放区作家的转换，使得民族性的大众化形式的故事讲述迅速成为主流叙事；另一种是远离时代主潮，较为注重尚“美”风格的非主流小说形态。受民族国家意识高涨和统一化宏大叙事的影响，现代小说的个体表达陷入了内在的创作困境，叙事方式越来越抽象化，致使创作活力进入枯萎状态，如沈从文、张爱玲的小说创作在40年代成为末路绝响；汪曾祺只有搁置了短篇小说的主体精神表达，用一种文化风俗化的现代叙事形态潜入到下一个时代。以上两种艺术分流正是在民族与阶级战争走向统一化的时代精神压力下的结果；对于以强烈的主体意识和自由表达为起源的现代小说形式来说，“统一化”是其活力丧失的根源，“新文学”形式在走向新的“人民文艺”时必然被改造和升级，并在一定的历史时期转化到社会主义时代空间里重新探寻艺术形式的新规则。

新中国成立后，体制化的文学生产环境将现代小说带入了“当代”实用主义的形式规则之中。文学认识上割裂艺术内容与形式，评价机制上“政治标准第一，艺术标准第二”，当代文学批评确立了在文学生产体制中的威权地位，致使文学在某种程度上成了政治工作的附庸。从延安时期文艺整风直至“文革”结束，短篇小说文体形式的“当代化”进程几经波折。从延安时期的文学至新中国成立初期的转化期看，赵树理和孙犁的短篇创作依然带有文体过渡性质。他们的短篇创作既继承了传统民族形式资源，又创造了新的人民文艺形态，呈现了艺术形态的丰富性。赵树理在“解放”主题下的故事讲述依然带有明显的现代“启蒙”性质，使其小说文本呈现双重文学视野；孙犁则是将传统抒情技法表现融入客观化的革命写实，使得小说呈现出的地域风情完美地化作为一种革命风景，既渲染了人民战争的正义性，又映衬了战争年代里普通人的人性、人情之美。两位小说家既具有现代作家特质，又成就了当代作家的模范，对其后的当代短篇小说创作及文体形式的影响尤为突出，并引领了两大地域小说流派。但后继者在受文学生产一体化的影响，表现出来的短篇艺术形态比赵树理、孙犁要单一得多，形式的选择上也更加迈向实用主义的艺术方向。新中国成立初期，短篇小说的艺术形式的滑坡，其原因一是来自批评权威对创作主体的粗暴干涉和压制，使一些富于艺术敏感力的作家受到批判，如萧也牧、路翎等；二是从解放战争中涌现出来的作家队伍缺乏先天的艺术资源和艺术素养，短篇小说在文体表现上几乎沦为了新闻通讯、特写等实用形式。

随着50年代中期社会主义制度的稳固，革命斗争意识渐趋缓和，政治意识形态相对平稳，并出台了“双百”方针，由此带来了艺术形式探索的反弹。革命历史题材小说注重短篇小说结构布局上的剪裁，凸显“以小见大”的形式特质；农村题材的“问题小说”伸入复杂的现实生活视野，塑造多样化的“中间人物”类型；不过受主流意识形态束缚，两种题材的短篇小说创作在形式运用上仍然呈现出某种内在的保守性，如大量回忆性的固定套路、过多巧合式的情节设置，均使短篇小说形式特征呈现出封闭性。这也深层地反映出创作者内心表达自主性受一体化文学生产的制约。然而，艺术的反弹会在艺术表达的压抑当中产生，没有压力就不会有反弹的动力；“干预生活”潮流的青年作家们鲜明地诠释了这一点，他们的短篇创作体现出较为丰富的复杂性与暧昧性。对这批后来平反为“重放的鲜花”式的短篇作品进行形式分析会发现，大多小说创作在主题思想的表达与艺术形式的选择上出现了难以统一的分裂状态，即这些短篇创作形式上的变化与明确单一的主题思想表达显得不一致，以至于在文本分析中可以挖掘出创作者大量潜藏的压抑情绪和多义性的主题表达。这并非艺术表达上的“失败”，而是反映出那个时代作家心理的多层次性，并为我们提供了研究那个时代不可多得的艺术样本，甚至也是新时期之初小说艺术形式重新起步的一个起点。

从“大跃进”之后的困难时期直至“文革”结束，当时社会的政治激进化无法扭转，即使60年代初的“调整”也无法缓解这一必然化的激进趋势。这一时期的短篇艺术创作及评价基本被扭曲，创作数量也大大减少。虽然有知识分子作家用历史小说的形式隐晦、曲折地表达出一些试探性的现实批评，但这种隐晦的表达方式远没有30年代历史小说“以古讽今”的文体效果。他们越想表达自我，仿佛就越把自己的意图藏得更深，这种心灵的扭曲只能通过一种侧面衬托的写实方式和自况式的心态幽微地传递出来。

单纯从短篇小说文体发展情况看，“文革”结束后一两年之内的小说创作形式几近于前一时期的文学创作，其艺术上的连续性远远超过时代政治转折的进步性。当然，短篇小说形式的发展不仅具有前卫性，有时还呈现出相对稳定的滞后性；伤痕、反思小说的“政治控诉”体在主题思想表达的翻新和艺术形式的滞后并存；而新时期到来的“现代化”时代心理真正促进了文体意识的形式创新。在新启蒙主义意识的影响下，来自“右派”作家和“知青”作家两大队伍感受到了宏大的主体人格抬头，文学精英回归创作主体性的自由，逐步产生了新的“宏大叙事”体。但它不是阶级革命意识下对时代命运把握的宏大结构体，而是融入大量抒情、议论与叙述结合而成的复合结构。这一“宏大叙事体”结构显示出知识分子重新获得历史地位之后在艺术表达形式上的反映。随后，由汪曾祺复活的文化地域小说激活了“寻根小说”对短篇小说结构与韵律的形式感；但遗憾的是，当宏大的“寻根”口号提出之后，反而丧失了短篇小说文体的形式感，向着中长篇小说文体流化。继之是“现代派”小说的短暂崛起，似乎带来了现代小说本原性的回归。但要回归到五四个人主义文学思潮的原点几乎是不可能的，因为中间隔着几十年“当代”文学生产的沧桑记忆，这种影响无法消除，“现代派”很快让位给了“先锋小说”。先锋小说家们放弃了过于个人化的主体意识和自由表达欲望，用虚构的距离拉开与现实的纠缠，在纯粹的形式技巧中展示叙事的狂欢，通过多变、诡异的叙事法则获得虚拟的自由表达权利。从某种意义上说，剔除了思想的形式创新也是一种个体意识表达，有种对主流意识形态的统一化观念的解构意图，某种程度上实现了艺术表达多元化。

90年代短篇小说文体形式探索走向更趋弱化，一是因为世俗化浪潮下精英意识的淡化，知识分子身份的边缘化造成的短篇小说文体意识含混，艺术匠心欠缺；二是市场化的新秩序侵蚀了短篇小说短小、精致的文体形式，将作家与读者同时引向了浮躁、膨胀的生存意识和生命感受。但仍有很多作家坚持着对短篇小说文体形式的钟爱，保持对这个时代表达的敏感度。如迟子建、刘庆邦等，在全球化背景下的“新乡土小说”创作呈现出多样复杂化的书写形态及表现领域；而刘震云、池莉、王朔等的“新写实”和关仁山、刘醒龙、谈歌等的“新现实主义”小说创作也敢于面向当下时代发挥短篇小说文体的批判性意识；此外，像王安忆、铁凝、苏童等一些知名小说家一直保持着以短篇文体表达时代精神意蕴的艺术偏爱。

站在新世纪的制高点，反观短篇小说在20世纪文学史上获得的全新地位，我们既看到其文体形式的现代化成熟及转化；与此同时，我们又看到其文体功能的多样化：其创作每每引领时代的创新潮流，为新意识形态的传播发声，又时时勾画出作家个体内心对社会变动之际的怀旧情绪，传达时代的批判与反思之音。所以说，整个20世纪中国短篇小说的形式演变史也就成为了20世纪小说家自我表达或知识分子个体言说或集体共鸣的舛途。

二、20世纪短篇小说的文体理论

在梳理各个历史时代的短篇小说文体理论之前，首先对文学文体中的“形式”创新及其“形式批评”的概念和理论观念作一些初步的清理。

关于“形式”一词，人们有不同的解释，它是文学批评中讨论最多的术语之一。狭义地说，它常用来指文学类型或种类（“抒情诗的形式”“短篇小说的形式”），或者也指音韵、诗行或韵脚的模式（“韵文体”“十四行诗体”）。作为文学批评概念的常用语，一部作品的“形式”就是它基本的组织原则；但我们会发现各种批评理论之间有着巨大的差异：如许多新古典主义批评家认为，一部作品的形式就是构成的各部分根据是否“得体”，或者彼此配合是否恰当的原则的组合；形式主义和新批评家们宁愿用“结构”一词和“形式”交替使用，并认为结构主要是各种不同的词组和意象在一个稳定的意思整体中的势均力敌的状态，或互相作用的情形，或令人啼笑皆非、自相矛盾的角力之势；结构主义批评则以最新的语言系统结构的理论为样板来设计结构；而原型理论的阐释者把文学作品的形式看作是数量有限的“情节形式”之一，认为它同这些情节形式共同分享神话、仪式、梦幻以及其他根本的、反复出现的人类经验形式。①

传统的文学认识观念中，艺术作品多被看成是有机整体，即形式与内容存在着同一性的东西；直到20世纪初的艺术理论中，我们仍然可以看到这种认识观念的反响。克罗齐提出过“审美事实就是形式，而且只是形式”的看法，但他并非纯粹的形式主义者，认为

① ［美］M.H.阿伯拉姆:《简明外国文学词典》，长沙：湖南人民出版社，1987年，第129页。

内容只有转变为形式，才能成为审美的内容；[①] 克莱夫·贝尔提出“有意味的形式”。他承认形式不是抽离出来的客观的东西，“物质美虽是美的形式，却不是有意味的形式”；“有意味的形式把其创作者的感情传达给我们，而‘美’则不传达任何的东西”[②]。然而，在20世纪以来的实践批评中，对于艺术作品的“形式”观念具有多种不同的理解，如上面引述的“形式”释义反映出来的一样。当形式主义者开始从文学的外部研究进入对文本形态的内部研究之后，他们开始关注文本内部的结构规律和各个构成要素之间的关联，注重文本本身的科学性与系统性，并切断作品与社会、历史和文化语境之间的关系。这种有意于作品内部“文学性”研究的纯形式理论将文学的意义还原为一种深度的结构意义和逻辑关系。受此影响，20世纪中后期的现代叙事学理论应运而生，并对传统小说研究的形式理论发起挑战。他们十分注重对叙事作品共性的研究，强调文本形式分析的重要性，从文本内部去发现小说文体构成中普遍性的东西。他们喜欢运用语言学的研究模式进行文学研究，甚至是人类学、精神分析学等科学化理论寻求作品独立形态上的文化符号意义，而不是作品中反映出来的社会历史意义。

---

① ［意］克罗齐著，朱光潜等译:《美学原理　美学纲要》，北京：外国文学出版社，1983年，第23页。

② ［英］克莱夫·贝尔著，周金环等译:《艺术》，北京：中国文联出版公司，1984年，第33页。

随着20世纪80年代以后文化批评理论的兴盛和小说叙事学的新发展，西方小说叙述的研究者们开始对“本体批评”式的经典叙述学理论进行反思和超越。他们认识到小说文本的叙述并非只是纯粹的文本内部形式问题，而是与外在的意识形态环境有着密切的意义关联。于是，他们的研究视点从对小说叙事深层的符号功能研究转换到叙述表层所隐含的文化意义的探讨。他们虽然依旧强调从叙事文本的分析着眼，但开始寻求内部研究与外部研究的结合，将小说叙事与读者反应、社会历史语境联系起来，注重从其他的跨学科研究中扩展叙事学的研究范畴。对于最近一些西方文学批评理论家来说，他们对小说叙述的讨论已经超出了“纯形式”的审美或艺术范畴，而更关心小说叙述形式对人的社会意识和心理意识，尤其是对人的价值观念和认识的形成所起的作用。雷内·韦勒克对20世纪文学批评中的形式与结构概念进行梳理之后提出：“我们不要让形式与结构脱离价值、规范和功能这些概念，我们不可能建立一门既不属于美学也不是批评准则而是专门研究形式与结构或文体的学科。”①

最新的西方文化研究者对“形式主义”这一关键词的释义，再次印证出“形式”研究在当今文学批评界的理论走向：

① [美]雷内·韦勒克著，张金言译：《批评的概念》，北京：中国美术学院出版社，1999年，第64页。

> 形式主义（formalism）词义的演变包含一个趋势：它实际上容许、包容各种引申的涵义——从特别的形式、更广泛的形式，到（社会）意识、关系的形式。……这些术语是由语言学上的一个趋势演变而来，用来明确区分语言的自给自足体系与作为部分历史过程的体系，或者有时候是特别用来强调前者语言的体系，有时候用来强调后者时间发展过程的体系——其实这两者之间存在着紧密的互动关系。就整体而言，形式主义强调的是前者（主体间性及共时、历时的区分）而不是后者。马克思主义主张把“形式”视为“内容”的“单纯表现”或是“外在表现”，因而反对形式主义。尽管如此，形式主义所具的特殊特质，用在分析上面，仍具说服力。[①]

从以上概念辨析和理论梳理中可以得出，“形式”问题受到当代文化理论研究的高度重视。它既反映出自身的形式演变规律和文学的自足性，同时也与社会历史发展中的文化精神内涵有着深层联系。这正好切合了本文意图借20世纪中国短篇小说文体特征进行“形式”意义探究的初步断想。

在我国，由于受到“内容”与“形式”二分法思维（实际上是形

---

① ［英］雷蒙·威廉斯著，刘建基译：《关键词：文化与社会的词汇》，北京：生活·读书·新知三联书店，2005年，第191页。

式为内容服务的一元化思想，形式成了内容的附庸）的顽固影响，“形式”只是脱离了时代意识与作家主体选择的单纯的文体因素；我们的文论家和文学史家会分析罗列出主题思想、题材、结构、语言等分属内容与形式范畴的东西。实际上，越是艺术程度较高的小说家，对“形式”越是有着特别的敏感度。在执着于艺术创造的作家眼里，除了“材料”之外，仿佛全都是“形式”问题；因为艺术的整体感是难以客观化解剖与分析。沈从文谈到“短篇小说”时反复运用“材料”一词作为强调艺术“形式”问题的说明：

> 制砚石的高手，选材固在所用心，然而在一片石头上，如何略加琢磨，或就材质中小小毛病处，因材使用作一个小小虫蚀，一个小池，增加它的装饰性，一切都全看作者的设计，从设计上见出优秀与拙劣。一个精美砚石和一个优秀短篇小说，制作的心理状态（即如何去运用那点创造的心），情形应当约略相同。不同的为材料，一是石头，顽固而坚硬的石头，一是人生，复杂万状充满可塑性的人生。可是不拘是石头还是人生，若缺少那点创造者的“匠心独运”，是不会成为特出艺术品的。①

---

① 沈从文:《短篇小说》,《国文月刊》第18期，1942年4月16日。

如克罗齐、克莱夫·贝尔等论者一样，沈从文也不是形式主义者；但他们对艺术的认识都是相通的。艺术作品中不一样的是“材料”，而最终创造出来的艺术品都同样体现出“匠心独运”。这一艺术匠心正是作家主体内心表达出来的、能够把握时代敏感度的艺术“形式”。当我们承认摆在眼前的这个东西叫作艺术作品，就会从心底里认同它的“形式”意义。我们首先得到的不是什么“中心思想”或“思想内容”之类的东西，这种东西是被教化或认识化的结果；只有可以作为欣赏的或感性的形式存在才会让我们深信这确实是艺术，无论是小说、诗歌、散文、戏剧，还是绘画、雕塑、音乐等。那么，有什么理由认定，摆在你面前的一种文字形式叫作“短篇小说”呢？而且要让你像专家一样鉴定它是属于哪个时期的短篇小说？前一个问题是关于短篇小说的普遍性问题，只要是短篇小说都要具备的形式因素；后一个问题则是带有时代意识的特殊性问题，它要求一个时期有一个时期的短篇形式法则。现代的与古代的短篇小说不同，前“三十年”的与后“十七年”的、“新时期”的不同；“五四”时期的与“左翼”时期的不同，同一时期“左翼”的与“京派”“海派”的也各不相同；甚至分辨到同一时期的不同作家个体，如沈从文与老舍的短篇小说在文体形式上的差异；等等。这些“形式”的各异构成了中国短篇小说文体的现代化，构成了一个世纪以来中国人精神表达的整体趋向和个体差异。

就以上提到的20世纪中国短篇小说来说，其文体一旦形成也就具有了独立的“形式”意义。不仅社会时代意识对创作主体的叙述形式选择发生一定的影响力；而且反过来，其形式特征一旦稳定下来，还会直接或间接地显示出一个时代的精神意义。如五四时期的小说如何通过对旧文学形式的戏仿，或用一种新的日记体、自叙性形式来表现个性解放、民主自由的现代意识？40年代的“尚美”小说的抽象形式如何体现出现代叙事及现代个体精神的沉寂？“十七年”文学中的干预生活小说，在主题思想明确的前提下如何通过一种形式与内容不一致的讲述方式传达一代人的压抑情感？伤痕、反思小说的“政治控诉体”为何延续了前一时期的形式法则？“寻根文学”的后期为何失去了短篇小说的形式感？等等。这些都是需要探讨的小说叙事形式与社会文化意识之间的关系问题，也是近年来西方最新文学批评理论所关注的研究视点。

本文着力探讨20世纪短篇小说文体中的“形式”问题，旨在探索20世纪中国文学的形式史与精神史之间的关系。在本文的研究视野之中，短篇小说文体自然就成了一种很好的切入点，一种反映古典与现代、封闭与开放的社会与个体生命形态的精神指示剂。对短篇小说文体形式的考察，一方面可以全面地了解现代文学艺术发展进步的轨迹；另一方面也可以进一步探测“形式”运用背后的思想史和精神史的内部演变。因为借助于“形式”的探测，我们会清楚地感受到，时代意识与个体生存自由之间所呈现的松紧、缓急关系，使我们能更清楚地了解一个时代和个体内心的生存状态。

现代短篇小说毫无疑问是一种独具“形式”的文学文体。其文体理论的发展既显示出小说理论现代化的轨迹，又呈现出短篇小说独特的形式内涵。

新文化运动以来，短篇小说理论探讨受到特别的关注。巧合的是，第一篇短篇小说论与第一篇现代短篇小说一同刊载在《新青年》第4卷第5号上，它就是胡适的《论短篇小说》和鲁迅的《狂人日记》。由此可知，现代短篇小说作为一种新的文学形式实践，同时也是现代短篇小说文体理论探讨的开始，它们携手走进了文体意识的自觉阶段。或许最初的新文学倡导者并不十分明了这一新的文学形式能够产生多少深远的现代意义；但他们对于跟传统小说形式的决裂之心，力图打破陈腐的旧文学形式却是肯定的。至少在思想上已经意识到，短篇小说或许是开创“文学革命”局面最恰当的艺术形式之一。

胡适首先立论，从批驳旧小说形式上的“滥调”入手，引出对“短篇小说”的界说。要义有两点：一是描写“事实中最精彩的一段或一方面”。这个“最精彩”的方面即是能够代表一个人的生活，或一个国的历史，或一个社会的变迁的一个“纵剖面”和无数“横截面”。二是用“最经济的文学手段”。认为凡可以拉长演作章回小说的短篇，不是真正“短篇小说”；凡叙事不能畅尽，写情不能饱满的短篇，也不是真正“短篇小说”。作为新文学革命的理论倡导者，胡适主观上无疑想探讨短篇小说文体的现代化，这从他一开始的立论就能看出来；但作为学问家的胡适却以第一点论述开来，从立意布局和结构安排上品评中国文学史，从先秦寓言、汉唐“杂记”以及一些韵文散文中的叙事故事、唐传奇、宋元“杂记小说”直至明清“短篇小说”等，哪些属于其所界说的“短篇小说”？ 哪些不是？反而抹杀了他要论述的短篇小说这一文体内在的现代特质，只是强调了它表面性的文体特征；处于这一历史时期的胡适，其实对于现代短篇小说文体的界限及内涵认识依然比较含混，正如小说家的鲁迅，仍然把短篇小说当成“小品”看待一样。然而，胡适在结论处又回到了谈论短篇小说产生的现代意义，提出最近世界文学的趋势，都是由长趋短，由繁多趋简要，“写情短诗”“独幕剧”“短篇小说”三项代表世界文学最近的趋向。其原因在于（一）世界的生活竞争一天忙似一天，时间越宝贵了，文学也不能不讲究“经济”；（二）文学自身的进步，与文学的“经济”有密切关系。[①] 这显然只触及一些表层的现代文体迹象，“短篇小说”的文体现代化与“现代世界”的生活经济现代化不是必然的关系，他所谈的只是现代短篇小说发生的一般条件，而不是根本原因。

纵观胡适之论，尽管他感觉到提倡“短篇小说”是一件于当下排斥旧小说的滥调形式很要紧的事；但他对于现代短篇小说作为一种新的文学形式的意义却只触及表面，没有认识到短篇小说之所以

① 胡适:《论短篇小说》,《新青年》第4卷第5号，1918年5月15日。

用"横截面"的形式在于隐含于"最精彩"当中的现代人的反传统意识，在于现代人主体意识的选择布局上，以及精神形式上的变革中。所以说，胡适的"短篇小说论"有首倡之功，但关于何为现代短篇小说？其文体形式、功能及意蕴如何呈现？这些理论认知的道路是漫长的过程。尽管如此，现代文学先驱者们设身处地的感受推动了短篇小说的现代发展，因为他们才是真正扮演与传统决裂的现代剧中人，催促了这一崭新的文体的诞生。

继胡适之后，谈论短篇小说文体形式的理论文章尤其多。张舍我在《申报·自由谈》上发表系列论文，涉及短篇小说的定义、要素、分类等多个方面[①]；清华小说研究社撰发的《短篇小说作法》从短篇小说的性质、种类、材料、布局、述法、起法、安置、主体、人物、会话、特点，以及写作的预备等，较全面论述了短篇小说这一文体形式的作法要点[②]。这时期的小说理论家多从具体的文体形式入手倡导短篇小说的写作，强调短篇小说独立的文体形态；而对于短篇小说充当现代社会的意识形态功能，即小说观念的变革推动人的现代化还没有充分意识到，只是有点感同身受而已；但事实上造成的效果，却是将现代小说完全从旧小说的阵营里脱离了出

---

① 张舍我：《短篇小说泛论》《短篇小说之定义》《短篇小说之要素》《短篇小说之分类》，《申报·自由谈》1921年1月9、16、23日，2月13日。

② 清华小说研究社：《短篇小说作法》，北京共和印刷局，1921年4月26日出版；《二十世纪中国小说理论资料》（第二卷），第103—177页。

来，使之“不再视小说为史传的附庸，把小说从历史中真正拉了出来”，“不再视小说为‘载道’的工具，肯定了小说具有独立的艺术价值”[①]。可以说，现代短篇小说文体意识的彰显反映的是作家主体意识的逐步增强，虽然短篇小说文体的现代性因素增长是一个渐进的过程，并非一蹴而就。

然而，尽管在具体作法的层面上讨论得多，但对现代短篇小说文体的本质认识阐释得比较含混。如认为“短篇小说是一篇虚构的短篇叙述文；展示一件主要的事情和一个主要的人物；他的布局是有意安排定的，他的机构是简化过的，所以他能够生产一个单纯的感动力”。[②] 简单地从结构布局等外在的形式特征上去界定它，从外在的艺术效果上去品评它；没有认识到这一新的小说文体形式区别于旧小说的现代特质并不在于外在的文体形式上，而在于内在的现代意识与表达方式上。胡适在《论短篇小说》中不正好证明了古之短篇小说亦有结构布局上的优点吗？显然，这不能作为现代短篇小说与旧小说分界的标准。作为20世纪初最有影响的小说批评家，沈雁冰谈及过新小说的现代问题：“我们要在现代小说中指出何者是新何者是旧，唯一的方法就是去看作者对于文学所抱的态度；旧派把文学看作消遣品，看作游戏之事，看作载道之器，或竟看作牟

---

① 严家炎编：《二十世纪中国小说理论资料》（第二卷），第3页。

② 清华小说研究社：《短篇小说作法》，《二十世纪中国小说理论资料》（第二卷），第110页。

利的商品，新派以为文学是表现人生的，诉通人与人间的情感，扩大人们的同情的。”他在对当时小说的创作提出批评之后得出结论：“不论新派旧派小说，就描写方法而言，他们缺了客观的态度，就采取题材而言，他们缺了目的。”[①] 这里开始触及“形式现实主义”的问题。但其强烈的“为人生”文学愿望终究会忽视个人经验表现的畅达，以及小说独立的艺术形式感，在他以后对于社会剖析派的短篇创作影响上能见出来。鲁迅在《〈近代世界短篇小说集〉小引》中谈道：

> 一时代的纪念碑底的文章，文坛上不常有；即有之，也什九是大部的著作。以一篇短的小说而成为时代精神所居的大宫阙者，是极其少见的。
>
> 但至今，在巍峨灿烂的巨大的纪念碑底的文学之旁，短篇小说也依然有着存在的充足的权利。不但巨细高低，相依为命，也譬如身入大伽蓝中，但见全体非常宏丽，眩人眼睛，令观者心神飞越，而细看一雕阑一画础，虽然细小，所得却更为分明，再以此推及全体，感受遂愈加切实，因此那些终于为人所注重了。
>
> 在现在的环境中，人们忙于生活，无暇来看长篇，自然也

---

① 沈雁冰：《自然主义与中国现代小说》，《二十世纪中国小说理论资料》（第二卷），第232—234页。

是短篇小说的繁生的很大原因之一。只顷刻间，而仍可借一斑略知全豹，以一目尽传精神，用数顷刻，遂知种种作风，种种作者，种种所写的人和物和事状，所得也颇不少的。而便捷，易成，取巧……这些原因还在外。①

鲁迅在此看到了现代短篇小说在“便捷，易成，取巧……”的表面形态背后的文体内涵：“借一斑略知全豹，以一目尽传精神，用数顷刻，遂知种种作风，种种作者，种种所写的人和物和事状，所得也颇不少的。”这一认识正是在“横截面”基础上的升华，体会到从独特的艺术视角切入，初步认识到短篇小说所呈现出“以小见大”的文体功能：“细看一雕阑一画础，虽然细小，所得却更为分明，再以此推及全体，感受遂愈加切实，因此那些终于为人所注重了。”沿着这一文体观念的认识，鲁迅随后在与青年作家沙汀、艾芜的通信中提出了“选材要严、开掘要深”② 的短篇小说创作法则。30年代中期，刘西渭在评林徽因的短篇《九十九度中》时提到：“一件作品的现代性，不仅仅在材料（我们最好避免形式内容的字样），而大半在观察，选择和技巧。”③ 这里触及了更高的文体“形式”（即与材

① 鲁迅：《〈近代世界短篇小说集〉小引》，《鲁迅全集》（第四卷），北京：人民文学出版社，2005年，第134页。

② 沙汀、艾芜、鲁迅：《关于小说题材的通信》，《十字街头》第3期，1932年1月5日。

③ 刘西渭（李健吾）：《九十九度中》，《大公报·文艺》，1935年8月18日。

料相对的艺术形式，不是与内容相对的形式）层面的意义，它不是指具体的结构布局，而是显示出一个作家主体意识下的视角和表达方式，即“用什么方法来表现生活”。所以他提出：“一件作品或者因为材料，或者因为技巧，或者兼而有之，必须有以自立。一个基本的起点，便是作者对于人生看法的不同。由于看法的不同，一件作品可以极其富有传统性，也可以极其富有现代性。”他非常明确地意识到，新小说与旧小说的区别即在于“作者对于人生的看法”，在于个人生存体验中反映出的传统性或现代性的艺术心理，即从真正的现代意义上体会现代小说作为现代人自由表达的需要。30年代的批评家对短篇小说文体的现代性认识超越了前代小说理论家们关于具体的文体形式观念，充分认识到现代小说多变的叙述视角和手段，从而将表现生活“横切面”的短篇小说提高到一种哲理的认识高度，对文学艺术形式有了鲜明的现代性反思；作者对人生的看法即是现代主体意识下对人生的透视，而作品表现的或传统性或现代性则完全体现在现代小说的精神形式上。刘西渭评价道：

> 我绕了这许多弯子，只为证明《九十九度中》在我们过去短篇小说的制作中，尽有气质更伟大的，材料更事实的，然而却只有这样一篇，最富有现代性；唯其这里包含着一种独特的看法，把人生看做一根合抱不来的木料，《九十九度中》正是一个人生的横切面。在这样溽暑的一个北平，作者把一天的形

形形色色披露在我们的眼前人，没有组织，却有组织；没有条理，却有条理；没有故事，却有故事，而且那样多的故事；没有技巧，却处处透露匠心。这是个人云亦云的通常的人生，一本原来的面目，在它全幅的活动之中，呈出一个复杂的有机体。[①]

借由短篇小说《九十九度中》，小说批评家发现了短篇小说的“形式现实主义”的要义，充分意识了现代小说在创作主体意识的张扬与多变的叙述视角和手段文体意蕴；尽管《九十九度中》在现代短篇小说史上的意义没有那么突出，如果我们挟着这一对短篇小说的现代认识，重新回过头来看待鲁迅等人的早期现代短篇小说，则亦无不体现出这种短篇小说文体的现代性优势。

进一步考察会发现，现代短篇小说的文体形式内部包含着现代小说的自由表达功能。正是在这个意义上，一个更接近个性表达的文体元素开始走进了中国现代短篇小说的创作内部，并使得诗歌与短篇小说的亲缘关系一直延续在其后的发展之中。40年代，现代短篇小说文体大家沈从文提出过：

短篇小说的写作，从过去传统有所学习，从文字学文字，个人以为应当把诗放在第一位，小说放在末一位。一切艺术都

① 刘西渭（李健吾）：《九十九度中》，《大公报·文艺》，1935年8月18日。

容许作者注入一种诗的抒情，短篇小说也不例外。由于对诗的认识，将使一个小说作者对于文字性能具特殊敏感，因之产生选择语言文字的耐心。对于人性的智愚贤否、义利取舍形式之不同，也必同样具有特殊敏感，因之能从一般哀乐得失景象上，触着所谓“人生”。尤其是诗人那点人生感慨，如果成为一个作者写作的动力时，作品的深刻性就必然因之而增加。至于从小说学小说，所得是不会很多的。[①]

其弟子汪曾祺在短篇小说的诗化文体形态及观念上更进一步，提出：“短篇小说能够吸收诗、戏剧、散文一切长处，而仍旧是一个它应当是的东西、一个短篇小说。”[②] 大大提升了现代短篇小说文体的艺术品格与生命内涵，为短篇小说文体的现代化开拓了宽阔的道路。

80年代后，黄子平在评价中国当代短篇小说的艺术发展时，充分肯定了现代短篇小说在小说诗化方面的文体创造性发展史，他曾给“短篇小说”提炼出一个比较恰当的定义：

现代意义上的“短篇小说”，写横断面，掐头去尾，重视

① 沈从文：《短篇小说》，《国文月刊》第18期，1942年4月16日。

② 汪曾祺：《短篇小说的本质》，《益世报·文学周刊》第43期，1947年5月31日。

抒情，弱化情节，讲究色彩、情调、意境、韵律和时空交错、角度变换，像一位新鲜活泼、任性无常的小女孩，她爱到隔壁的抒情诗和散文那里去串门儿。①

正是对现代短篇文体意识的深切了解，才会有这种一脉相承的思想认识。因为在所有文类中，凭借着表达的深切和节奏的强烈，诗歌是最具个体思想表达性的文体；而在现代文类中，短篇小说以它的短小、快捷，结构布局上的新颖、多变，取得了文体表达上的言短意深之长处；尽管不及现代诗歌的个体表意深度，但它凭借于现代传播的功能和大众化的审美观念，使之成为了最适合表达的现代小说文体形式。所以，现代短篇小说兼具主体表达与社会传播二者之长，既富有个体精神气质，又呈现时代意识传播的现代功效；同时，又使得其文体介于小说与诗歌之间，造就了其特殊的文体面貌与艺术精神。这一理论认识过程深刻地反映了中国现代短篇小说在文体观念上的成熟：从"最精彩的一段"到诗化、感觉化、主观化等，现代短篇小说文体形成塑造出一种从形式要求上升到个性表现的文体气质，显示出现代短篇小说最具个性气质的文体面貌，从中可见出其文体要求与个体精神之间的对应关系，即它们之间的异质同构性。

---

① 黄子平：《论中国当代短篇小说的艺术发展》，《沉思的老树的精灵》，杭州：浙江文艺出版社，1986年，第201—202页。

80年代以后，尽管很少出现较明显的短篇小说文体方面的理论观点以及文体大家；但诸多的短篇小说作家在“以小见大”的文体功能之后，几乎不约而同地形成了“短篇写感觉”的文体共识。如80年代初在短篇创作上卓有成就的小说家王蒙和宗璞。王蒙谈短篇创作时说道：“从广阔的、浩如烟海的生活事件里，选定你要下手的部位。它可能是一个精彩的故事，它可能是一个给人留下了深刻印象的人物，它可能是一个美好的画面，它也可能是深深埋在你的心底的一点回忆，一点情绪，一点印象，而且你自己还一时说不清楚。这个过程叫作从大到小，从面到点，你必须选择这样一个‘小’，否则，你就无从构思无从下笔，就会不知道自己写什么。”[①]而宗璞在《风庐故事：短篇小说集》的“自序”中表白道：“说一句敝帚自珍的话，我很钟爱我的短篇小说。写作时似很随意，仔细想想却有三方面追求：一是结构完整，无论怎样的奇峰怪石，花明柳暗，总要是浑然一体；二是语言要达到一篇散文所能达到的，让读者能从语言本身有所获；三是要有一个意境，也许短篇小说不一定有故事，但一定要有意境。”[②]两人均强调了短篇文体中的诗化创作特性。其后的一些当代优秀短篇小说作家如王安忆、铁凝、苏童、刘庆邦等，也在不同场合强调了短篇文体相对于长篇小说创作的文体优势

① 王蒙：《谈短篇小说的创作技巧》，《人民文学》，1980年第7期。

② 宗璞：《风庐故事：短篇小说集》，北京：中国对外翻译出版公司，1995年。

和创作感受，强化了作家对短篇文体的个人化、主观性，以及无功利性的一面。[①] 比起长篇写人生，中篇写故事；作家们更加倾向于短篇写“感觉”或“味道”或“细节”等的文体感受及形式内涵。

总之，回到艺术的本质属性上来，一切艺术即形式，形式即表达；没有艺术就没有表达。表达不是话语的陈述，而是话语的表现，是主体心智的一种外化，是个体意识自我觉醒的一种象征；艺术表达是单纯地从自我的诉求出发，面对世界与人生，表现出自己作为独特个体的世界看法与生存愿望；显然，这种表达不是随便的日常生活话语，也不是一种绝对的命令或判断，而是用心地、有意识地去建构一种话语的效果，企图传达出内心无法直接显示的丰富信息，这就是艺术。

可以说，“表达”体现的是艺术家内心的一种自由创造精神。短篇小说的“形式”即是作家表达创作思想与时代意识的物质化形态。而本文对其“形式”的研究分析正是为了很好地进入思想史的考察层面。现代小说的兴起即反映现代人（作家）主体意识的觉醒，

---

① 王安忆在《谈短篇小说创作》中说：“我的短篇小说更加主观性。其实看我的中篇和长篇，你很难看到我对某一个人感觉、直觉、感官的描写，但是我在短篇小说里赋予文字主观性。”（《东方早报》，2009年3月15日）苏童在《我的短篇是另一个世界》中谈道：“在我最松弛、不感受到功利压力时，我愿意写的东西，它一定是短篇。短篇最难把握的是一个故事的核心，膨胀得不能太大，又不能太小。短篇的玄妙之处在于它篇幅这么短，但有时它承担的是一个中篇、长篇的任务，这个指向社会、指向人生的核应该膨胀得多大，它的潜台词应该有多少，你是计算不出来的。”（《北京晨报》，2008年3月11日）等等。

自由表达的开端；至现代文学“左转”之后，现代主体自由表达开始被慢慢建构起来的宏大叙事和文学生产体制所制约，文学作为个人化的事业也被社会组织化了，现代性变异为“当代性”[①]。及至80年代中后期，这种影响力依然不能消除，以至于它成了“当代文学”最大的时代特征而被现代中国文化接受下来。当我们今天重新审视文学的现代性时，“当代性”反而成了中国文学区别于世界文学现代性的全部内涵。开放世界体系中的文学现代性表现出来的丰富“面孔”在20世纪中国文学发展史上沦为了“当代性”的唯一脸孔。然而，对于我们时代的作家来说，“当代性”又是必然继承的时代想象共同体，而表达的自由是艺术向前发展的动力与愿望。

三、20世纪短篇小说的文体功能

本文重点分析20世纪中国短篇小说文体发展中的“形式”问题；同时，也着意探讨其“形式”背后所体现出来的功能及意义问题。前者是文体研究的范畴，后者是思想史研究的范畴。但二者关系密切，不仅反映了文学与时代的关系；也反映了形式史与精神史

① 此意可以被理解为“现代性”在当代中国的特殊变体，中国的现代化发展观念中存在着大量的“反现代性”因素。这些因素存在于牢固的体制化观念之中，也存在于文化心理的宏大结构之中；而“当代性”观念正是由于中国社会复杂的精神资源和由体制带来的地域发展差异所造成的。

之间的关系。着眼这样一片空旷的文学与思想地带，以具有较强形式敏感度和个体表达意识的“短篇小说”来切入是一个比较契合的研究视点。

中国现代短篇小说历经百年，从胡适最初定义的“描写事实中最精彩的一段，或一方面”到不断地追求场景速写化、取材“严”“深”，古典主义诗化、散文化，现代主义心理化、多变化等文体演变，逐步走出了一条从形式要求到个性表现的艺术之途。然而，考察其间的形式史到精神史的演化，可以窥见其文体要求与个体精神之间的对应关系，即它们之间的异质同构性。具体而言，短篇小说是介于小说与诗之间的文体，既有小说的大众传播性，承载文化思想启蒙、文学审美教育、语言民族化大众化等传播功能，显示出时代影响的深广度；又有近于诗歌个性化的表达性，在语言、结构及意蕴上体现出诗的韵味和形式感，显示出作家个性的温度和精神指向。纵观整个20世纪的理论与实践，现代短篇小说已然成为一种最富于个性气质的艺术文体，呈现出其独特的文体功能以及契合时代表达的艺术精神。

20世纪80年代以来，黄子平曾引用卢卡契的研究形象而精辟地归纳现代短篇小说的文体精神，称其充当“长篇小说等宏大形式的尖兵和后卫，它们之间的消长起伏，标志着作家对社会变动的整体性认识的成熟程度。作为尖兵，它表现新的生活方式的预兆、萌芽、序幕；作为后卫，它表现业已逝去的历史时期中最具光彩的碎片、插曲、尾声”[①]。诚然，归结百年来中国文学的历史与实践，我们可以感觉到，比起结构宏大、形式完整的长篇小说文体，短篇小说以它文体的片断性、灵活性、敏感性赋予了创作者对时代意识与个体生存经验的多样化表达；其文体功能大大丰富了“尖兵”和“后卫”角色，为今天的文学文体史提供了更为丰富的参考视点和宝贵的艺术经验。

纵观20世纪短篇小说文体演变史，其文体功能和时代意蕴主要体现在以下四个方面：

其一，通过新的形式法则表达社会时代的创新、前卫意识。形式法则的创新往往来源于一个时代思想意识的突破。这方面有从传统小说模式中脱离出来的五四写实小说，其直接面对社会人生与个体自我的写实主义手法、叙述视角的多变、心理描写的开拓等表现技巧，形成日记体、自叙性、乡土写实小说等多种小说形态，最先传达出现代世界的革新意识；30年代的现代主义小说通过新奇、跳跃的主观化叙述形式最早表达了工业文明背景下都市生活的个体经验和现代文明的前卫精神；40年代的解放区小说作为独特的政治地理区域，在现代革命与战争的影响下，汲取旧的文学资源，运用民族化的传统叙事和抒情手段表现解放区域内的风土人情，不仅是

---

① 黄子平：《论中国当代短篇小说的艺术发展》，《沉思的老树的精灵》，杭州：浙江文艺出版社，1986年，第199页。

“旧瓶装新酒”，更是改造成为革命的“新酒瓶”，开创了新的民族化、大众化的“人民文艺”新途；80年代“先锋小说”的形式实验突破了当代文学既成的叙述规则，消解了“宏大叙事”体，体现出后革命年代一种审美独立的自由精神，促进了文学的多元化和文学史发展的新格局。

其二，运用散文化叙事或抒情诗化的笔触捕捉即将消失或遭受冷落的社会形态中诗意性的碎片或时代精神的尾声。形式法则的守旧并非思想意识的守旧，而是在一种形式化的情绪表达中留存时代转换间有价值的精神记忆，并冷静地反思时代进程带来的现实破坏力。乡土抒情小说选择一种散文化结构和诗化的叙事风貌传达现代世界急剧变化中淹没在日常生活角落里的普通人性本色，从而传达出铸就民族人格现代化的理想愿景；40年代的非主流小说在书写战争体验、家园记忆与精神怀乡中关注大时代背面的个人生存形态，使得小说呈现出“尚美”的文学风貌；80年代初期的文化地域小说将笔记体、写意、白描等传统性手法融入到文化“寻根”的表达中，成为对社会改革的现代化进程进行文化反思的艺术手段；90年代以来的“新乡土小说”创作在全球化背景和世纪末情绪的映衬下，以“新殖民”式的乡土回眸和后现代主义文体手段传达出其独特的怀旧情思以及对社会裂变的忧思。另有一些作家仍在运用朴素的抒情笔调捕捉处于弱小势力和边缘状态的人物生存片断，从而对世纪末的社会风尚保留一种忧伤而阵痛的审美观照。

其三，为时代代言发挥新意识形态的传播功能。30年代的左翼小说以重大题材、主题表现紧跟社会时代的发展变化，并以宏大场面的速写、新人塑造等方式勾画出最符合这个时代特征的精神面貌；40年代民族解放战争下的文艺民族化和大众化转向，抗战小说的情绪爆发和尚“力”风格在战争洗礼下走向客观化、戏剧化的写实风格，并向传统叙事资源中汲取营养，将文艺打造成“为大众”讲述的革命意识形态强音；50年代以社会主义主流小说利用了“嵌入式回忆”和“巧合”情节模式作为叙事策略，呈现出主题的正确性，其激情化的叙事风貌讲述新中国的故事，建构了主流意识形态的合法性、正当性；“文革”结束后的“政治控诉”体小说为思想意识领域的拨乱反正助威呐喊，“新时期”的现代化图景在日益开放的现实主义书写中传达了新启蒙主义意识，形成高扬民族精神意识的“宏大叙事”体小说，继续发挥宣扬时代意识的轰动效应。

其四，传达出潜藏于个体内心与时代弊病相抗衡的批判意识。现代历史小说以题材的独特性、“借古讽今”的主旨以及“古今杂糅”的手法和人物塑造等，显示出其独立的文体审美价值，在不同时代发挥出或强或弱的时代批判意识；50年代中期的“干预生活”小说大胆突破题材禁区，尽管维护了文学主题的政治正确性，但在文体形式的选择及处理上出现与内容表达不一致的“裂缝”，个性化的艺术冒险潜意识地流露出时代规训下的受压抑情绪，呈现出时代与个人主题的双重表达效果；80年代短暂的“现代派”小说充满着反叛意识和不羁的个人主义精神，与一切世俗化的社会秩序进行对抗；90年代的短篇小说在人文精神的失落及文学文体边界失据的情势下依然发挥出对时代的批判意识，“新写实”小说以反崇高、反理想的平民意识解构主流意识的“宏大叙事”，形成文体上的“反讽”，“新现实主义”小说触及社会改革进程中真实的社会矛盾与问题，有种重回“左翼”式的社会批判意识。

综而言之，在20世纪历史的整体图景下，短篇小说的四种文体功能相互交叉，思想意蕴相互渗透；但比起结构宏大、形式完整的长篇小说文体，短篇小说以它形式的片断性、灵活性、敏感性赋予了创作者对时代意识与个体生存经验的多样化表达功能；从而也给文学思想史提供了更多复杂而丰富的考察视点。

由此，这即成为本文展开的结构安排和研究观点。

第一章

引领时代先声的形式创新

20世纪中国是一个从传统至现代的转换世纪。在现代文明的探索过程中，早期知识分子与革命者不断地寻求社会变革的良方；同时，作为参与历史进程的现代作家，利用文学进行社会变革，以创新的艺术形式革命引领时代，传播与宣扬时代精神。作为兼具个性表达功能与社会传播功能的文学文体，现代短篇小说在20世纪的几个重要阶段借助艺术形式的创新充分发挥了引领时代先声的艺术功能。可以说，现代短篇小说文体形式的创新贯穿整个20世纪中国社会与文化的发展阶段。从广义上讲，形式是艺术的本质和生命，没有形式创造的文学会陷入雷同与平庸。

当然，文学的每次变革与创新都有一个酝酿期。晚清“新小说”的酝酿为五四现代小说的诞生积累了丰富的艺术经验，从外来的西方自然主义、浪漫主义、象征主义、精神分析学等创作思潮，到古典白话小说、晚明小品、鸳鸯蝴蝶派等传统叙事，在纵向积累和外来（或古典）艺术形式的横向借鉴的合力中催生了文学形式的不断创新。一如西方自然主义和现实主义小说孕育了五四写实小说，西方现代主义及日本现代派催化了新感觉派的都市小说，古典白话小说和俄苏革命文学哺育了解放区小说，西方现代主义文学教化了80年代的中国先锋小说，等等。

现代短篇小说是一种渗透强烈主体意识的文体形式，在整个20世纪多次承担了开拓时代新风的“尖兵”作用。五四时代作为现代小说的开端，不仅从思想上起到了思想启蒙的社会功效，更从形式上以崭新的文体形式发挥了传播人心、春风化雨的艺术效果。这也使得小说文体如卖油郎独占花魁般，迅速由末流地位攀升成为文学的先行者；及至30年代的上海，工业城市的殖民繁华造就了独特的现代都市景观。尽管它同时具有时代“偏安”和殖民化色彩的内外不同视点，但新城市文明的到来似乎也昭示着一个畸形化的工业时代。新感觉派的青年小说家们赶着潮流般，奉行拿来主义的文学创作，以敏锐而颓废的接受姿态诠释了城市病态的生存体验与前卫精神。新奇又超前，短暂而落寞；新的希望开启在另一个遥远的地域——延安及西北解放区。新的革命时代叙述的诞生仿佛不依赖外来的手段，反而利用民族地域化资源的推陈出新，创造性地改造成新的“人民文艺”和革命小说话语形式，诞生了“赵树理方向”和孙犁为代表的民族、革命、地域化小说。它不仅创造了现代小说的“新酒瓶”，更创造了新的工农兵阅读群体，成为了中国“当代文学”的方向性图标；待熬过长长的文学生产一体化时代，80年代的改革开放时代给文学重新带来了生机，先锋小说以全新的姿态接续了世界文学的潮流，引领了文学的又一次变革，也创造了“后革命”年代里全新的表达途径。

具体而言，这种“尖兵”式的艺术功能具体表现在契合时代精神感召的新文体形式上。

五四时代是一个祈求从旧伦理的束缚中解放出来的年代，“人的发现”、个性解放、民主科学成为时代精神的感召；于是才有了“人的文学”“平民文学”的诞生。由此而产生了几种切合时代精神的短篇小说形态：一是以鲁迅、郁达夫、庐隐等为代表的日记体、自叙性小说形式大量流行。鲁迅的《狂人日记》《伤逝》等小说中抨击旧礼教旧道理对人的迫害和压制，郁达夫、庐隐等则大胆宣泄了个人内心情绪的苦闷与欲求。二是以关注平民生活、关注日常生活苦难的“为人生”小说家、乡土小说家们为代表，他们的小说充满着写实倾向和科学精神，反映了第一代现代作家以觉醒的主体精神对现代社会的启蒙批判与人道关怀。反过来说，正是因为有了这些新文体形式和表达方式，才造就了新的时代精神影响出一代青年作家和知识分子的思想意识觉醒，从而大胆地加入反传统、追求个性自由的现代变革的洪流中来。五四时代培养了第一批充满文学变革精神和社会责任感的职业作家，使之抛弃了将小说当成正统之外的余事和娱乐消闲的写作态度和方式；而五四一代小说家也通过新的短篇小说文体形式铸就了他们光辉的启蒙时代。

中国现代工业文明的兴起是伴随着殖民主义、民族主义夹杂的资本主义生产方式的培育而诞生的。20世纪30年代开始的租界和沦陷区给大陆中国带来了畸形的地域化资本主义发展。以工厂制造为代表工业文明和以赌场、舞场、电影业、广告业等为代表的消费文化开始造就了现代都市的繁荣，也形成了迥然不同于传统农业文明帝国的生活方式和猎奇、标新的前卫精神。这种新的文明方式和工业时代的到来尽管带有鲜明的海派地域色彩，但也召唤了一种新的文学形式的诞生，即以现代主义创作法则表现城市生活方式及精神心理的都市文学。这种新文学样式主要体现在以“新感觉派”作家刘呐鸥、施蛰存、穆时英为代表的现代心理小说及现代派小说。他们上承早期的鸳鸯蝴蝶派、叶灵凤，下启张爱玲。这些短篇文体形式注重感官书写、现代派技法、语言的快节奏感，尤其注重对现代都市青年男女的精神心理塑造。

40年代的延安及西北解放区地处特殊的区域政治环境中，在以民族大众解放为时代号召的影响下，他们创造（或者说改造更贴切）了一种“人民文艺”的新文体。就短篇小说而言，它是一种以旧化新，“古为今用、洋为中用”，为人民大众喜闻乐见的现代中国叙事形式。在讲述农民觉醒、大众解放的革命意识中，利用古典白话小说叙事方式及古典抒情方式的客观化、风俗化，成功地将个体解放的启蒙叙事转换成群体解放的革命叙事，并以通俗、晓畅的叙事话语创造了解放区小说的独特革命叙事与抒情文体风格。尽管这种文体形式中断或者弱化了文学形式的全面现代化道路，但在大众化、地域化的方向上显示出其地域文学流派与民族革命书写的活力，引领了解放年代的文学书写精神。“越是民族的就越是世界的”，越是地域化越显示出特色的文艺风貌。从现代化转向民族地域化，这是解放区小说开创人民文艺新时代的价值所在，也是其致命的艺术局限。

80年代改革开放的时代语境中，先锋小说形式的不断创新与实验并非单纯地回归五四文学或现代都市文学，而是对压抑时代的文学一体化生产环境和中断了的世界文学发展潮流的艺术反映。他们追求的并非个性解放和个体精神自由，而是一种审美独立的艺术精神。形式上的革新是“后革命”年代文学叙事的策略，在不对抗大体制的环境下，以物质文明同步的节奏来发展精神文明的现代化。先锋小说文体形式的创新很少在思想意识层面进行叛逆式的反抗，不与时代构成紧张冲突；而是在技术层面和观念层面进行实验创新，从而在主体观念与读者市场的调和中顺利地转型到文化市场体制下的消费主义环境。

综而言之，从以上几个大时代的阶段中可见，短篇小说在形式创新上发挥了较好的文体功能，其文体散发出的艺术形式有效地诠释了时代精神的内涵，成为文学领域最早引领潮流的艺术花朵。

一、打开五四时代的新视角

中国现代短篇小说的兴起伴随着现代人个性解放、自由表达的内心需要而来。从大的社会文化心理背景上说，现代人主体性的发现迫切需要将个人经验真实地加以表达，并以一种个体化的生活体验来打破传统话语形式和家国一体化的思维结构，从而获得个人自由的新生。这种指向社会现实的个人经验的畅达是对于古之传奇或巧合之说的情节模式的反叛，是拒绝融入天命与人道的整体与循环系统的一种现代独立姿态。于是，现代短篇小说所呈现的“横断面”空间观念正是对永恒时间性的传统母体的脱离。

如果说现代短篇小说在20世纪初的年代里成为一种新的文学形式的话，那么我们会提出一些一般性的问题，即它如何区别于古代的短篇虚构故事？为何在五四年代恰好诞生出这种新的文体呢？这些问题尽管在胡适的讲稿中已论及，但答案显然只停留在现象层面，认为只是“最近世界文学的趋势”；经过百年的现代短篇小说文体的发展，我们今天必须从理论上来回答。

按照现代文学史的知识系统，我们会把1918年5月于《新青年》上发表的《狂人日记》作为现代小说形式的开端，也是现代短篇小说的起始。尽管很少有人在这个权威性的文学史标记认定上做出怀疑，但我们很清楚地知道，中国小说界的革新到这时已经酝酿了很多年。从晚清至“五四”这段时期内，中国小说的现代“形式”已初露端倪，并且在小说的叙事形式上已经有了某些迹象的现代化表征，如小说叙事时间、视角、结构上的变化等。陈平原先生曾细致地考察了晚清以降小说文本内部在艺术形式上的渐进过程，可是他也无法去判定中国小说的现代化到底始于何处，并由此表达出这一困惑：

> 理论上谁也不反对小说的现代化应该包括小说内容的现代化与小说形式的现代化两个层面，可在实际研究中却碰到几乎是难以逾越的困难。内容层面主要指落实在小说中的反帝反封建的思想意识，对这点，研究者似乎还有大致相同的理论尺度；形式层面可就各说各的，没有一定之规，大致以“五四”文学革命后产生的以《呐喊》《沉沦》为代表的现代小说为参照系数。既然没有统一的或相对固定的理念尺度，小说形式的研究自然很难深入，以致造成这么一种本不该有的尴尬局面：中国小说的现代化似乎成了中国小说主题思想的现代化。[①]

显然，单纯地将一种主题思想的进步作为小说“现代”程度的指标是忽略了艺术本身的发展规律性，也是受主流历史观念与政治思想框架的影响而导致的片面化。艺术即形式，而形式的发展又是多样化的，各个方面的进展也不一定平衡，形式的诸多因素包含有前卫性与保守性，如文言与白话、白描与心理描写、格律或韵律、现实主义和现代主义等；但它们更多时候是并存的、混杂在一起的。除

① 陈平原：《中国小说叙事模式的转变》，北京：北京大学出版社，2003年，第2页。

了对艺术形式在某一段时间内发生的实际状况进行客观性的描述外，我们确实很难评判一个时代的整体艺术形式的改变。然而，在认识论上，我们总是喜欢在历史或艺术的分期上找出一条想象性的分界线，以此来追寻艺术历史起源中所可能具有的一种后发性意义，这也让我们更多地忽略了“量变”的过程，而一味地着眼于“质变”的结果。

那么，我们又该如何来认同只有到了《狂人日记》的发表才算是现代小说的开端呢？这仅仅只是追问到小说的现代主题思想上来，说《狂人日记》是“第一部反封建思想文化的檄文”吗？它在现代小说的“形式”意义上能否称得上是真正的“新小说”的开端呢？

首先要认定什么是现代小说的形式，且这种形式是否只是一种能够表现新思想的客观形式技巧，还是它身上存在着与传统形式截然区分的主观精神特质。

我们先不妨追问一下西方现代小说的观念认识。伊恩·P. 瓦特在《小说的兴起》中把“现实主义”当成一种新的文学形式，他首先批评了那种把“现实主义”当作“理想主义”的反面，歪曲它是“低级”题材和所谓的道德败坏的创作旨趣，“是与所有更早的描绘下等生活的虚构故事一脉相承的”。他指出：

“现实主义”的这种用法存在着严重的失当之处——它搞

> 乱了究竟什么是小说形式的最原始特征这一问题。如果小说是现实主义的。仅仅因为它只看生活的阴暗面，那么它不过是一种倒置的传奇故事罢了；然而事实却是，它的确力图描绘人类经历的每一个方面，而不仅限于那些适合某种特殊文学观的生活。小说的现实主义并不在于它表现的是什么生活，而在于它用什么方法来表现生活。[①]

在18世纪的西方，与古典主义式的典雅题材和“三一律”相对，“现实主义”的兴起是以一种完全真实的人生叙述为起点，对当下生活平铺直叙的艺术文体形式相适应；其创作的“写实主义”态度由于对传统文学观念的背叛而被斥责为低俗的甚至是淫荡的。“现实主义”文学形式产生的时代遭遇与我们一贯认定的中国现实主义文学精神不同。对于中国文学的现实主义而言，从《诗经》《史记》，至杜甫、白居易，直到明清小说一条宽大的红线，贯穿这条线的是被认为体现了现实主义精神的“饥者歌其食，劳者歌其事”，是体现强烈的“人民性”的一种现实主义传统。中国文人的现实主义精神和强烈的儒家入世传统也使得贵族化的古典宫廷文学不被主流化。值得反省的是，也许我在这里偷换了“现实主义”的概念，因为前

① ［美］伊恩·P. 瓦特著，高原、董红钧译：《小说的兴起》，北京：生活·读书·新知三联书店，1992年，第3页。着重号为引者加。

者是一个带有强烈时代性的、充满形式意识的“现实主义”的特指概念；而后者是关于一个创作思想原则的泛指，没有时代性；甚至可以说杜甫的现实主义和鲁迅的现实主义是无差别的。但是如何来区分中西方之间关于“现实主义”的差别呢？“现实主义”这个语义学上的概念在借用过来的时候是否将它缩扩或变异了呢？回答这一问题有助于解释中国现代写实小说在古典现实主义文学之上所获得的新的“形式”内涵。

确实，“现实主义”概念的诞生带有一定的时代性内涵，它在艺术形式方面充满着对现代性规则的认同。伊恩·P. 瓦特继续阐释说：

> 小说赖以体现其详尽的生活观的叙事方法，可以称之为形式现实主义；之所以是形式上的，是因为现实主义这个术语在此并不涉及任何特定的文学教条或目的，而是仅仅与一套传统叙事方法有关，这套传统作法在小说中如此常见，而在其他文学样式中如此罕见，以至它可能会被认为是这种形式本身的象征。形式现实主义，事实上是一个笛福和理查逊确实予以承认的、通常是小说形式中固有的前提的叙述式体现：这个前提，或者说是基本常规，就是小说是人类经验的充分的、真实的记录。因此，出于一种义务，它应该用所涉及人物的个性、时间地点的特殊性这样一些故事细节来使读者得到满足，这些细节应该通过一种比通常在其他文学形式中更具有参考性的语言的

运用得以描述出来。[①]

如上所引，这种带有特定内涵的“形式现实主义”引出了我们对于中国现代小说兴起的深层思考，以至于在先前认为是小说内容现代化的地方发现了现代“形式”的意义。或许我们要重新理解“内容”与“形式”的边界，以及作为一个创作原则的现实主义和作为一种叙事方式的现实主义的区别。理解中国小说发展中的现代性的起始，就必须打破所谓的“内容现代化”与“形式现代化”的区分，而将新文化运动前后的“写实主义”的兴起理解为一种新的文学形式的诞生，而不是一种创作原则上的、仅仅关涉到思想内容意义上的认识。尽管陈平原在小说的现代化研究上非常细致地考察了近代以来形式化方面因素的转变，但小说的现代化毕竟不只是靠一些诸如叙事人物、结构、语言等细节的技术化来体现的；所以，这难免会出现以形式化方面的判定无法界定小说是否真正现代化了的“尴尬局面”。当然，他非常清醒地意识到这点，一如他自己所说，内容与形式的两分法正受到新的理论模式的挑战，而试图从“中国小说的叙事模式的转变”这一侧面来做一些富有小说技术含量确定性的把握，瞄准的仍然是关于“中国小说现代化”这一宏大的课题。[②]

① ［美］伊恩·P. 瓦特著，高原、董红钧译：《小说的兴起》，第27页。

② 陈平原：《中国小说叙事模式的转变》，北京：北京大学出版社，2003年。

再次回到追问现场，作为一种新的文体形式的诞生，中国现代小说到底体现了哪些不同于传统小说创作的艺术形式？在第一部现代小说《狂人日记》的内部产生了哪些新的形式因素？

在已经树立的文学史观念中，作为思想革命和文学革命意义上的《狂人日记》当之无愧地成了中国现代文学的开端。其一是它的反封建性，书写了封建礼教文化几千年来吃人的本质；其二是它的白话语言，形成了言文一致的现代语言表达。然而这两点能作为新小说与旧小说的截然分界线么？反封建的思想在传统社会里依然存在，如《孔雀东南飞》《牡丹亭》等；白话语体在宋明的话本小说里也表达得不错。为什么到了20世纪初我们才能用在表彰鲁迅的小说创作功绩上呢？

显然这又陷入了上面提到的内容/形式二分论的圈套，用了一种简单的分项评判标准来认识文学现代性成分。现代小说从本质上说是一种新的文学形式，它与旧小说的区别不是按照所谓的“革命”意义来说的，而是表现在那个时代的人所能表达出来的独特话语形式上，即其小说创作的时代性“不在于它表现的是什么生活，而在于它用什么方式来表现”。

那么，《狂人日记》是用了什么方式来表现呢？仅仅因为小说里塑造了一个狂人，一个反封建的斗士，一个窥探出几千年封建文化吃人本质的形象吗？不是。而是在于小说写了一个运用内省的、主体渗入的方式看待世界的狂人。这种具有清醒主体意识的人有着自己的个人经验判断与推理，那就是自我怀疑——怀疑别人到最后怀疑自己的吃人本质。这种自我怀疑的思维形式正是现代哲学所认定的“人”的思想特征，即主体与客体的分离，客体在主体身上的映射这样一种思维认识特征。

鲁迅曾指出：“古之小说，主角是勇将策士，侠盗赃官，妖怪神仙，佳人才子，后来则有妓女嫖客，无赖奴才之流。‘五四’以后的短篇里却大抵是新的智识者登了场，……”[①]。但我们知道，现代小说的文学形式不在于你是写新人还是旧人，古之小说也能写到狂人；更重要的或许是他们用一种外在的眼光来写，透出狂人与天命或体制对立的悲哀，如明之哲人李贽即是；现代小说也同样写古人，如后来鲁迅写的《故事新编》，却将古人翻新，用的是现代人的主体性思维去透视人与自我的命运。所以，鲁迅上述的话掩盖了自己创作的新小说的形式意义——用现代人的表达方式来创造新的文学形式。当然，任何伟大的人也无法清醒地将自身放置在历史之中，永远只能作为一个旁观者向身身后。他自诩“表现的深切”正是感受到创作现代小说形式上的意义，而非创造了一个新的人物；而其“格式的特别”也并非只是单纯地运用了日记体的形式，而在于对传统情节模式的戏仿和超越。

① 鲁迅：《〈总退却〉序》，《鲁迅全集》（第四卷），北京：人民文学出版社2005年，第638页。

《狂人日记》的序文带有明显的文言笔记体小说的味道，似乎也是在讲述一个传奇事迹；这种落后的小说形式配上五四强烈的反传统文化现场，则具有充分的反讽意味。我们不难在鲁迅的序文中读出这种戏仿的味道；同时，《狂人日记》正文部分断章式的日记所书、杂无伦次的语言，吻合了现代医学对人的心理表现的真实情状（受精神分析学或意识流小说影响），显示了小说对现代人个体经验的真实性描写，以及对传统完整性情节模式的一次“中断”。故《狂人日记》的“格式的特别”表面上看似乎是运用了文言与白话两种语体的交叉结合，带来了现代白话文运动的革新，实际上是这种具体的形式一旦指向当下的现实语境，即造成了强烈的主体性效果，从而赋予了小说以强烈的反传统色彩。

所以，无论是“表现的深切”还是“格式的特别”，都体现了五四小说在“形式现实主义”意义上的新文学形式。结合伊恩·P.瓦特对新的小说兴起的文学形式特征的阐释，我们可以得出，小说文体的现代性内涵大致指向两个方面：精神形式上指向当下现实、开放性、个人经验的真实；而非固守的天命观和道德体系的普遍性和封闭性。技术形式上体现为全新的主体视角的截入，一种瞬间与暂时的现代时间观念的“横断面”形式，而非无时间性的永恒故事和恒久不变的道德真理。由此，我们可以看到，写实主义下的“横截面”成为打开五四时代的新视角。这个时期的小说开始了对个人生活片断的叙述，对具体的生活场景的逼真性描写，以及对传统生活形态及形式的颠覆或戏仿等，引领了五四时代的文学形式创新。

日本当代文艺批评家柄谷行人在探讨日本现代文学的起源时不仅说明了现代文学的兴起与“文言一致”的书写方式、写实主义的风格有着必然的联系，而且从哲学观念上分析了现代人认识论的改变对于文学发生的作用。由于自我意识的觉醒和主、客体的分离，人们的认识思维比起传统的人们来说发生了“颠倒”，我们以为仿佛存在于外部的客观之物实际上已经渗入到我们的主观认识装置之中，变成了内在的“风景”。然而，这个认识的装置一旦形成，作为对象之“风景”的文学的起源便被掩盖起来了。他举了一个作家讲述“难忘的人们”的文学性事例，说所谓“难忘的人”未必是不可忘记之人，如朋友知己、师长同辈等，而是一般来说忘了也没关系但却忘不了的人们。故事里说的是一个作家在火轮的甲板上遥望到一个寂寞的岛上岸边捕鱼的人，随着船的行进和岛屿的消失，那个不曾相识的人便永远消失在自己的视线里。以后的十年中，作家多次回忆起岛上的那个不相识的人，这即是“难忘的人们”之一位。显然，作家所看到的那岛上捕鱼的人与其说是“人”，不如说是一个“风景”。柄谷行人借此阐明作为现代文学对象的“风景”的诞生是和作家的内心状态紧密联系在一起的，外在的客观风景只是通过主体的心理状态才得以发现。为了“风景”的出现，现代人必须改变所谓知觉的形态，即成为一个远离外部世界而首先关注于内心的

“内在的人”。正因为现代人的认识思维发生了变化，才使得思维的主体“我”成了不可避免地被凸显了出来的东西。所以，柄谷行人在论述现代文学的发生时说：

> 现代文学中的写实主义很明显是在风景中确立起来的。因为写实主义所描写的虽然是风景以及作为风景的平凡的人，但这样的风景并不是一开始就存在于外部的，而须通过对“作为与人类疏远化了的风景之风景”的发现才得以存在的。①

柄谷行人富于哲理意味的阐释很好地说明了现代文学诞生的“形式”内涵，对于我们认识中国现代文学初试期的小说创作具有深切的意义。无论是文学研究会的社会写实派，还是创造社的主观抒情派，由帝王将相、才子佳人、侠盗神怪转到对于平凡之人生的客观描写或主观抒情，均是现代人内在意识中对于社会人生中“风景”的发现，这种发现不仅让客观的外部世界在我们的认识装置（现代透视法）上得到一种认识上的深化，且深深地引导了现代人作为思维的主体在心灵上的嬗变。茅盾等早期理论批评家所提倡的“自然主义”（写实主义）文学在这个时期兴起的原因也在于此。新

① ［日］柄谷行人著，赵京华译：《日本现代文学的起源》，北京：生活·读书·新知三联书店，2003年，第19页，另参考“风景之发现”一章。

小说区别于旧小说的精神特质不仅是作为纯粹客观存在的外部社会的变化或外在的文体形式特征，而正是在于这种新视角的发现。

当然，无论是欧洲的伊恩·P.瓦特还是日本的柄谷行人，都是在现代文学的历史经验总结和理论反思上达到了认识的高度；而五四文学先驱者们的价值则是在于冲破传统的文化心理的束缚，将五四时期的人的思想感受与发现直接付诸文学的实践上。实践是远比理论有着更伟大得多的历史价值，历史的创造者也远比历史的书写者更鲜活、更丰富。

所以，当我们把柄谷行人对于“难忘的人们”的讲述所引申出来的关于现代文学起源的理论认识还原到鲁迅在《故乡》里的一段叙述中，就尤其能感受到这种文学实践的“现代”特质。

> 我冒了严寒回到相隔二千余里，别了二十余年的故乡去。
>
> 时候既然是深冬，渐近故乡时，天气又阴晦了，冷风吹进船舱中，呜呜的响，从篷隙向外一望，苍黄的天底下，远近横着几个萧索的荒村，没有一些活气。我的心禁不住悲凉起来了。
>
> 阿！这不是我二十年来时时记得的故乡？
>
> 我所记得的故乡好得多了。但要我记起他的美丽，说出他的佳处来，却又没有影像，没有言辞了。仿佛也就如此。于是我自己解释说：故乡本也如此，——虽然没有进步，也未必有如我所感的悲凉，这只是我自己心情的改变罢了，因为我这次

回乡，本没有什么好心绪。

阅读到开头的一段景物描写，读者会和叙述者一样，以为看到的就是客观地描绘故乡的“悲凉”风景；进而叙述者的主体心境透露了一切，发现目触的“故乡”风景原来只是出于内心的情绪感染，出于一个离乡归来者以一种主体目光重新审视传统落后的乡村风景所产生的主观认识。这种认识具有强烈的现代透视法则，从主体意识中集中发射出来，投射到对象的身上；而不是传统小说叙述者所常用的散点透视法，一种以说书人的超人格化的方式来客观表白。我们可以拿现代小说发生之前的小说——苏曼殊的《碎簪记》中的一段例子来比较：

此日天气阴晦，欲雨不雨，故无游人；仅有二三采菱之舟出没湖中。余忽见杨缕毵毵之下，碧水红莲之间，有扁舟徐徐而至，更视舟中，乃一淡装女郎。心谓此女游兴不浅，何以独无伴侣？移时，舟停于石步，此女风致，果如仙人也。至旅邸之门，以吾名氏叩阍者。阍者肃之登楼。

苏曼殊的这篇小说发表于1916年，但它称不上是“现代小说”的一个最大原因并非在具体的表现手法上，而在于现代个体意识生长之后的表现世界方式的差距。小说《碎簪记》中从天气的描绘，到“余忽见”“更视”“移时”等视点的转换，我们丝毫难以觉察到叙事者客观描述中的主体心绪状态；尽管小说中有“余”的出现，但过于散点化的视线仿佛只是一个无人格的角色游身其中，无法抹去传统白话小说叙事中说书人的痕迹。且不说这篇小说如何地讲述了一组才子佳人曲折的怨情故事，只是着眼于小说的叙述方式就根本不是一个现代个体者所能运用的表达，而是一位传统文人的讲述方式。

两篇小说的发表相隔不到二年，但在对于自然风景的描写上迥然有异。鲁迅笔下的风景染上现代人强烈的主体色彩，而苏曼殊笔下的风景描绘仍然沿袭着传统社会封闭状态下“物我齐一”的认识方式，让自我化身在永恒的自然法则之中。

现代小说家认识和表现世界的方式正如“难忘的人们”中的作家一样，看到的不是一个客观的画面，而是作为一个特定心境下的孤独的人内心所摄取到的“风景”画面；现代小说中的写实性“风景”正是来自作者主体意识的过滤，由此让读者在他们的作品中发现了“人”的存在。在客观的写实背后，现代作家潜藏着强烈的主体意识和主观色彩，只是这些因素在一种貌似写实性的手法中被掩盖起来。即如柄谷行人所言，我们现代人的认识装置发生了“颠倒”，反而将原来的内心发现给遗忘掉了。而在《故乡》的叙述中，叙述者的主观感受如此强烈，内心反省又如此清醒，以至让读者随即明白“风景”的来源由内心所致。这也正显示了鲁迅的乡土写实小说为何有如此浓的抒情性之根源。但在五四诸多写实性小说中，因为没有这种叙述的主观性，我们读者一定沉浸在一种客观化的认知当中，把大多写实小说当成时代历史的记录，当成思想革命的材料，而遗忘了这些作家对五四历史（风景）的主观发现。鲁迅的复杂性也在于此，他既是一个感受丰富的现代文学家，又是一个清醒的现代思想家。他让读者体会到五四写实小说文体的现代内涵，又把小说形态带入超前的复杂之中（复调性、现代主义、反讽等）。

现代小说的兴起即是现代短篇小说的兴起。以上讨论的现代小说"形式"内涵，同样彰显了现代短篇小说的形式意义；现代长篇小说的成绩在20年代早期很少显示出其创作影响力，那个年代的长篇小说依然是鸳鸯蝴蝶派和章回体的天下。[①] 这一方面体现了现代长篇小说在文体形式发展上的滞后和艺术积聚的缓慢性，另一方面也反衬出短篇小说文体显示出的形式创新性的前卫本色。

《狂人日记》作为现代短篇小说的开端，不只在于白话语体形式和"狂人"反封建礼教思想的形象意义，更在于鲁迅以一道独特的视角发现了现代人在传统思想环境下的生存本质。这是一个强烈主体意识的现代启蒙先驱在"黑屋子"里的个体经验表达，有着时

① 早期长篇小说有张资平的《冲积期的化石》（1922）、张闻天的《旅途》（1924）等；到了20年代末才出现了较多的长篇作品，如叶圣陶的《倪焕之》（1928）、洪灵菲的《流亡》（1928）、巴金的《灭亡》（1929）、老舍的《二马》（1929），直到30年代初茅盾的《子夜》（1933）的出现，奠定了现代长篇小说在文学史上的地位。

代的真实性。只有从这种意义上说，“狂人”才是现代启蒙者，就是鲁迅自己；否则他就只是一位受害者，一位故事中的悲剧角色。鲁迅用现代人的方式表达了一个传统向现代转换时期的人物内心普遍存在的生命桎梏与反叛，而不是简单地讲述一个人的传奇故事。继而，我们还可以联系到鲁迅在1912年创作的文言短篇小说《怀旧》[①]，为什么它没有像《狂人日记》这样成为文学史的界标？关键之点不在于是否运用了文言还是白话，而是这篇小说在表达方式上过于含混，没有形成一种更具现代性的新视角。正由于此，小说《怀旧》也显示出当时的鲁迅还处于过渡前期受着传统文化心态影响或者“压迫”的混沌心理状态。这篇小说开篇借助回忆的手段进入童年的生活场景：

> 吾家门外有青桐一株，高可三十尺，每岁实如繁星，儿童掷石落桐子，往往飞入书窗中，时或正击吾案，一石入，吾师秃先生辄走出斥之。桐叶径大盈尺，受夏日微瘁，得夜气而苏，如人舒其掌。家之阍人王叟，时汲水沃地去暑热，或掇破几椅，持烟筒，与李妪谈故事，每月落参横，仅见烟斗中一星火，而谈犹弗止。

① 本篇最初发表于1913年4月25日上海《小说月报》第四卷第一号，署名周逴；见《集外集拾遗》，《鲁迅全集》（第七卷），北京：人民文学出版社，2005年，第225页。

从以上叙述我们很难体会到，作者叙述的这种生活场景是一次性发生的，对一段特殊生活的真实记录？还是反复性发生的，对一种循环式的因袭生活习惯的描绘？这种模糊叙述的背后反映出作者的创作心理，是对童年生活一次有意的闯入与审视？还是对作为惯常性的童年生活状态的古典散文式的记事？前者是动态的现代方式，具有主体透视目光；后者是静态的传统记述，作者的意识明显淡化。

接下来，小说明确地展开了对一具体事件的记叙，有了现代小说的作法。小说围绕“长毛”消息写了诸多成年人的不同反应，着力描写他们的神态和心理，如秃先生表面沉着内心惶恐、金耀宗的惶然，王翁传奇式讲述中显出通晓透脱的世相、李媪夸张式反应的俗态，等等。然而，由于“我”在小说叙事的穿插中较多地成为事件的参与角色，没能将叙事的主要人物对象聚焦在“我”的冷静旁观的视角之上；而且，小说中时时插入叙述者“我”的议论评述，破坏了现代小说“写实主义”的整体结构，致使小说在叙述视角上呈现出传统散点式透视法。录几段如示：

先生讲书久，战其膝，又大点其头，似自有深趣。予则大不耐，盖头光虽奇，久观亦自厌倦，势胡能久。

王翁虽贤，学终不及先生，不测高深，亦无足怪；盖即予亦经覃思多日，始得其故者。

秃先生智慧胜，立悟非是。不知耀宗固不论山贼海盗白帽赤巾，皆谓之长毛；故秃先生所言，耀宗亦弗解。

进而，小说中过多的对话描写成分减弱了叙述的灵活性和连续性；且结尾处落笔在李媪的话语上，没能匠心式地体现出现代短篇创作在叙事收束上的儿童化视点，故有无“尾”之感。小说叙事最终只能是一次散文式的片断记述，没有形成统一化的童年视角，自然也就无法连缀成一个精彩的“人生的横切面”。作者在写作的意旨上更多地强调了“怀旧”的心绪，其小说自然也偏向于古典记事式的对童年趣事的温馨回忆；若要创作主体意识清醒而明确起来，则童年视角的形成无疑更有助于小说对大人们面对虚传的“长毛”消息所呈现出来的保守可笑的神情和心理的批判。或许后者正是作者在小说中朦胧地想表达的创作意旨，也是现代读者乐于期待的；一如我们在后来的《孔乙己》中所发现的那个清醒的叙述旁观者的目光——咸亨酒店里的伙计，能够使我们感受到现代小说中写实主义的客观、冷静，以及主体意识中的批判力量。

小说《怀旧》中体现出的主体意识和表达方式上的含混性，可以看成是鲁迅在成功之前对现代短篇小说做出的一次失败的尝试。在越来越感受到对传统的批判与决裂的意识之后，作者一定会充分地调整自身的写作视点，向着现代小说形式创新的方向迈进。

所以说，鲁迅作为现代短篇小说的最初尝试者，取得巨大成功并非一蹴而就。就客观环境而言，是晚清小说的繁荣与西方现代小说的译介为他准备了写作上的条件；就主观条件而言，则是从传统世界里逃离出来的人的主体意识开始了自我觉醒，并由此激发出一种与旧小说的作法相区别开来的创新性的文体形式。在鲁迅的《呐喊》与《彷徨》中，作者不仅塑造了20世纪新旧交接时期的先驱者（狂人）、革命者（阿Q）、麻木者（闰土）、惶恐者（祥林嫂）、失意者（吕纬甫）、淘汰者（孔乙己）、被囚者（“他”）、怯懦者（爱姑）、苟世者（高老夫子）等等；而且所有这些人物均指向了那个时代的现实经验，是作者对新旧时代拉开距离之后的旁观与省察，是带有浓厚主体意识的个体经验化的认识世界。由于短篇小说这一创新性的形式功能，使这一人物群一个个从整体性的黑暗世界中跳将出来，获得了特殊的现代生存意义和文学审美价值。无论这些人物是前进者或后退者，都成为了现代世界的本质化的审美对象。

从现代小说形成的过渡性质来看，鲁迅小说中有较多的传统文学形式因素，如介入性叙事、戏剧化、简洁的白描、浓郁的抒情，以及诸如重复、反衬、戏谑等古典诗歌和戏剧常用的具体手法等；但所有这一切元素均受一位具有强烈现代主体意识的写作者支配。最关键的一点是，现代小说指向现代化进程中的开放现实，是全新的个人生活经验，而非那种嵌入传统历史与道德框架里的传奇故事；所以，即便在具体的形式表现上，我们常常看到作者运用一些传统的文体形式，如笔记体、纪传体；但在小说的精神形式上，由于其所处的时代与文体形式的错位，反而产生了一种具有反讽和颠覆性的现代文体效果。如《阿Q正传》虽篇幅上已是中篇小说，但在形式布局上依然是截取一段特殊的人生来写，即阿Q的一段革命经历，而其余部分均是模仿传记的形式敷衍成章。小说按照史传的传统作法来为阿Q作传，一开始就充满着反讽性。因为阿Q在未庄的地位是不足以作传的，但要是把他当作一个未庄的“革命者”就称得上够资格了。小说从“序”到“大团圆”采用的是传统的封闭式结构，似乎与截取“最精彩”的横切面手法不符；但正是这种对传统形式的戏仿，才达到了作者表达的效果，将阿Q的一生浓缩成为一种独特的人生片断进行写实性观照；由于作家处于新旧历史交叉时期，这种利用旧形式的戏仿比直接截取农民革命精彩断面的现代写法要有力得多。我们发现，那种所谓“正统”的纪传体和大团圆的故事形式在反传统的新文学语境下具有强烈的颠覆性或反讽意味。

当然，鲁迅大多短篇小说都是截取“最精彩”的横切面。如《孔乙己》《伤逝》《孤独者》截取了一段受时代挤压下的“失败”生活，《故乡》与《祝福》截取了从“返乡”到“离去”的一小段生活，《一件小事》《明天》《长明灯》《高老夫子》截取了一件事的长度，《风波》《离婚》《示众》《在酒楼上》截取的事件更短，几乎接近一个场景，等等。这种受现代主体意识支配下的人生截取方式，表现了作者对开放的现代性境况下人的生存进化形态的审察。从毫无现代生活观念熏染的闰土、孔乙己、祥林嫂等，到获得现代观念而终究没闯出来的子君、吕纬甫、魏连殳等，再到最终忍受不了乡间社会的窒息而离乡的现代寓居者“我”，比照的都是现代人“出走”这一生存进化的精神状态。正如鲁迅所言：“其实地上本没有路，走的人多了，也就成了路。”确实，作为现代文学与启蒙思想的先驱者，他强烈地意识到现代的路是要更多的人去踩踏，现代人必须要从封闭的生存状态下出走，就像“过客”一样，“要走到一个地方去，这地方就在前面”。

总之，作为一个历史转换时期的现代小说家，鲁迅在短篇小说上取得的成就不在于他是否讲述了现代人的行动方式，或运用了恰当的现代技巧，他笔下的很多人物都带有落后的性质，他的笔法运用带有传统的特点；他的小说体现出来的现代意义在于他把诸多的个人经验片断真实而自由地表达出来，他清醒的时代生存感使得他脱离了原有的文学表现系统。这才是他的小说作为一种创新的文学表现形式最可宝贵的文体意蕴；即便是他的小说中被利用的旧形式、旧文体，也深刻地反映出了一种主体性的清醒姿态。

在五四新文化运动的语境中，现代短篇小说迅速生长，催生出更多的创作果实；或者换个角度说，现代短篇小说的形式创新大大提高了新文化运动的传播影响力，营造了五四一代反旧布新的良好氛围，从而将小说与人生的现代命题做到了每一个渴望求新的国民心里。

具体而言，作为一种新的文体形式，现代短篇小说取得了根本性的变化，结构上脱离了传统史传文学的束缚，不再一味采用“纵剖”的由头到尾的叙述结构，而是引进并逐渐普及了“横截面”的结构方式；人物塑造上重视人物和环境的关联，以人物为中心，表现社会中的人，摆脱人物类型化、简单化的弊病；叙述方式上认识到小说作者与小说叙述人的区别，消除叙述的“说书”痕迹，既发展了一种叙述人隐藏较深的客观叙事，也不忽视叙述人介入的多样的主观叙事，而作为新型技巧的限制性叙事，在突破固有的全知叙事方面，显示了现代的姿态；另外，心理描写在小说中作为新的技巧也开始广泛流行。①

在五四文学流派与社团的涌现中，“问题小说”、乡土小说与自叙性小说等显示出了新小说文体形式的明显特征。“问题小说”面对现实人生的具体问题而作，它抛除了小说讲述善恶报应和道德法则的永恒“问题”，将读者的视点拉近到当下的现实空间的描摹。故小说摆脱了超人格性的道德讲述，而转换成具有明显主体倾向的人格化叙述，透露出写作者对于现实人生的关注目光，将现实社会

---

① 钱理群、温儒敏、吴福辉：《中国现代文学三十年》，北京：北京大学出版社，1998年，第82页。

的不和谐的一段截取下来，运用写实性的笔法将其放置在一段文字里，引起人的思考与警醒。

“问题小说”体现了一种智识者的高瞩目光和为人生的现实力量，而乡土小说则是一些正在走向觉醒中的现代青年对于自身落后生存状态的描摹。这批写作者大多只是青年或写作练习者，少了现代社会的问题经验和丰富的现代知识；于是他们转而截取乡间的一幕，对于自身曾经熟悉的生活环境进行细致的描画，揭示这些人和这些环境在当下中国处境的关联，从而在对落后生活状态的讲述中将自身从这一环境中脱离出来，也由此拉开了自己与同类人的关系。所以，从深层的创作根源来看，乡土小说反映的是寄寓在城市的青年人离乡“出走”的一种存在状态，由此也构成他们内心的一种表达形式。

比起乡土小说写作者的客观、平实的描摹，自叙性小说的写作则是赤裸裸地对现代青年人心理状态的展示。他们无需考虑什么关注当下，截取有“问题”的人生，也无需从对落后环境与人的描摹中显示出自己的逃离身份，因为他们的一段青年时代的生活本身即是“问题”，他们的一段生活环境本身即让他们的身份备受现代灵魂的煎熬。他们强烈的主观化叙述即是一种自我的讲述，显示了一个典型的现代青年人的时代病症，似乎比起其他两类小说形式更显时代真实感；所以他们既是主观化地看待人生，又是对于时代心理和自我心理的现实描摹。

从今天的文学史回看，上述短篇小说创作的文体形式特征在文学社团性的暗示下得以归纳；然而，现代短篇小说的表现内容则透露出作家们纯粹的个人经验和人生视野。无论冰心对“爱的哲学”的宣扬，叶圣陶对教育界灰色现实的描写，郁达夫对现代青年“时代病”的抒发，青年乡土作家们对落后生存环境的呈现，均体现了写作者对于自己熟悉的个人生活经验的表达，这种经验的传达无关乎什么创作手法、文体形式。它们既是现实的，也是理想的；既是表现人生的，也是抒发自我的。事实上，在现代小说创作的初试期，大量文学社团的涌现并没有一个明确的理论宣言。文学研究会的发起者之一沈雁冰（茅盾）表明过：“民国九年（一九二〇）十一月文学研究会正式成立于北京。这是最早的一个纯文艺的社团，然而这一个团体发起的宗旨也和外国各时代文学上新运动初期的文学团体的创立很不相同。文学研究会的成立并不是因为有了一定的文学理论要宣传鼓吹。文学研究会的发起宣言中说‘有三种意思，要请大家注意’:第一，是‘联络感情’。第二，是‘增进智识’。第三，是‘建立著作工会的基础’。”[①] 现代文学史权威教材将“第一个十年”的文学发展归纳出一些“共同的文学兴趣与归趋”：一是理性精神的显现，二是感伤情调的流行，三是个性化的追求，四是多样创作方法

① 茅盾:《〈中国新文学大系·小说一集〉导言》,《二十世纪中国小说理论资料》（第三卷），北京：北京大学出版社，1997年，第303页。

的尝试。[①] 这一归纳是对新小说的现代意义做出一个概括，理性精神即是关注现实的状况，感伤情调来自主体意识的渗入，个性化体现在个人经验的表述上，多样的创作方法显示出文学形式的独立审美价值。所有的这样“归趋”都显示了刚刚从旧小说逃脱出来的“现代”文学特征，也许这些特征均不是在以后的现代文学发展的不同阶段所能够拿来作为区别的特征。

就时代风格而言，这个时期没有一个稳定的表现特点，不像30年代的现代文学，有着很清楚的文学风格流向。而五四小说即便是关注人生，体察社会，同样显出创作的理想色彩，如冰心、许地山、王统照等；就拿一贯以冷静、写实著称的叶圣陶来说，他最早的短篇小说集《隔膜》出版后，评论者先是肯定了作品的写实风格，“《隔膜》的著者是想用了自然主义的方法来描写人生的，所以使我们读了会引起真实的感觉。这二十篇的短篇小说，大部分是描写日常生活的经验的，小部分是描写心理状态的，觉得都很真切，全没架空虚构的缺点”。而后在关于作品的精神气质上，评论者同时又肯定了作者是一个“理想世界的追求者”，“一部《隔膜》的中心思想便只是对于现实生活的憎恶，作者所要叫出的是他所身受的——其实也就是一般青年所身受的——不快之感：冷酷，疏远，矫诈，理性的暴虐机械的呆板的生活。作者所要呻吟的就是在现实的高压

① 钱理群、温儒敏、吴福辉：《中国现代文学三十年》，第24—30页。

下面的痛苦和悲哀，但作者还不至于到那悲观失望的境地，这是因为他已找得了一个美满的理想的世界了。这世界可不是浪漫派所构想的惊奇的憧影，也不是唯美派所建造的象牙的宝塔，而是真实的地上的世界，是以‘爱生趣，愉快’为精魂的世界”[①]。

同样，对自叙性小说创作而言，作者在“自我表现”上仍然显出理性的特点；不是感伤情调的泛滥，而是有节制地表现自我的情绪，清醒地指向现实人生的真实面貌。如郁达夫创作的《沉沦》表现典型的时代病症，《薄奠》《春风沉醉的晚上》的社会色彩，《过去》的哲理化人生，《迟桂花》里的完满人性塑造，均透露出写作者对于那个时代理性的批判力。事实上，郁达夫作为一个小说创作者，有着清醒的现代小说意识。他在20年代就专门论述了关于“现代小说”的概念、渊源以及现代小说创作的目的、结构、人物、背景等，认为“中国现代的小说，实际上是属于欧洲的文学系统的”；并借用西方小说家的定义，得出“小说的目的有三，一在使小说有趣，二在使小说能尽教化之职，三在描写正确的人生”。强调“小说的生命，是在小说中事实的逼真”，不能只顾着目的而损害小说中事实的真实性。[②] 在此认识上，我们甚至可以把郁达夫与文学研究会的宗旨联系起来。

---

① 化鲁（胡愈之）：《最近的出产：〈隔膜〉》，《二十世纪中国小说理论资料》（第二卷），第219—221页。

② 郁达夫：《小说论》，《二十世纪中国小说理论资料》（第二卷），第429—430页。

无论是现实主义式的创作，还是浪漫主义式的创作，无论客观叙述还是主观叙述，这都不足以显示五四一代文学形式的本质特点。五四时期的短篇小说作为一种创新的文体形式，不是与长篇小说区别开来，不是在现代小说创作内部的流派上的对垒分阵，而是与旧小说相分离，乃至与整个的旧传统相分离开来的一种现代人的精神样式。所以，五四一代的短篇小说在言语表达上是主张个人经验的自由写实，行为上是截取现代人现实生活的断面，心理上表现为主体意识的张扬，认识上是对人生作理性的社会透视，精神上则是关注当下现实的生存环境。

今天，当我们在谈到短篇小说的现代性意义时，必须避免过去时期的人的有限认识，避免将具体的文体“形式”与“内容”分开的机械作法，否则我们只能纠缠于现代文学作品中的写实小说描写得是否客观细致，运用了何种手法；是否反映了人生的现代痛楚；主观抒情小说是否表现了自我；叙述上是否有强烈的主观倾向性；心理活动描写是否真切；等等。这种对于文学现代性的表面认识，无法明白替代旧小说而出现的现代短篇小说兴起的根本原因。

二、窥视城市文明的现代魔镜

五四之后，新文学阵营分化。最明显的标志是形成了两大文学流派或趋势，一是以内陆大城市北京为文学基地的“京派”；二是以沿海大城市上海为文学基地的“海派”。两厢对峙的文学场域，其地域性命名背后是文学理念、文学创作道路及风格的差异。落实到现代短篇小说文体的发展而言，则是以古典文学技法为源和以西方现代主义文学技法为流的艺术追求。前者构成了中国乡土抒情小说文体，后者则构成了现代主义小说和现代心理小说文体。20世纪二三十年代，两大小说创作流派不仅在创作理念和形式技巧上唱起了对台戏，而且在地域、气质上显示出其保守与开放的时代姿态。也正是由于不同的地域差异和生存体验，“海派”小说在殖民化与现代化色彩的上海都市环境中应运而生。除下早期的创造社元老张资平、叶灵凤，以及后来沦陷区影响极大的张爱玲、苏青等，最能代表城市工业时代精神的形式创新当数“新感觉派”这一创作群体。他们的短篇创作充满崇洋、开放、大都会等现代化色彩，成为人们窥视城市文明的现代魔镜。

“新感觉派”小说家们主要书写现代都市生活和生存经验，刻画前卫的人物心理，表现最新式的生活方式和人生状态；而不是去表现传统中国现代化的艰难局面，挣扎在传统与现代之间的人物性格和反帝反封建的时代主题。其创作虽然受当时启蒙与革命的意识形态的影响；但作为左翼文学与革命暴动前哨的上海，其真正的底色却是充满现代资本主义和冒险气质的现代都市景象。所以，今天看来，“海派”人士的身份是敏感的、可疑的，甚至无法从民族性的角度对其进行归类，诸如革命作家、自由撰稿人、出版商、投机商、汉奸、间谍、物质享受主义者，甚至英雄或怯懦者等等。正由于此，我们才可以说，作为“海派”主体的新感觉派作家开拓了中国现代都市生活的领域，并以独特的现代短篇小说文体形式创新了对现代都市生活体验的话语表现。严家炎在《中国现代小说流派史》中这样评价：“中国新感觉派创作的第一个显著特色，是在快速的节奏中表现现代大都市的生活，尤其表现半殖民地都市的畸形和病态方面。可以说，新感觉派是中国现代都市文学开拓者中的重要一支。”① 所以，无论从形式法则的借鉴与创新还是对前卫性的生活题材的开掘，新感觉派都似走在工业时代的前列。虽然40年代的战争结束后，上海被拉回到完全地域化的生产型城市，直到90年代才重回昔日大都市的繁华；但短暂的现代都市文明和新感觉派的表现形式却影响之深，形成海派新奇一脉，源长流远。

新感觉派小说融合了先锋性和地域性两种元素，一方面它绚烂于最前卫的现代派小说技巧表现崭新的都市生活体验；另一方面，它沉陷于上海这座唯一的处落在前资本主义时期的旧中国环境下诞生的怪胎。不像京派小说家虽然取向于落后的乡村景象，但面对的却是整个中国的民族生存问题，反而不显示地域化的风貌；而海派尽管是最前卫地书写了中国的现代化城市经验，但与整个中国的现代化革命是脱离的，也与整个的民族国家生存问题脱离，仿佛一骑

---

① 严家炎：《中国现代小说流派史》，武汉：长江文艺出版社，2009年，第140页。

红尘，奔着发达的工业文明时代前去。但新感觉派小说家们缺乏更开阔的时代视野，只是对上海这座处落在前现代的大陆中漂泊的“孤岛”生活浮像的一种截取。也正是这种狭窄的视野和小说形式，才使得他们在短篇小说创作领域的成功，而把长篇小说创作空间留给了旧的鸳鸯蝴蝶派或革命的左翼小说家们。如果要在海派小说家们身上寻找共同的思想倾向或创作趣味的话，那是白费劲。因为他们的政治思想观念杂乱得很，既有偏向于左翼文坛的施蛰存，又有附逆嫌疑的刘呐鸥，而穆时英在政治上与国民党有牵连，文学上又与爱国诗人戴望舒合作甚密；然而，三位新感觉派代表者在创作上却又非常地密切，共同创办刊物，具有共同的文学旨趣。或许他们正如笔下创造的人物，具有变态心理的“二重人格”，一面是在现代都市中接受着工业文明下城市生活的熏陶，一面又在文学中以严肃的工作态度进行欲望化书写。这甚至可以解读为新感觉派作家的写作只是将革命时代对都市生活压抑的那部分欲望得以释放。撇开意识形态的复杂身份不论，他们确实是最先感知到革命中国大环境下潜藏的工业文明里的城市生存感，体现了对现代人格认识的广度和深度，并用最敏感的文学触角呈现了都市人多样的生活场景和复杂的生存体验。

新感觉派小说是完成形态的中国都市小说和现代主义小说。它接受了外来艺术形式的影响，是继前一时期创造社吸收表现主义、意识流等现代派艺术手法之后，完全运用现代派艺术形式进行创作的现代主义小说流派。当然，这种全新的小说形式之所以能在中国现代小说发展的初期得以充分运用，不光是一种横向移植的结果。尽管年轻的小说家会存在急着要超越前人写实主义小说创作的反叛行为，但他们并非80年代被憋闷的先锋文学实验者。这一派别的小说家在艺术形式上一改“正格”的小说创作理论，其创新的动力更多地来自他们对畸形化的都市生活的真切体验和作为城市窥视者在工业文明时代的生存经验。试想一个落后而保守的中国处境，突然拼接到殖民形态的繁华大都会，一切生存景象都显然光怪陆离，守不住诚实与健康人格的国人在这一畸形化的现代城市之下遭遇到人格和灵魂的撕裂，这种生存体验和情感阵痛也必然需要通过高度的主观感觉印象及心理分析法来表现。所以，新感觉派小说家们同样是本着现代小说兴起的内在动力，即用一种开放的形式资源恰当地表现真实的个人经验。这是新感觉派能在殖民化色彩最强的上海诞生的原因，正如秉承诚实、健康原则的京派小说家们活在北平这个古老城市一样。

自然，现代都市与人的相互关系是我们考察新感觉派小说形式创新的要点。新感觉派小说创作中偏重于主观感觉印象的交错，电影镜头般的跳跃结构，感官化语言的创造，变态性的潜意识心理的开掘，追求小说形式技巧的花样翻新与都市生活本身的快节奏、新奇动感、光怪陆离等，这一切均与工业时代背景下的城市现代人眼光和心理契合。郁达夫在评价这种新的小说技巧的时候尤其指出了其形式之后的意义：

> 新的小说的技巧，似乎在竭力地把现代人的呼吸，现代生活全的景和拍子，缩入到文学里去。最浅近的例，譬如所谓新感觉派与表现主义的技巧，就是如此的。造句务求其奇矫而有力，叙事又致意在简洁与深沉，无论是哪一节或哪一句文字，你漫然读去，总觉得不容易懂得，必须费尽脑筋，思索好久，才能赏识到它的好处，看出来它的真意。当然这些文字，并不是空弄弄文笔，光修饰外表的前代技巧派的模仿，它们是都有背景，都有深意存在着的。至如咬文嚼字的文章游戏，堆砌雕琢的耽美精神，则中国的六朝金粉，欧洲世纪末的象征作家，都已经受世人的厌弃而失去了它的存在理由了，所以新小说的技巧，是系和内容紧接在一气的技巧，并不是涂抹在俗妇面上的浓艳的粉白黛绿。[①]

新感觉派小说家们对于短篇形式的选择有别于左翼作家切近时代主题的宏大叙事场面和京派小说家的散文化日常生活的叙述，其着眼于都市生活的世相，截取浮光掠影般的欲望生活片断，将都市人的

---

① 郁达夫:《关于小说的话》，载《文艺创作讲座》(第1卷)，上海光华书局，1931年6月10日，《二十世纪中国小说理论资料》(第三卷)，第157—158页。

现代心理和瞬息体验用特殊的文学技巧表现出来，展示了中国社会在现代化的漫长进程中一个特殊时段、特殊地域的断面，保留了中国现代人及其现代小说形式的某种先锋性的精神档案。

尽管新感觉派的短篇小说创作带来了开拓性的形式意蕴；但在20世纪中国文学的整体叙述中，他们似乎脱离了中国在殖民化封建化的泥沼中艰难行进的现实命运，也疏远了中国底层人们在大时代革命潮流中激烈的痛苦。一切的党派利益和阶级争斗对他们而言都只是都市洋场的一种“本能”化的欲望行为，没有正义与邪恶，没有革命与反革命，只有都市这个生存的温床和腐朽的死穴，这与左翼作家们对救国救民的呼吁是截然不同的世界；这里的生活节奏飞快，一切都在催生速朽，优胜劣汰，与京派小说家的乡土世界也焕然两样。这个苦难中国之下的“十里洋场”，不幸孳生了还处于前现代社会里苦苦挣扎的都市殖民景观和阵痛中的现代文学“早产儿”。这种“不幸”在刘呐鸥的一篇小说里有了真实的呈现：

> ……
>
> 有了这样一个家庭而更在过去的一个月内，跟着你吃，跟着你看，这不是有思想的人做得到的。何况又肯委身于你呢？比也尔，不，先生，你想想看吧。你说我太金钱的吗？但是在这一切抽象的东西，如正义，道德的价值都可以用金钱买的经济时代，你叫我不要拿贞操向自己所心许的人换点紧急要用

的钱来用吗？在我五百块钱，如果向我父亲写一封信去，不说五百块，就是五千块也可以马上拿到手里的。可是我觉得向你要便当一点。我知道你是不会吝惜这五百块钱的。就是这一个月间你为我花的也不在这数目的两倍之下吧！还是你说我不应该在那个时候说出来吗？我本来是不受管束的女人，想说就说，那种不能把自己的思想随时随刻表示出来的人们是我所不能理解的。我这个人太 Materielle 也好的。

你每开口就象诗人一样地做诗，但是你所要求的那种诗，在这个时代是什么地方都找不到的。诗的内容已经变换了。就使有诗在你的眼前，恐怕你也看不出吧。这好了，好让你去做着往时的旧梦。

玲玉　上

比也尔·普涅先生。

这是小说《热情之骨》[①] 里女主人公最后写给男主人公的信。信是对男女双方情欲交往的戏剧性结局的一个解扣，说明男女之间心理的误差造成了浪漫情欲的陡然中止。小说情节从最高点直下，很有短篇结尾的笔法。但这里想说明的是新感觉派笔下的“都市人”思想，

① 刘呐鸥：《热情之骨》，原载《熔炉》创刊号，1928年12月，见《新感觉派小说选》，北京：人民文学出版社，1985年，第9页。

或许也可看成是小说家本人的思想，即没有任何的政治与道德观念的约束，遵奉的是身体的思想，用今天市场消费时代的一句话来说叫“用身体思想”。所以说，考察新感觉派小说家们的精神世界和时代倾向，第一要位的不是对于民族国家和时代命运的认识，而是现代都市本身所酝酿出来的现代个体自由。这种个体自由的思想甚至有点超前，他们在20世纪启蒙与革命的现代性话语框架之中难以找到立足的支点。

一直以来，新感觉派小说在中国现代短篇小说文体的拓展中占据重要的一维，完全可以与乡土抒情小说文体媲美；但这种片断化、感觉化的新奇文学样式融入不了现代文学的主流叙事潮流中，它的形式创新很快中断在现代文学的历史版图中。当然，这也与我们的现代革命的方向以及中国城市发展的道路分不开。假若中国现代化没有民族与民主解放的双重任务与负担，而是向着正常的工业化文明方向发展，或许新感觉派为代表的现代主义文学会成为20世纪中国中后期的文学主流，一如70年代以后的台港、马华文学一样，新生代的现代主义作家或许有了充分个性化的艺术表达权利，会逐渐取代老一代的现实主义作家走向文学发展的自由大道；当然，历史是经不起假设的。50年代以后的中国大陆文学逐步清理了现代主义的文学源流，现实主义继续统霸主流高地，文学的共名意识远远压制了个人表达的无名状态。尽管80年代中期出现的现代派小说重现文坛潮流趋势，但与30年代的新感觉派文学显然不是一个精神层面上的文学传承，不像汪曾祺对京派小说形式与精神的一脉相承。正由于此，我们在20世纪末还怀疑过中国的社会现实能不能产生真正的现代派？西方资本主义社会没落的文学形式在中国是否仅仅只是一种单纯形式上的借鉴？但在当下人的生存状况中，我们或许会寻找到一种与上世纪30年代的小说中相类似的城市生活经验。这个时候，去读读那个时期的这份小说档案，一定会有历久弥新之感。

三、歌颂延安时代的人民文艺

“现代文学”的形式特点在40年代中后期开始了改变，小说叙事越来越倾向于客观化的讲述。讲述外在的民族战争和生存遭遇的故事大大盖过了对个人情感的心理探求，富有现代小说感伤和抒情特质的主体创造意识遭到了现实处境的制约。这也意味着现代作家的自由表达遇到了前所未有的困惑，民族解放战争的大潮使得启蒙精神（国民性、个性自由）的书写传统与现代文学的审美特质均发生了偏向，作家主体化的意识开始受到无形的民族、国家等宏大叙事的压制。当然，我们理解的是，首先是现代作家的创作精神遭遇到现代性的二重背反（启蒙与文学之间）和历史表达的困境；其次才是人民文艺的意识形态一体化（将文艺创作组织到政治思想框架中充当意识形态传播的工具）的建立。这种建立并非通过1949年之后的政治形势来批判和打压作家的个人创作意识，而是一系列历史形式的选择结果。正如中国民族解放的历史使命落到了中国共产党人身上一样，这种历史的选择具有“优胜劣汰”的社会政治进化的逻辑。一体化的文化体制建立在全民同仇敌忾、万众一心的时代心理之上，在民族与国家的危亡之际取得了社会革命的效用，一切个人的思想与美好的愿望都无法改变它；这种文化体制的形成最终产生出与其所处的时代精神相契合的文学形式。

现代以来，知识分子对下层人们思想意识的改造方式一直存在着精神上与行动上的隔膜；只有转换到延安时期共产党政治体制的领导之下才走向了知识分子与时代群众的结合，从而将最广大的革命群众联系到民族解放的事业当中来。从这种意义上说，“人民文艺”生产的体制化建立是合乎历史逻辑的结果，是在社会进化当中获得“自然选择”与“适应”的现代改造方式。无论我们如何批判和反思延安时期文艺方向的保守性和文艺政治化的左倾本质（如对丁玲、艾青等优秀作家的改造，对王实味的残酷打击），都难以抹杀这种改造方式在中国现代性的民族发展道路上的有效性。所以，“体制化”带来了“人民文艺”的本质特征与形式特点均在20世纪后半叶的中国文学发展上获得了稳定的进化因子。从延安时期开始，“当代文学”就提前进入了。

尽管在20世纪80年代的“重写文学史”思潮中，20世纪中国文学整体上被看是“现代”性质的文学；但要将延安时期的文学纳入

“当代文学”范畴显然表明的是当代文学研究者的思维视角，这或许与现代文学史家存在争议。然而，这样的腾挪也许更能够将现、当代文学的整体性充分体现出来，正如五四时代连接了晚清文学与现代文学的延续。那么，如何看待现代短篇小说进入延安时期在形式发展上的延续性？如果从国统区的现代短篇小说走向看，30年代开拓出的乡土抒情小说与现代主义小说等文体现代化追求似乎存在一种无“出路”的渺茫和冷落；而在同一个时期的延安，短篇小说却在火热地兴起，仿佛是此消彼长的势态，生长在不同的两重天里。

对于这种不同小说形态的生长状况，我们可以从一例形式发生学的比较中得出。鲁迅的《狂人日记》作为现代小说的初始性文本，这一说法在文学史上可以成立；但从延安时代的“人民文艺”进入“当代文学”的起点在哪？当代文学史很少有一个稳定的初始性文本的指认。然而，在延安时代或许存在这样一个代表新起点的文学文本，即赵树理的《小二黑结婚》。赵树理是延安时期最早成熟，同时又被誉为“方向”的作家。从“当代文学”的起源看，赵树理是延安时期《讲话》之后最先成长起来被树立为标杆的“人民”作家，他的作品带有浓厚的“解放”色彩；所以，为什么不能将《小二黑结婚》列为“当代文学”的开端呢？比起“现代作家”关注人的国民性改造与个性表达，赵树理的小说更关注中国农民翻身解放所体现出来的革命行动与精神面貌。我们不妨从《狂人日记》和《小二黑结婚》两部短篇小说文本的内在形式分析中找出一些更有考察意义的东西。

《狂人日记》是运用古典文言小说的旧形式讲述一个革新的现代启蒙话题，旧形式的利用在这里充满反讽的意味，但也看出这篇小说在从旧小说到新小说的过渡性与变异性；赵树理的《小二黑结婚》同样是用旧形式讲述一个新的革命话题，但他对旧形式的利用是诚实的，没有任何反传统的色彩，反而有一种对传统文学隔代遗传的效果。《小二黑结婚》尽管利用了旧形式，可是作家要达到的效果却是要符合旧传统的审美与欣赏习惯，从而在大众阅读层面达成真正意义上的文学沟通，这是五四以来就一直追求的文学大众化的理想，同时它又很切合延安时期共产党领导的中国农民革命的文化实践。不过，就他讲述的新话题来说，赵并没有反对五四文学延续的“传统”而完全开创一个崭新的革命话题，而是双重话题在小说文本中并置。从内在的叙事模式上看，这是一个复杂的“启蒙”与“解放”并置的现代叙事结构。小说中有四种叙事角色符号：小二黑、小芹（新人）——金旺（恶势力）——三仙姑、二诸葛（封建家长）——区政府（新的权利代表）。四重结构的排列摆脱了单纯的“扬善弃恶”的故事线索与民间叙事模式，如中国故事中“神笔马良”“百鸟衣”等民间社会勤劳智慧的青年与贪婪愚蠢的财主、国王斗争的叙事模式；而是将青年人追求自主婚姻的反封建家长的现代主题与农村青年同地主恶霸斗争的解放主题双重并置。其中，前者还是作家的重笔书写，尤其是作家特意将落后的封建家长角色三仙姑、二诸葛放置在“被看”的场景，而将解放区农村“有觉悟”

的村民替代启蒙者身份放置在“观看者”的地位。这种启蒙主义式的文本模式（启蒙者——群氓）被改造成革命解放的叙事模式（觉醒的农民群体——少数落后分子和坏分子），在赵树理这里完成了一个农民反向启蒙和自主现代化的过程。同时，这也完美地成就了延安及解放区这一个特殊的政治区域内所刻意要表达的“解放”主题的诉求，并为延安时期《讲话》所形成的文艺思想传播提供了艺术佐证。

赵树理立志做一位“地摊文学家”，要写让老百姓看得懂的作品。这种文学的责任感来源于作家要将自己的现代思想与经验去触动、激发下层农民的群体经验，打破启蒙者与被启蒙者之间的巨大鸿沟。无论是文学精神上的，还是文学传播上的，赵树理都在自觉地追求现代文学的启蒙传统。他是一个有着成熟的创作理念的作家，“一位在成名之前已经相当成熟了的作家，一位具有新颖独创的大众风格的人民艺术家”[①]。从这种意义上说，赵树理是在《讲话》之后被“树立”起来的，而不是革命解放的土壤及延安文艺思想有意培养出来的人民作家。赵树理依然受到五四新文化的深度滋养，他的写作观念及小说视角与五四时期“为人生”的问题小说有很大的切近，都是受到人生的激发，用新旧文学的结合方式去截取社会问题的片断，在社会写实中揭出生活中的问题以便得到人们的注意。表

① 周扬：《论赵树理的创作》，《解放日报》，1946年8月26日。

面上看，赵树理从现代横截面重新回到线性故事的古代短篇叙事结构中，但在艺术表现上依然凸显了主体投射、片断选取、主题实现（解决问题的逻辑思路）的结构意识，而并非追求大团圆式的封闭叙事。他谈到自己写作主题的形成时说："我在作群众工作的过程中，遇到了非解决不可而又不是轻易能解决了的问题，往往就变成所要写的主题。"[①] 从1949年后赵树理一直坚持的问题小说创作观念及其受批判的境遇看，"问题小说"这一形式不但不受到主流意识形态的推崇，反而受到不断的打压。因为"问题小说"的形式是建立在对现实社会的批判性基础之上，它是五四启蒙时期的一种现代性传统，是要将古典时期的生存状态放置在一种主体意识觉醒的目光之下，通过"看与被看"来审视、反省，体现出作家自身清醒的主体意识和人道情怀。当赵树理以旧形式完美地讲述了一个新的"革命解放"的故事而受到主流意识的推崇时，他那强烈关注旧农民的个体生存和精神心理的另一面却没被重视，而这正是从鲁迅到诸多的乡土小说家们一直在坚持的写作基点。因为民族解放战争的遮蔽与政治区域的位移，赵树理得以幸运地出头。但在随后的一体化建构中，赵树理那种深谙农村落后精神面貌与根柢的优势却无法发挥出来，他的"问题小说"的创作主张在单一化的阶级斗争模式中不断地受到压制和批评，这是赵树理进入"当代文学"以后要继续成为一个有

① 赵树理：《也算经验》，《人民日报》，1949年6月26日。

自己创作思想的“现代作家”所遭受到的冲突与困惑。

所以说，赵树理首先是一个启蒙主义式的农民作家（不是知识分子作家，这反映了启蒙主义的“现代文学”获得了更深的遗传性，从精神上培养了具有自觉性的独立人格的农民作家），或者说就是一位40年代的“现代作家”；其次才是一个从启蒙性的书写传统改造更新到新的解放时期的人民作家，顺利进入“当代作家”的行列。从赵树理身上我们能看出他对前代文学的过渡性与文体创新性。

通过以上分析论述，我们不妨这么讲，不是赵树理主动选择成为《讲话》引领下的“人民文艺”榜样，而是“人民文艺”选择了赵树理作为“方向”。正如我党在政治宣传领域所做的工作一样，这里面有一种强制性的权威批评话语发生了效用。

可以这样讲，“当代文学”真正的起源性文本应该是《讲话》。将这一政策性的理论文本视为某个时代文学的开端本身就说明现、当代文学性质上的差异。今天我们面对20世纪中国文学史时，很难刻意地将“当代文学”作为一个很清晰的文学史范畴。因为它没有一个文学转型彻底的界限，《小二黑结婚》在作为文学史阶段的划分时并不能构成一种标识，新中国成立后最早发表的作品也无法作为一种标志，如最早发表于《人民文学》的刘白羽小说《火光在前》，郭沫若诗集《新华颂》、胡风长诗《时间开始了》等。《讲话》提出：“要使文艺很好地成为整个革命机器的一个组成部分，作为团结人民、教育人民、打击敌人、消灭敌人的有力的武器，帮助人民同心同德地和敌人作斗争。”文艺的好坏优劣，要看作家的“立场问题”与“态度问题”而定，而不是作家主体意识对于人生的认识深度和体验深度。写作开始进入了一种权利结构的部门，它将是一门富有成效的工作，甚至可以发展成一项运动。从此，《讲话》规定了“当代文学”的体制与创作的法则，并打上了鲜明的“当代”文艺与政治恩怨几十年的烙印。

这种规定使得文学领域批评的权威地位的迅速形成，从而导致一种绝对的领导权对文艺创作上的理论指导；批评权威的确立与政治意识形态的领导权紧密结合在一起，反过来也强化了《讲话》成为当代文学体制化进程中最高文学批评的圭臬，大批从全国到延安及解放区的知识分子作家都需要接受着这种绝对权威的指导，甚至主动加入到这一文学权利的组织行列。经过延安时期的政治洗礼，何其芳从早期的新月派作家转变成当代文学理论批评权威；丁玲从早期张扬个性解放的当红作家转变创作风格，并成为文艺机关的领导。他们既受过批判的压制，同样也在批判和压制其他作家的创作自由。可以说，“当代文学”体制化的建立一个最大的表现特征即是批评权威的建立，从左联时期的钱杏邨、冯雪峰，到周扬、何其芳、陈涌，批评的权威越来越借助于意识形态的威力，引领延安时期的文学创作脱离了开放性的文艺发展轨道，利用“旧瓶装新酒”，土洋结合、推陈出新，走向民族化大众化、客观化戏剧化的文艺道路。

事实上，赵树理在延安及解放时期创作的短篇小说如《孟祥英翻身》《福贵》《邪不压正》等，尽管在创作方向上设置了翻身农民“革命解放”的崭新主题，但小说能够吸引农民大众阅读兴趣的故事形态却是对农村日常生活细节表现的旧题材、旧趣味，如乡村权力斗争、乡村诉讼形式、地方生活习俗、农民诙谐的文化形态等一些熟悉的生活经历和审美经验；这些故事内容和艺术形式是作家在创作意识中最想表现的一部分。这种创作趣味及倾向延续到60年代之后，赵树理一直偏爱以大众讲述的故事方式表现落后状态下农民生活形态和精神心理的变化，如农村旧式的家长、乡村落后分子、有着致富算盘的老农等。这种视角上的选择正是赵对农民主体性的深刻批判意识与改造愿望。只是随着意识形态的规导，迫使他不得不采用“解放”的总主题，有意识地挖掘和塑造“新人”角色；否则，对于坚持写作“中间人物”的他是没有“出路”的。他必须成为一位具有“当代”合法性的作家，而不是按自己的主体构想自由创作的“现代”作家。

我们由此也反观出，赵树理小说中的主人公，即农村新人，都缺乏农民自身的主体意识，《小二黑结婚》里的小二黑、小琴尽管反抗了家长的意志，不屈服恶势力的淫威，但却听从新政权领导的判决；《孟祥英翻身》里的孟祥英从小媳妇改造成“能干婆”也完全是迫于新政权的威力。这种新型的现代农民并非因为思想和能力的成熟而获得力量，他们离独立的个性人格改造还差得远。看似在五四时代被启蒙的中国农民到延安时代成长为革命解放的主体，实则主体性的缺乏使得这些农民新人形象趋向于扁平化，而无法留下更具独立人格化的具体丰富的艺术形象。正如敏感的异国评论者所发现，这些小说故事讲述的都是“没有主角只有配角的戏”①，真正的主角只能是隐藏在文本背后的“绝对者”，如政治意识形态的领导、创作背后的批评权威、一体化的文学生产制造者。从这种角度可以发现，人物的自由表达愿望受制于垄断性的权威话语，如《小二黑结婚》《邪不压正》里的区长的话、《孟祥英翻身》里的新政权威力。如果从现代短篇小说文体深层的形式资源考察，这显然也是赵树理小说为何只利用传统故事讲述方式的旧形式，以“旧瓶装新酒”，最终无法创造出“新瓶”的原因。

无论赵树理小说想要表达出多少现代意味，创造出崭新的“人民文艺”形式法则，都难以突破已有形式的桎梏；在延安时期成为一种文学“方向”后，他的短篇创作大大影响了大批解放区乃至当代作家的创作。从文体形式上看，对传统民间故事讲述方式的利用拉近了大众阅读的距离；而在精神形式上，赵树理的小说难以开掘出当代农民成长的心理嬗变，这一部分只能压抑在新政权下的旧农民形象塑造的“反面”书写上。这种内在的压抑一方面影响了更年青一代的作家继续简化短篇小说的叙事策略及意蕴；另一方面也暗

① ［日］近藤直子著，廖金球译：《有狼的风景》，北京：人民文学出版社，2001年，第60页。

藏了赵树理在1949年后受政治浪潮反复波动，最终遭受残酷迫害的潜在命运。从文学精神的大走向看，这一切均是“当代文学”开始走向短篇叙事艺术的客观化、戏剧化，脱离现代叙事的主体性、多变性的大势所造成的。

比起赵树理的方向性影响，同样在解放区短篇小说创作上取得成就的孙犁，其艺术道路和命运则要平顺得多。首先，他没有太多直接承受批评权威的压力与规训，处于一个革命战争中的“多余人”[①]位置；其次，其小说汲取的抒情传统没有完全偏离民族化、大众化道路，既接续了《诗经》以来的民间抒情及文人抒情风的传统，融典雅意境于俗白的风俗画之中；又沿袭于现代抒情小说的叙述传统。这一方面说明了抒情传统在中国文学中具有深厚的遗传性；另一方面也证明，沈从文在40年代将现代抒情小说的文体命运带向一种抽象化表达的“死路”时，孙犁以另一种方式改造了现代抒情小说的文体风貌，即缩短了抒情主人公强烈的主体内省性的叙事空间，剔除了人物内心抒情化的表达，加大了外在生活的审美空间表现力，用细节、对话与写景来烘托人物内心的客观抒情化方式的表达，从而将一种更具主观化的艺术形式改造成符合延安时期主流意识形态的文体要求，诗化地表现了解放区日常性的革命生活。所以，他的小说多讲述普通人在战争年代的日常生活化形态，表现人物心

① 杨联芬：《孙犁：革命文学中的多余人》，《中国现代文学研究丛刊》，1998年第4期。

灵美、性格美的诗意品格，提供了一名地域性的弱质知识分子看待中国民族解放战争的视角，从一定程度上也保持了作家艺术上的个性与风格。

由于“人民文艺”逐渐走向体制化，本着“为工农兵服务”的要求，短篇小说叙事在艺术特点上必然要体现出大众讲述的声音效果，即通过讲述革命与解放的故事达到宣传教化的目的。所以，孙犁带有文人品格的地域抒情化小说的言说方式无法与赵树理拥有民间艺术品格的故事讲述相比，前者的抒情效果体现出一定的艺术质感，后者的叙事效果中自带传统评书体的声音效果。这也迫使孙犁在小说叙事的方式上尽量向主流化的思想主题靠拢，接受“革命解放”的讲述模式；由此，抒情小说自带的雅致艺术形式难免流于客观化，或者说抒情的俗化，以至抒情正统的文学传统流变为一种地域性的民俗风格，即后来影响颇广的“荷花淀派”。这显然是抒情传统在当代文学中的一种变异。

真正从《讲话》的指导和解放战争的熔炉里锻造出来的是一大批的部队作家。这是有意培养出来的一支“文化的军队”，是为了解放战争舆论宣传、鼓舞士气而锻造出来的文艺队伍，它同样讲求战斗力。而短篇小说的艺术形式正好被他们借用，就像街头诗、短剧一样。但部队的文艺创作更像是一项宣传工作，多是急就章式的人物故事及事件片断的叙写，很少注重艺术上的表达与探索。所以，从一开始，部队作家就面临作家创作的主体性与部队的纪律性，小我与大我，思想政治的主题正确与落后的艺术形式，专业与业余等诸多的创作矛盾与差距，这比现代作家在“启蒙者与文学家”之间的“挣扎”与矛盾要大得多。因为部队作家几乎放弃了“文学家”的追求，而是作为军人和战士身份来规划自己。这足以让他们远离于文学史的审美视野之外。

比起以赵、孙二人为代表的短篇小说家所拥有的地域性艺术风格，追求叙事的活泼与结构的紧凑；部队作家的出现在整体上却是艺术水准低下，故事讲述速写化，结构松散，艺术匠心明显不足；在文体形式上甚至弱化了短篇小说本身的艺术特点，而吸收报告文学、新闻特写，乃至政论的文体形式，将一种夸饰与铺排的手法引入到对战争的讲述当中。在某种程度上，部队作家的小说近似于粗糙的民间传奇故事，它们还没有在流传当中接受民间艺术的滤化；虽然在艺术审美创造上有所欠缺，但同样赋予了新的“人民文艺”的文体创新功能。

最有代表性的部队小说家是刘白羽，他几近成为政治意识形态主导下文艺队伍的排头兵；他对战争形态的记录与特写一度成为部队文艺队伍中小说叙事的一种方向。从一定意义上说，这类文艺创作真正合乎了《讲话》以来文艺与政治的两重标准。它给那个激情的战争年代带来了极大的鼓舞力量，而太艺术化的作品或许难以满足战时读者的审美需求。

部队作家的短篇小说创作形式与散文特写、报告文学接近，截取的都是正面的社会信息，快捷、号召性强、富有鲜明的政治倾向和情感态度，这种“报告体”式的小说在新中国成立后一度受到极大的欢迎，特别在革命历史创作领域风行一时；甚至巴金这样的老作家都参与到这种短篇文体的创作中来[①]，及时地支援了革命解放事业的宣传和社会主义意识形态的建立。

总体来看延安时代的短篇小说形式创新的价值和意义，从文学史大视野看是值得充分肯定的。从以宗法制结构为主导的乡土中国到以革命为主导的农村中国的转换中，解放区短篇小说创作一方面真正实践了文学的大众化道路，将现代文学带进了工农兵读者群；另一方面也牵引着现代文学发展拐向了民族化、地域化的轨道。这一文学的革新很好地配合了中国40年代的民族解放战争。从具体的文学文体价值看，一是很少开辟出新的文学艺术形式，却在利用旧形式的改造和嫁接上很好地与延安时代的思想改造达成一致，具有文学与革命之间的异质同构性。二是在土洋结合、推陈出新以及“旧瓶装新酒”的价值取向中，突出了政治思想性而弱化了艺术品质，导致艺术形式上的保守性。在意识形态的引导与压制之间，对现代性的叙事观念与古典性的抒情传统两方面的继承均缺乏开放性姿态，最终造成了文学现代性价值的流失。三是在此背景下，延安

① 巴金在新中国成立初期不仅写下了大量的通讯、散文，而且还创作了《坚强的战士》《黄文元同志》《团圆》等一批反映抗美援朝功绩的短篇小说，一改三四十年代激情悲愤式的现代小说风格。

时代成就了短篇小说创作两大地域性流派风格的形成的同时，也阻止了其走向世界性的现代小说视野，最终以艺术品格的俗化为代价，将当代小说的民族化道路牵制到革命化、地域化的题材禁锢之中。

四、迎接改革开放时代的新潮流

文学如果改变不了一个时代的精神面貌，其思想的表达和形式的选择只能受制于时代。借着改革开放的时代春风，当代小说在革命化、客观化的禁锢中艰难走出，在急促的社会政治小说（伤痕反思）、地域流派小说之后，开始了寻根、先锋文艺的世界性追求。从这种意义上说，先锋小说的“先锋”品格和形式创新契合了改革开放时代的文学精神。它像时代的探路者，以一种试探性的文体实验，触摸思想解放之后的现代性空间。

然而，对于80年代的思想形态而言，朦胧诗和现代派或许更能彰显出一种思想解放的时代气韵；而先锋小说从某种程度上只是一种从社会政治书写退缩到纯文学领域中的文体实验，并不能真正地领衔社会时代潮流。这一方面反映了新时期文学与社会政治思想携手并进的蜜月期逐步淡化，另一方面也显示文学对社会时代的影响正由一体化走向多元化。

先锋小说的形式创新是显而易见的，但其带来的时代冲击力更多表现为对80年代主流文学“宏大叙事”体的观念瓦解。尤其是在文学还牢牢信奉现实主义的创作原则，诸如表现社会历史的真实性、人道主义情怀、民族与国家命运思考、个体的生存价值以及时代进步的脉搏等等；“先锋小说”家们用赤裸裸的文学虚构和间离手段撕破了文学与社会之间的“现实主义面纱”，以一种自我满足式的叙述快感追求写作上的叙事游戏。文学似乎卸下了所有的社会政治负担，重新变成一种语言表演。当然，这种表演不是消遣性的娱乐，而是显示作家挣脱文学艺术束缚之后的自由空间想象

莫言可谓从“寻根”小说宏大的观念结构中抽身出来的先锋小说家。与大多以文化地域为主要书写对象的“寻根”作家不同，他最大的写作品质来源于自身丰沛的想象力和感觉力；而与现代派小说家们相比，莫言却以过于虚构化的方式来凸显文学文本意识，避免以强烈叛逆色彩的人格塑造直接与现实秩序进行抗争。

莫言的短篇创作意象丰富，语言饱满，富于张力，给读者强烈的感受力。他的叙事充满主观性，却较少通过诉诸抒情的手段营构一种真实性的情感效果，反而会在故事叙述的间隙故意露出破绽，见出主观化的想象本事和理性的间离手段。如短篇小说《枯河》中写一个农村小孩的命运遭遇。小说开头这样叙述：

月亮升着，太阳落着，星光熄灭着的时候，一个孩子从一扇半掩的柴门中钻出来，一钻出柴门，他立刻化成一个幽灵般的灰影子，轻轻地漂浮起来。他沿着村后的河堤舒缓地漂动着，

> 河堤下枯萎的衰草和焦黄的杨柳落叶喘息般地响着。他走得很慢，在枯草折腰枯叶破裂的细微声响中，一跳一跳地上了河堤。在河堤上，他蹲下来，笼罩着他的阴影比他的形体大得多。直到明天早晨他像只青蛙一样蜷伏在河底的红薯蔓中长眠不醒时，村里的人们围成团看着他，多数人不知道他的岁数，少数人知道他的名字。而那里，他的父母全都目光呆滞，犹如鱼类的眼睛，无法准确地回答乡亲们提出的关于孩子的问题。

小说暴露出叙述的“行为”，率先讲述出故事的结果，叙述时序随主观化感觉而倒转，这有异于“当代文学”一贯的故事讲述方式。由此造成的叙事间离打断了读者对故事所反映出的客观历史情境的进入，而专注于文本虚构世界中的感觉化描写；这种先锋性的叙事建立了一个独立的文本世界，与现实世界的写实经验较远。但小说强化了文学本身的创造力，而不是现实批判效果。

莫言的另一短篇小说《秋水》对文本世界的叙事虚构更甚。小说开头以一个日常生活镜头描写了爷爷的死；紧接着，小说以“据说，……”迅速拉开现实与历史的距离，用一个“创世纪”的故事模式，编造了我爷爷与我奶奶来高密东北乡拓荒的传奇故事，在一个洪荒年代的背景设置中幻化出人物身上的神话光环，场面生动，恍然进入一种虚拟的世界之中；最后，小说以“儿歌”结尾，赋予一曲记录祖先丰功伟绩的宗教牧歌般的情调。作家的这种主观叙事方式，完全脱离了现实经验的依赖，给文本世界创造了极富虚拟化与想象化的神秘色彩。

显然，对于莫言的“先锋”性叙事来说，发挥主观化的文本创造力是他小说创作的首要原则。其小说叙述倚重于感觉化的描写、想象的驰骋，不去追求叙事的简练和真实性的情感原则；所以，莫言的小说创作自然也不会刻意于短篇小说的文体形态，篇幅加长，叙事缺乏节制。

先锋小说的文本虚构行为从某种意义上拆除了传统的“宏大叙事”体结构，以此也推动了短篇小说文体在前进道路上的障碍，更加突出形式上的意义。这在马原的叙述法则中典型地体现出来。

马原在叙事形式的解放上比莫言要彻底得多。他几乎专门经营此道，以至被人称为“实在是一个玩弄叙述圈套的老手，一个小说中偏执的方法论者”[①]。说他“偏执”是因为他几乎放弃了小说叙事的所指功能，将叙述能指本身的符号“行为”放在第一位，仿佛是要读者看一场赤裸裸的写作表演，小说创作真正成为了一门行为艺术。如他的短篇小说《不是夏天》这样开头：“我尽量把这个故事讲得诚实，我知道这样会使我多少担那么一点风险。这是个小故事，只是结尾不太好讲。好在结尾在后面，我讲开头的时候结尾不会太多地妨碍我。”随着叙述者刚刚把读者带入了小说故事的情景，他又马

---

① 吴亮:《马原的叙述圈套》,《当代作家评论》，1987年第3期。

上跳出来打断了这个叙事环境的布局和氛围，宣称："在这个故事里，我是个无足轻重的角色，我决定退出这个故事。换句话说，也就是不讲我。小小和明明大姐也不是主角。"这种层层堆砌的叙述圈套，好像是为了延宕故事开讲的时候，将悬念慢慢挂起来，让读者开始仰听端详。然而，事实上，马原并不像传统的说书人。小说的故事本身并不精彩，甚至作家的本意也并非要吸引读者对故事本身的兴趣，而仅仅是为了对讲述行为本身的表现。他的很多短篇小说都善用此道，如《拉萨河女神》《涂满古怪图案的墙壁》《错误》等。

对于马原来说，传统的小说叙述对读者带有很大的欺骗性，因为现实世界中根本不可能存在一个全知全能的叙述者。所以他要指出传统叙述中的文本真实性背后的虚假，犹如当场拆穿文学叙事的魔术表演。《黑道》就体现了马原这种典型的叙述方式，他将一个杀人的短故事讲得七缠八绕。在这篇小说叙事中，故事终究只是故事，不可能完全地将它的前因后果"还原"成真实，它只是对写作者不确定的记忆与想象进行修补，勉强凑整成形。一方面，叙述者要凭借自己的记忆寻求故事的真实还原；另一方面还得保持故事发生时的氛围和精彩程度。"我说不清这个场面重复了多少次，我甚至可以一丝不差地重新导演出这幕惨剧，我不能因为我熟知它的全部细节不能因为已经没有悬念而习惯它使它最终失去恐怖效果。"但这种讲述故事的"行为"几乎不大可能实现，因为讲述者受角色限制不能亲历故事的全知性过程。"我始终弄不明白，就是现在也还没弄明白我认定他拿了我的照相机道理何在。”随即又因为时间历久，记忆已经不清晰了，“我说那件事过去很久了是说我几乎记不清也不能够肯定那件事是否真的发生或存在过，连记忆都模糊了的事件一定是很久以前的事件了”。讲述者这才发现“短故事也不好讲”了。于是讲述者开始寻求故事中的角色的帮助，而这种帮助又陷入了不确定的记忆之中。“我不能复原矮子的原话，我试着将记忆归拢成连贯的意思，我不用冒号引号，因为不是他的原话，是我根据记忆做的文字叙述。”到最后，读者也如叙述者角色一样，无法确信“我”是不是亲历了杀人的场面，成为唯一的“目击者”。故事讲述得太玄虚。就像告知者（矮子）说被杀的“那个人”每次杀人时都会反过来去追杀亲眼见到他杀了人的人，没完没了成了恶性循环。但讲述者马上就质疑告知者：“他真的每次都看到有目击者吗？”（为何告知者本人没受到那个人的追杀？）“如果没有目击者，他也可以说有一个目击者，没有人能够反驳他。”这正好暴露了整篇小说的讲述者的讲述“行为”的真实性与逻辑性。没有哪一位读者会知道讲述者讲述的故事是真是假，仿佛“读者”也被讲述者“杀死”，讲述者就成了可以任意编撰故事的人。我们开始猜测，叙述者并没有真正见过杀人，但他可以凭借虚拟“目击者”的身份杜撰出一个杀人的故事。于是，叙述者在故事最后表明：“我就此写了一部美妙绝伦的小说，我还要说的是我留住了一个我大概永远做不出解释的重复来又重复去的我也弄不清虚实的梦境。”而真正的杀人场景，只是叙述者在“梦里结束的故事”中想象性地展现出来。为此，他才真正地将这个短故事补充“完整”。

我们这样试着努力将作家的叙事行为做逻辑化的梳理，只是想极力表明先锋小说叙事的意图，即小说的本质是虚构，不是反映现实。我们很难辨别作家马原在作为叙述者、旁观者、目击者、亲历者、听闻者，甚至一个叫马原或别的什么名字的角色之间穿梭，变换着故事面貌的真伪；他的这种自我讲述行为带动了读者跟着作家一起迷失在故事之中，分不出哪是故事的里面，哪是故事的外面？所以，小说叙事的“黑道”迷眼，“回头是岸”。我们还是放弃对故事真伪和叙事目的性的追问，回到叙事本身的过程上来。小说《回头是岸》同样讲一个杀人故事，但叙述者将故事的结果悬置在那里，只是将故事发生的过程讲述出来，而最终的结果只能是掌握在故事发生者的内心。讲述者最后表白：“这样类似的结果我还可以罗列出一些来，因为我的前提是我不知道内里的秘密。假如我知道呢？有什么可能是完全不可能的呢？最后我还是说我什么也不知道。”在大多数情况下，或许这样的结尾比小说家追求一种叙事目的性要坦诚、真实得多。

先锋小说对现实主义叙事形式的反叛带来一种思维的解放和叙事的狂欢。很多的小说故事在马原的叙述中被打断了叙事链条，呈现无目的性，还原为一种儿童拆卸游戏；所以，读者很难企求在他的小说叙述中找出完整的情节线索。福斯特曾说过：“故事是关于按时间顺序排列的一个个事件的叙述。情节也是关于一个个事件的叙述，但是它所强调的是其间的因果关系。"[①]而马原短篇小说的"先锋"叙述追求是对以往一切小说成规的反叛，对现代小说文体的形式革命。

如果把藏族作家扎西达娃的短篇《系在皮绳扣上的魂》拿来比较，相同点是都写西藏题材的故事，都在小说的叙述当中暴露出叙述行为，如"我听出扎妥活佛是在背诵我虚构的一篇小说。这篇小说我谁都没有给看过，写完锁进了箱里。……"但扎西达娃明显强化了故事讲述之后的意义，即宗教生活状态下人的现代化。所以，其小说中的叙述行为也跳不出宏大的意义结构框架，最终只是成为文化"寻根"小说的代表之作；而马原的叙述则是彻底的形式革命，文本秩序完全被作家本人操纵，他可以自由地出入，自由地变换叙述角色、叙述时间，以及文本的结构形态；一切叙述的目的与归宿、故事的因果逻辑之链，都不能成为他叙述的限制。

马原的"先锋"叙事不仅对叙述形式进行了彻底的解放，而且对隐藏在成熟文本背后的写作行为本身也进行颠覆性的拆除。在小说《叠纸鹞的三种方法》《拉萨生活的三种时间》《游神》中，故事的发生与故事叙述行为同时进行，将小说文本世界的建立从依赖现

① ［英］E.M. 福斯特著，朱乃长译：《小说面面观（英汉对照）》，北京：中国对外翻译出版公司，2002年，第231页。

实世界经验上升到对可能世界的探询。一切真实地反映现实的写作行为都是可疑的，写作就是一个任意杜撰的过程，这就是先锋小说家的本事。叙述行为转变成了叙述的对象，小说写作成了小说写作的对象，导演和摄像机变成了角色，这在西方小说理论中叫作“元叙述”“元小说”。

马原对短篇小说的形式实验引领了小说写作领域的一场革命，他将叙事“行为”暴露出来，犹如魔术师故意拆穿魔术戏法，以此颠覆了整个行业规则。他反感传统作家那种煞有介事的文本构思，随时从“叙述者”身份中跳出来，以第一人称的“写作者”身份将叙事背后的行为与过程一一暴露。从语言的“能指”意义上说，这是一种写作上的双重并置游戏，就像一手在砌砖头，一手在卸砖头一样；而从语言的“所指”意义上，或许我们能感觉到写作者对创作行为本身的解构和颠覆，其故意留下破绽或拆穿它的用意在于对固有秩序的反抗，不仅是写作的秩序，更是现实的秩序，只不过不像“现代派”小说那样在文本世界里直接诉诸反叛的情绪表达。

与马原单纯的形式实验相比，苏童在先锋小说家群体中更具有短篇小说家的气质。他没有马原那样在诸多的叙述花样之间任意穿插，变换着自己的叙事角色和身份，任意地设置叙事的结扣，在短篇结构布局上显得无所用心；苏童的短篇小说创作也极为注重虚构，他率先就告诉过你在虚构故事，然后他就一心专注于讲述故事，我们可以感觉到作家讲述得很投入。在那些虚构化的故事里面，我们能找到作家所渴望表达的一种个人化的生存经验。如他的系列“香椿树街”故事里，记录了“一群处于青春发育期的南方少年，不安定的情感因素，突然降临于黑暗街头的血腥气味，一些在潮湿的空气中发芽溃烂的年轻生命，一些徘徊在青石板路上的扭曲的灵魂”①。这些文学性的因素具有作家自身少年时期成长记忆的印迹，使得他的先锋叙事中融入了一种自叙性小说的成长经验，从而让他的短篇创作有了个性化的底色。像《桑园留念》《乘滑轮车远去》《U形铁》《蓝白染坊》《一无所获》《舒家兄弟》等，这一个个难忘的故事，让读者体会到作家的记忆深处流淌着的生命轨迹。《蓝白染坊》就是这类故事中最有代表性的讲述，它向我们呈现了一个在“香椿树街”上寻找失去的少年时期青春骚动的心灵的过程。小说这样开头：

> 在梅雨降落的第一天，三个男孩中有一个放学回家找不见他的黄狸猫了。猫从气窗口爬出去，打碎了鱼食钵。那个男孩伤心地把这事告诉两个好朋友，他们发誓要找回失踪的猫，于是开始了这个故事。

湿漉漉的城市里黄泥水泛滥，战争也好像随时降临，三个男孩在那

---

① 苏童：《苏童文集——少年血·自序》，南京：江苏文艺出版社，1993年。

个混乱的成长空间里开始迷茫地寻找那只黄狸猫。接着，由找猫的故事又引出了染坊的故事。神秘的染坊里有鬓发苍白的绍兴奶奶，也藏着像猫一样又可爱又古怪的女孩子小浮。三个男孩发现了那个躲藏在栅栏里窥视着外面的猫眼睛姑娘。但当染坊的故事重新开始讲述的时候，施工队进入了染坊挖防空洞，三个男孩也混在人群中进来找猫，也寻找神秘的染坊姑娘，竟发现她像只猫一样爬到了屋顶藏起来，并最先发现了掠过老街上空的飞机。男孩们没有找到失踪的黄狸猫，但他们喜欢招惹染坊的猫姑娘。故事节外生枝，有个国营印染厂的女技师想要收集蓝白花布，绍兴奶奶也殁了，染坊姑娘小浮能出门撑着油布伞走在太阳和雨地之间，她好像一下就长成了。三个男孩放了学经常溜进没有完工的防空洞玩耍，染坊姑娘也有时像猫一样钻进防空洞守护着一条神秘的红布带。故事的结尾，老街发生了骇人的爆炸声，染坊那里成了一片废墟。防空洞、染坊和染坊一家人都消失不见了。

故事中的三个男孩怀着渴望和茫然的心情等待世界发生什么大事。但是在很长一段历史中他们没有等到，在等待中他们过着平静的生活。十年以后他们都真正长大了，其中一个的女朋友也长着一对类似小猫的眼睛。有一回他们相约来到染坊遗址，站在陷落多年的防空洞和水泥骨架上，想找那个进口。但是防空洞上堆满了附近居民遗弃的垃圾，有许多玻璃瓶子。他们就一个一个地把玻璃瓶子往四处扔，后来找到了防空洞的进口。他们爬进去了，在黑暗的洞窟中搜寻了好半天，最后每人手中都抓了一把鲜嫩的蘑菇出来，里面什么都没有了，只长出许许多多的蘑菇。

多年前丢失的黄狸猫是永远没有踪影了。

那座住着绍兴奶奶的老街染坊、猫眼睛女孩小浮怪异的行为、那只骚动着少年们成长的"黄狸猫"，还有那未完工的防空洞交缠在一起，将故事形态搞得诡异、虚幻、跳跃、富于象征意蕴；但小说线索及目的性却比较清楚，即三个男孩找猫的故事。这种丰韵的故事讲述呈现在先锋叙事形态的短篇小说中，传达了苏童自身的个体经验的记忆复活。

在苏童的小说文本世界里，那个具象化的"香椿树街"无疑具有明显的虚构痕迹，很少有切实的现实历史与时代的印记；但它无疑灌注了作家的个人经验史。如果我们承认，历史与生活在先锋小说家那里只是残缺不整的碎片，那么他们正是凭借着这种碎片来对"历史"进行一种艺术的修复与还原，且这种修复的技巧是独特的个人手艺，不是专门的历史学家的手段。先锋小说家抛开现实世界的逻辑规则，纯粹是凭靠个人经验的主观应变能力，而修复程度的高低决定了"历史"的真实性与否。所以一旦在叙述中临时遇到障碍，他们会时不时地借助叙述行为掩饰或掩藏对碎片间缝隙的处理，以此来保证故事叙述的顺利。这正是苏童在短篇小说创作上长于马原的地方。

如果说“香椿树街”系列小说里有一些个人经验的影子，那么，在苏童另一系列以“枫杨树”为背景的乡村叙述故事中，如《外乡人父子》《飞越我的枫杨树故乡》《祖母的季节》《桂花树之歌》等，则全凭了作家对艺术虚构的本事。作家几乎是凭着一种失忆式的记忆，企图在遥远的历史河流之中打捞出那些属于上辈人的、可以保留的残片，仿佛那些爷爷、奶奶、叔叔、父亲、外乡人的故事飞越历史河流逆流而上，激发了作家恢复了一种“史前”的记忆，从而给小说事故讲述增添了无比缥缈、梦幻般的艺术想象力。作家曾坦诚道：

> 在这些作品中我虚拟了一个叫枫杨树的乡村，许多朋友认为这是一种“怀乡”和“还乡”情绪的流露。枫杨树乡村也许有我祖辈居住地的影子，但对于我那是飘浮不定的难以再现的影子。我用我的方法拾起已成碎片的历史，缝补缀合，这是一种很好的小说创作的过程，在这个过程中我触摸了祖先和故乡的脉搏，我看见自己的来处，也将看见自己的归宿。[①]

这些一次次的精神“还乡”为作家装上了想象力的翅膀，促发

① 苏童：《苏童文集——世界两侧·自序》，南京：江苏文艺出版社，1993年。

了他在文本世界中激情的飞扬。如在《飞越我的枫杨树故乡》中，叙述者诗意化的语言叙述也激发了我们读者对他那些打捞上岸的“历史”片段进行围观或窥视：

我们这个城市的屋顶下住着许多从前由农村迁徙而来的家庭。他们每夜鼾声不齐，各人都有自己的心事和梦境。如果你和我一样，从小便会做古怪的梦，你会梦见你的故土、你的家庭和亲属。有一条河与生俱来，你仿佛坐在一只竹筏上顺流而下，回首遥望远远的故乡。

确实，在苏童的先锋叙事形态中，历史不是整体性的编年史和稳固的宏大结构，而是失落了灵魂的一个个碎片所遗留下来的“废墟”。我们偶尔能从那些几乎失忆的回忆中打捞出一些光彩的片断，但永远无法完整地把它重新构筑。历史是个人的，不是集体的。是偶然性的残片，不是必然性的史书记载。苏童这种对历史与记忆漂流中泛出的叙事片断的凝神，很好地体现了他对短篇小说文体的执着。他的短篇小说创作不仅作为先锋小说形态反映了引领时代先声的形式创新，而且在文本意蕴中仿佛存有时代尾声的诗意传达，体现出其短篇文体的多重韵味。

先锋小说家的短篇创作中，马原解放了现代叙事的形式，他向我们证明写作者可以任意截入文本的世界、任意改变叙事的方向，但文本世界的意义全部被搁置起来；而苏童带来的却是对短篇小说精神形式的解放，他不仅带你在文本世界中任意驰骋，而且让你欣赏到文本世界“最精彩”的片断，让你窥视到艺术中最精核的灵魂。从审美层次看，前者涉及小说物质性的文本层面，后者却能深入到精神性的艺术层面。

话又说回来，马原对先锋小说领域的影响更大，他拆解了以往的“宏大叙事”结构体，引领了一种叙事潮流;但从更远的小说发展史看，苏童潜在地开启了90年代以后先锋小说创作的个人化写作方向。

除了马原和苏童之外，还有更多的先锋小说家们热衷于短篇小说创作，如洪峰、格非、余华、孙甘露、陈村、叶兆言等等。但总体而言，他们更注重的是叙述形式上的解放，在马原之后翻新出更多的叙述花样，而对短篇小说文体形式的关注相对弱化。这并没有贬低或忽略他们在短篇小说创作的成就，只是我们选择的考察视点及阅读经验的限制不同而已。

比起80年代同时期的现代派作家们所具有的思想个性和对抗意识，先锋小说家们更注重以形式实验来化解思想意识的统一性，在纯粹的叙事实验中寻求文学表达的出路。他们更多地关注文本世界，较少关注社会现实，仿佛整个世界和历史在他们笔下都可以被想象成一个虚构化的“文本”。他们有意拉大虚构文本与现实世界的距离，在叙述形式的花样里充分享受自由表达的快感，在拆解了“宏大叙事”体的零散装置旁边，他们尽情地偷着乐，毫无顾忌地自由言说；他们不忙于继续重新搭建，只享受拆解过程中的知性快感。或者说，这种先锋叙事策略深层地反映出80年代里的青年作家实现了对成长压抑过程中的情绪宣泄愿望。他们没有明确的弑父情结，没有明确的反叛对象，而是对形式本身不满，对当代体制化的一切社会成规束缚的反叛。从这一点而言，他们与朦胧诗人、现代派小说家有一脉相通之处，我们在其复杂的叙述方式中也能感受到个体情绪表达的痕迹。这种个体意识的萌发使得先锋小说家们在叙事形式的革命中偶有一些带有现代主义色彩的短篇作品，或借助精神梦呓，或借助变形荒诞来表达他们内心的主体愿望。一些小说呈现的意绪化浓厚的艺术结构似乎让我们感受到“现代派”的影子。如余华的《十八岁出门远行》、孙甘露的《我是少年酒坛子》、格非的《褐色鸟群》等，他们运用一些荒诞、无逻辑的叙事设置、梦呓般的虚构场景等，表达出青年人内心的关于成长、漂泊、与主流秩序对抗的秘密；正是这样叙事痕迹，才使得批评家从一些先锋叙事的文本阅读中发现出一种“残存的现代主义”[①]。也许面对复杂而多元化的时代意识和艺术形态，我们无法清晰地将80年代中期的文学流派规划齐整。但从短篇小说的文体形式考察，有一个共同之点似乎让我们确信：自由表达意识是短篇小说形式变化背后的精神驱动力，无论先锋小说，抑或现代派小说、寻根小说等。

---

① 唐小兵：《残存的现代主义：关于自我的叙事》，《英雄与凡人的时代——解读20世纪》，上海：上海文艺出版社，2001年。

第二章

静听时代尾声的诗意传达

“一时代有一时代之文学”。然而，时代是多棱面的，有主流与非主流，有大时代的宏观叙事自然也有小时代的个人叙事。同样的时代，有人迎着时代与时俱进，有人却躺在时代的背景里静听远去的步伐。而且，虽然有共同的时代生活经验，但个性与环境的差异也导致观察时代的视角有差异。有人惊讶于树头的第一枝花开，有人却流连于最后的花落瞬间。短篇小说文体虽然承担了对现代化进程的前卫书写，但也记录了回望旧路时的消逝风景。正如鲁迅在《故乡》里既坚定了敞开的新路，听脚下潺潺的水路，缓慢地走出故乡；又感怀于故乡的旧物人世，回忆儿时的美好。复杂的思绪既来源于现代文明的动力，又有难舍的乡土依恋情怀。所以，在传统的乡土文明逐渐消逝的时代尾声中，我们读到了那份诗意的眷恋之情。

乡土文学的兴起，是因为有了现代文明的对照。在城市文明的生活经验映衬下，小说家们才会以怀乡的情绪和散文化的抒情笔调书写乡村社会的风土人物。中国大陆骨子里是一个以农业文明为根基的民族国家，即使整个20世纪的现代化步伐急速向前，乡土中国依然是她的日常面貌，乡土文学几乎贯穿整个世纪演绎的乐章，构成了现代中国的多声部旋律之一种；或者说，可以看成是和弘扬时代精神的主流小说合奏的低声部，丰富地演绎了整个20世纪的文学变奏曲。

具体而言，短篇小说文体对时代精神反映的诗意传达功能在20世纪的多个时段表现明显。虽然20世纪的诗化小说大多以乡土为题材，但早期的现代乡土小说多为写实主义小说，具有较强的现实批判性；作为五四运动背景下文学开创时代，这些短篇创作多叙述宗法制下的械斗与陋习、野蛮与愚昧，或散文化地自叙作家早年的乡间生活与朴素情感。

乡土抒情小说文体的生成是从早期城市寓居者（第一代乡土小说家）充满个人情感反刍的回忆性散文记事发展而来。从发展脉络看，其文体形成是由人物为中心的写实叙事上升到以主体情绪为中心的散文化叙事；随后，乡土叙事开始吸取传统文学的养分，尝试一种小说写法的新实验与探索，开始淡化情节逻辑和人物塑造，追求小说叙述主体的感觉、情绪、意境的表现，以及对乡土生活形态及民俗意蕴的诗意观照。这种诗意观照与“城市—乡村”的两种文明对照相关，乡土抒情小说家大多是城市知识精英，对城市文明多有批判，对现代革命保持警觉，对民族国家富于自省意识，所以才有了对传统视域下乡土人情世态的情感关怀与审美观照。他们关注剧烈的现代国家变动中那些落后乡土及底层社会中保留下来的和谐自然生活常态，与时代主流保持一种距离感；他们以文人化的意绪、含蓄的现代性批判、民族风格的崇尚等造就了一种诗化小说结构，秉承“健康、理性、节制”的审美书写态度。最终在废名、沈从文等的小说创作影响下形成了以京派文人团体为核心的现代小说流派，也凝成了中国现代小说文体中的乡土抒情小说一脉，影响深远。

40年代中后期，当抗战、革命的主流汇聚，时代的洪钟激发了人们的奋勇争先，也触发了躲在民族解放战争背后挣扎与固守的人们对家园、童年及个体生存的体验与追忆，这些情绪体验与个人追忆融化在40年代小说家的短篇创作中。无论是张爱玲、梅娘对沦陷区人们的苟且偷生，还是汪曾祺对大后方人们生活败落和无奈坚守，以及与萧红、师陀等不约而同地形成对故乡小城的追忆等，显示出大多普通中国人民处在抗战与革命的大时代夹缝里的生存挣扎与家国体验；这些短篇小说创作从叙事风貌上呈现出个体追忆与尚美追求的文体特色。当民国时代即将走向末路，风行30年代的乡土抒情小说流派与海派小说早已成为非主流叙事，但在文学书写上找到了共通的文学理念，如自由立场与个体创作、和谐的民族审美追求、关注时代的背面及角落的小人物的生存状态，为大江大河的奔涌背后拍摄下了更富余韵的个体记忆和悲凉人生。京派文学传人汪曾祺在蛰伏多年之后重出80年代的文学现场，引领了地域文化小说潮流，海派文学新星张爱玲虽然远走海外，但同样留下上海遗韵和神秘风采在世纪末的文学中回响。

待到80年代重开现代文学记忆，现代化一方面引领文学的变革，一方面也在民族文化意识的觉醒中走向自觉反省。一时间，各种地域文学色彩斑斓，文体实验异彩纷呈，诗化小说文体重新获得强大的爆发力。简洁的叙事风格，白描手法的运用，日常生活横断面的关注，神韵的捕捉，以及言短意长的抒情方式，等等，几乎是在旧琴弦上弹奏现代性的宏音。在走向世界格局的现代化与文化觉醒中，地域文化书写进一步走向寻根文学，强化了小说的文化品格和宏大意识内涵，致使现代抒情小说从短篇形式承载的古典意蕴转向了中篇小说化的文化思想意趣。文人化的叙事主体转换成精英化的文化主体，寻根文学造成的声势不小，却难以推动巨大的社会文化变革。其对文化取向的选择，以及对社会现实的态度都充满着复杂性和暧昧性，致使她处在80年代中期这个社会转型渐变、文学开始向多元形态迈进的临界点上左右摇摆，陷入文化保守与文化批判的矛盾悖论之中。还不如新一代的先锋小说家，毫无顾忌地推动了文学的革新；但文化寻根小说给80年代的现代化留下了足够多的历史遗照和现代绝响，发挥了短篇小说对社会时代守护的“后卫”功能。

及至90年代，当市场经济大潮的冲击给文学带来市场化的活力，也带来了对纯文学的侵蚀破坏力。而世纪末和全球化的巨大背景下，乡村社会生活仿佛还留在前现代，可人们的身体已然进入了后现代的超级城市生活场；新的乡土小说书写以一种后现代方式，如文本拼接、文体变异、叙事杂糅等，记下了城市写作者对岁月曾留的乡村记忆和情感创伤，也记下了新一代农民在工业文明浪潮中的阵痛与蜕变。同样，这些含有巨大情感源的小说叙事也满足了文化市场带来读者的文化消费需求，弥补了他们的情感空缺和心理落差。

综而言之，从二三十年代至民国末路的革命抗战时代，乡土抒情小说与非主流的小说创作多在大时代的背面及角落留下了富于诗韵的历史记忆，其“尚美”的艺术风格陪衬了宏大的民族革命解放事业的主旋律，奏出了时代意识交错的低声部。没有这个声部，这个时代的主调就显得单一、呆板。而在80年代至世纪末，多彩的地域文化小说与市场体制下的新乡土小说书写一方面继承了现代乡土抒情小说的文体风貌，维持一种诗化观照的审美视角；另一方面在全球化背景下，城市急速发展和乡村生态环境迅速破坏，两种文明之间产生了巨大落差和裂变，使得新乡土小说在平静的诗意观照中隐含了更多的人性异化、存在孤独的现代主题，同时在消费主义文化的影响下精神主体委顿，乡土叙事走向情感缝缀、拼接杂糅的后现代风貌。

一、现代化审美观照下的传统诗性

第一代现代乡土小说，除了鲁迅的《故乡》《社戏》等片断，其实多偏重于写实性和批判性。一些回忆性的乡间记事文章，或可看成是叙事散文；即便从小说文体看待，也多停留在写实和个人抒情方面。只有当城市文明与出走后的乡土社会渐行渐远时，或者说现代人在城市文明中遇到挫折性的体验之后，现代作家才会回过头来向乡土社会寻求一种审美化的观照和情感寄托；开始跳出写实性的批判视野，转换成一种诗化的、散文式的叙述，传达出内心的情绪及理想。我们可以从废名、沈从文等乡土抒情小说家的早期创作中明显看出此种趋向。

现代短篇小说的实践发展到30年代，左翼文学在“革命文学”口号下迅速强势成为文学的主流浪潮，现实主义小说创作实践逐步走向成熟；但他们并没有在文体形态上引领现代小说审美现代化的方向；反倒是更多的小说创作者在与左翼文学的“主流”创作意识保持警觉的距离。或许是“文学革命”转到“革命文学”过程中，“普罗文学”起了不太好的作用，将文艺的目的向革命宣传上引导，致使许多致力于艺术创作的小说家们生出了反感之心；同时面对中国民族改造的使命和阶级矛盾的激化，他们又无法完全钻进“为艺术而艺术”的象牙塔里；所以，他们要以文艺的创造手段参与中国的民族现代化问题的思考。他们不愿追随时代潮流的浪头，而是选择从日常生活中去捕捉现代情绪和心理的细微变化，并从中截取一段颇有余味的故事，或一个日常化的细微动态，或一种可供捉摸的环境氛围，来表达自身对于时代的情感诉求。他们同样受了前一时期“为人生”的写实主义的影响，同样致力于在民族国家现代化的道路上进行着文艺的创造，只不过他们没有顺着时代的牵引和激情的鼓舞，而是矜持地保留着自己的理性步伐和从容的姿态，以冷静的视角去关注时代行进的底层生活和社会角落，并对现代革命这一时代主潮进行含蓄的批判。这种小说创作流向大多以“京派”小说家的表现最为明显。

尽管京派小说家的生活保持着相对宁静的一面，对时代革命和政治争斗保留着一些谨慎的态度，但他们没有脱离这个时代而生存；他们的创作在形式化的选择背后也明显带有一些时代意识的痕迹。其一是体现在题材的选取上，其二是体现在民族改造的愿望上。也许他们不像左翼小说家在题材的选取上注重反映变化了的大时代局面，但他们的小说也不自觉地形成了一种偏向，即对中国乡村生活的日常叙事观照。这种对于底层生活的关注甚至与左翼对大众关注的焦点是一致的，只是关注的方式不同而已。一个关注激荡的时代生活，一个关注安静的底层生活，这些题材选择均反映了30年代中国社会的时代面貌。在这个时期，劳工社会思潮盛行，阶级矛盾激化，促使中国社会思潮从启蒙走向救亡；而乡村经济的凋敝与中国殖民化程度的加深，激发了小说家们对民族与阶级命运的特别关注，中国命运的走向引起了所有知识分子的热烈讨论和企图改造的愿望。京派作家自不例外。林徽因在为京派小说阵地《大公报·文艺》副刊选编小说时就提到：“在这些作品中，在题材的选择上似乎有个很偏的倾向：那就是趋向农村或少受教育分子或劳力者的生活描写。这倾向并不偶然，说好一点，是我们这个时代对于他们——农人与劳力者——有浓重的同情和关心；说坏一点，是一种盲从趋时的现象。”[①]当然，京派作家在题材选择的方式上是自由的，符合作家自身的表现趣味，没有左翼小说受强烈的时代意识感染所呈现的那种刻意和一致。而最大的不同是，同样表现30年代的底层生活，京派小说家们淡化阶级意识，淡化时代潮流中戏剧化的生活变化；他们从缓进的社会形态和普通的生存方式上去体味下层人们的情感态度，表现他们在面临现代社会的变化动力中依然保守的安静姿态，从而在“常”与“变”的辩证生活法则中看透历史滞缓的脚步。这种透视的目光充满着诗化的审美趣味，但依然含有现代知识分子敏感的改造意识；当然，这种对社会时代改造的愿意比起文学革命者的姿态，则反衬出他们逃避时变，固守淳朴的“乡下人”的典型心态。

京派小说家们尽管都是城里生活的现代知识分子，但为文的心态表面上暴露了保守的“乡下人”心理，深层看却是帝国主义侵略和逼迫下的落后民族子民对于民族独立改造的真诚愿望和文化心理。可以说，他们努力在自己的小说世界里构建一个“乡村—民族”的文化维度，而拒绝世界性潮流下的现代国家残酷的竞争方式。所以，京派小说家们尽管处在社会剧变的现代化进程中，却截取着不为人注意的、迟缓的、日常生活化的一段来表现。他们表现的意图不是要呈现社会时代变动的一面，而是变动中保留的一面，如道德

① 林徽因：《文艺丛刊小说选题记》，《大公报·文艺》，1936年3月1日。

的纯洁、情感的淳朴，乃至落后、迂腐又可爱的人性一面。我们在沈从文的小说视野中发现，其短篇创作对人生的关注点几乎都在滞留的人物身上，如《萧萧》里的主人公萧萧、《丈夫》里重新回转家门的夫妇、《菜园》中的女主人玉太太，甚至中篇小说《边城》里等待的翠翠等；而像引诱了萧萧以后出走的花狗、玉太太外出读书最后却横遭杀身之祸的儿子，以及出走下落不明的傩送等，这批“出走”形态的人物被放置在小说叙述的背面来处理，反映了剧变的社会时代对人性的戕害。这和鲁迅截入时代的视角相反，似乎隐含了沈从文对现代人走出传统封闭环境这一精神状态持一种“反现代”的观念。然而，当我们反思到中国民族的现代化模式是在强权侵略的奴役下被迫开放，在革命的暴力摧残下遭受巨大的阵痛，就会明白作家对待民族现代化方案的那种保守性态度，以及他对现代中国剧变带来的不合理的文明进程和生存竞争的批判。这种保守性和批判态度体现出作家强烈的“现代”主体意识；否则，沈从文的小说世界中也不会有那么多“出走”形态的人物，也不会有对有悖人性的现代城市生活观念的强烈讽刺，如《绅士的太太》《八骏图》等。

保守的文化心理和对现代中国的批判态度，使得他们在小说创作观念上显得态度从容，产生诗化的审美距离，在形式选择上多保持日常生活化的散点透视、散文化的艺术结构，实际上却体现出他们的艺术涵养和为文用心。他们反对戏剧化的冲突与大开大合式的波澜，不遵照现代“正格”的小说理论原则，而将富有民族文化的传统元素纳入现代小说开放式的叙述法则之中，以抒情化笔墨融入日常生活的叙写之中。小说里的人物与事件都恍如水墨画一般或浓或淡，时实时虚，一点也不要求现代短篇小说理论中强调的必须有一个布局的最高点[①]。可以说，京派小说家们的乡土抒情小说丰富和拓展了现代小说的艺术道路，其散文化的叙述张力很好地契合了现代中国人的个体审美方式和文化心理，并将中国现代小说区别于西方现代小说的内在优势彰显了出来。其小说的抒情笔法和散文化结构在中国小说从传统向现代转化过程中起到了一种文体形式承接的作用，矫正了五四小说强调的那种一味地逃脱旧小说模式的影响，去单纯地追求西方现代小说的做法。

沈从文在小说集《石子船·后记》里曾表白过："我还没有写过一篇一般人所谓小说的小说，是因为我愿意在章法外接受失败，不

---

① 清华小说研究社编的《短篇小说作法》提出："一个完美的布局，必定有一种很清楚的分界。事实应当直接慢慢地从平地进步到最高的一点。在那最高的点上让读者悬疑一会，然后布局再陡然向下，以致完全结局。这种分界便叫做焦点。"〔北京共和印刷局，1921年4月26日，见《二十世纪中国小说理论资料》（第二卷），第125页〕同样，何穆森在《短篇小说的特质》里也提到："在短篇小说，对于人物的描写，就不能注重其运命和性格的全部展开，大抵只选择其变化可说是达于顶点的一个事件，来做叙述的重心。……因为用很长的时间，来描写各种人物心情中的变化以及各种相次扩大的错杂事件，倒不如截去四周的事物而设一紧张的场面，表达其最高的一刹那。这一点，时常可当作短篇小说与长篇小说性质上的区别，也可以看做幼稚的古代的'短篇小说'与近代的短篇小说的识别点。"（载《申报·自由谈》，1933年12月29日。）

想到在章法内得到成功。”①这种表白与其说是自己的兴致和爱好，不如说是京派小说家们对于现实世界独特的观察法：不是直接审视中国乡村的现代化剧变和命运走向，而是保持一种诗化的距离感，用独特的审美体验去感受古老中国的自然崩毁与缓慢前进的脚步。所以，他们的小说自然不在意作为一名社会观察家，去细致地刻画社会时代的真实状况，或再现一段时代风波的激烈争斗；而是提倡一种诚实与理性的态度去书写时代真情，静听时代尾声。林徽因解释过这种“诚实”的写作姿态：“即是作品需诚实于作者客观所明了，主观所体验的生活。小说的情景即使整个是虚构的，内容的情感却全得借力于迫真的，体验过的情感，毫不能用空洞虚假来支持着伤感的‘情节’！所谓诚实并不是作者必需实际经过在作品中所提到的生活，而是凡在作品中所提到的生活，的确都是作者在理智上所极明了，在感情上极能体验得出的情景或人性。”②这种解释甚至讽刺了那些对农民实际生活状况存在隔膜的革命小说家。

京派小说家们这种独特的创作态度决定了他们短篇小说创作的形式特点。与左翼小说家们比较起来，他们更注重审美表现的方式，而不是社会再现的方式；从某种意义上是对于时代社会真相的一种曲折的、诗意化的表达。沈从文在40年代深有体会地谈道：“短篇

---

① 沈从文：《〈石子船〉后记》，《石子船》，中华书局1931年1月，见《二十世纪中国小说理论资料》第三卷，第115页。

② 林徽因：《文艺丛刊小说选题记》，《大公报·文艺》，1936年3月1日。

小说的写作，从过去传统有所学习，从文字学文字，个人以为应当把诗放在第一位，小说放在末一位。一切艺术都容许作者注入一种诗的抒情，短篇小说也不例外。”[①]这种超越所谓“正格”的短篇小说的作法不仅扩大了现代短篇小说的形式内涵，也对后世产生深远的影响。京派作家群的年青一代汪曾祺40年代也谈道：“我们宁可一个短篇小说像诗，像散文，像戏，什么也不像也行，可是不愿意它太像个小说，那只有注定它的死灭。”[②]这是对他的老师小说形式观念的一种继承。联系到汪曾祺一直持续到80年代后的小说创作实践，我们不能不确信这一短篇小说的文体观在现代小说史上显示出坚实的艺术生命力。

当然，我们并非要比较出京派小说家们的艺术素养要绝对地高出多少，只是他们的写作态度和生活方式比起大多生活在亭子间的左翼小说家们自然显得从容一些；正如我们不能贸然评说站在主流地位的左翼小说家的文学使命和民族责任感一定会高于京派小说家的话，这也只是一时之论，因为文艺的影响力不能跟政治的效果等同。再说，文学走向“宏大叙事”的革命现代化维度也不只是单面和唯一的视野；对于普通人性的揭示、日常生活化的生存体验，都是文学现代化层面的重要维度。一旦进入到具体的历史情境，不同

---

① 沈从文：《短篇小说》，《国文月刊》第18期，1942年4月16日。

② 汪曾祺：《短篇小说的本质——在解鞋带和刷牙的时候之四》，天津《益世报·文学周刊》第43期，1947年5月31日。

文学社会圈层的话语权分配是不平均的；京派小说家们在40年代之后一直处于中国文学现代化进程的弱化一面，并遭受到“义正词严”的批评。平心而论，当左翼文学还没有取得后来历史话语的绝对权威时，双方对于艺术的格局是平分秋色；甚至站在艺术的地盘，京派小说家的底气更足；而站在民族命运关注点的时代高度，左翼文学家们往往意气更风发一点。

这一比较，内部的矛盾也就展示出来了。这个时期，我们经常能听到京派小说家们由于小说的散文随笔化而被斥责为“生活的空虚”，认为“随笔化的小说比严正的小说好作得多”，批评他们“创作态度之欠严肃与生活之欠充实”，或“写小说而没有更全体，更根本，更普遍的人生的题材”。[①]而沈从文较早就批评过左翼小说界，或“正格”式的小说作法的作家创作中“诙谐的调子”和“讥讽的权利的滥用”而“不缺少病的纤细”[②]；京派小说家们一贯倡导写作的理性与诚实，认为“惟有这道德的严重性才能把我们现代小说从纤巧肤浅当中挽救出来”[③]。显然，双方都存在着观念上的偏执。

京派小说家们对短篇小说的文体形式创新从某种程度上背离了

---

① 穆木天：《小说之随笔化》，《申报·自由谈》，1934年4月18日；徐懋庸：《小说与随笔》，《申报·自由谈》，1934年4月24日。

② 沈从文：《论中国现代创作小说》，《文艺月刊》2卷4号至5、6号合刊，1931年4月30日至6月30日。

③ 梁实秋：《现代的小说》，《偏见集·现代文学论》，南京正中书局，1934年7月，见《二十世纪中国小说理论资料》(第三卷)，第259页。

正统的现代小说理论，但它大大推进了短篇小说的现代化进程。从表面上看，他们对待社会时代的观念趋向于保守，远离30年代向左转的革命与救亡的主潮流；实际上，他们都拥有良好的现代教育背景，“与同时期的‘左翼’小说相比，京派开放的民族性更为显著。京派刊物重视介绍当代的世界文学潮流，沈从文的小说观念与西方现代的心理学、人类学、哲学，与莫泊桑、哈代、屠格涅夫、契诃夫都有联系。大学经院的文化氛围自然使大部分京派作家修养深厚，眼界宽泛，思想上的民主意识、自由意识以及文学的现代意识，结合成他们的现代性”[①]。我们只有从80年代的开放文化氛围中才能反思到，京派小说家们的这种“现代性”是与他们深层地对传统民族的改造愿望结合在一起的，而并非与同时代的左翼作家一样，高呼着大众的革命和民族的救亡。左翼小说与京派小说，一紧一缓，一近一远，一个充当时代“号角”，一个充当时代“后卫”，呈现出同一个时期中国短篇小说不同的现代化方式。所以，今天看来，京派小说的人文底蕴更足，而左翼小说的社会历史感更显露；而他们对于现代短篇小说的形式创造都是我们最重要的形式资源。

二、民族时代夹缝里的怀旧与挣扎

“战争加深了人们的不安定的感受，现代的生活也使得人们越

---

① 吴福辉编选：《京派小说选·前言》，北京：人民文学出版社，1990年，第10页。

来越面对内心来寻找生存的价值，这样，以往的抒情情结在40年代的部分作家看来便已经过时，渐被对现实的体验所代替。”[①] 确实，30年代建立以来的乡土抒情小说虽然与左翼小说一起，共同谱写了社会时代的多声部旋律；但作为低声部的抒情小说碰到越发高调的民族革命文学，多声部被扭曲为宏大的合唱，很多混奏的次要旋律被淹没在民族时代的夹缝中，越挣扎越渺小。

30年代的小说团体与流派在战争的冲击与号召下渐趋没落，民族的危亡与“尚力”的叙事法使得一些作家的创作意识受到挫败。但在这种七零八落的状态之中，一些孤独的文学个体反而成为了大时代背后的历史见证人及鲜活细腻的体验者，给了现代短篇小说在时代发展上的艺术见证。在艺术前途的遭遇上最富于这种时代特征的当然还是短篇小说的抒情文体大师沈从文，他40年代的创作状态明显地呈现出处于民族与时代夹缝中苦闷与挣扎的心理状态。

40年代中后期，当革命战争潮流裹挟一切，自由主义意识及个体生命的抒发者越来越成为时代的“落伍者”，京派文学朴素的美学理念及写作实践同样日渐式微。乡土抒情小说尽管在30年代影响不小；但全面战争的到来，不仅激发了大多中国作家的抗战意志和书写方式，也影响着这些远离战事的现代作家。即便是一贯远

---

① 钱理群、温儒敏、吴福辉：《中国现代文学三十年》，北京大学出版社1998年，第503页。

离政治与战争旋涡的自由作家沈从文、冯至等，他们在相对平静的创作环境中依然受到时局的侵扰。战争不仅摧残普通人的个体生命和生存意志，而且给这批信奉艺术独立、自由主张的现代作家带来精神上的挤压，迫使他们逐步走向抽象化的封闭式精神体验。那种明朗、健康的创作意识再也不见了，随之产生的是内心的生命困惑以及个体孤独的战争体验，外在的喧闹与内心的寂寞形成鲜明的对照，并相互影响相互伤害，扰乱了他们对未来的前景和创作出路的忧虑。处于西南一隅相对宁静的西南联大，沈从文倍感孤独与烦闷，他在《虚烛》集中写道：

……真正吵闹到我不能构思，不能休息的，似乎还是些无形的事物，一片颜色，一闪光，在回想中盘旋的一点笑和怨，支吾与矜持，过去与未来。

为了这一切，上帝知道我应当怎么办。

我需要清静，到一个绝对孤独环境里去消化消化生命中具体与抽象。最好去处是到个庙宇前小河旁边大石头上坐坐，这石头是被阳光和雨露磨光了的。……我需要在这种地方，一个月或一天。我必须同外物完全隔绝，方能同“自己”重新接近。[①]

---

① 沈从文:《虚烛》，上海文化生活出版社初版，1941年8月，见《二十世纪中国小说理论资料》（第四卷），第81—82页。

尽管在作一种形而上的生命体验和哲学沉思，但沈从文的内心无疑是不能沉静的。在战争时代的洪流中，他疲惫地陷入了一种对于宇宙形式的抽象美的幻想之中。纯粹的艺术心灵与现代理想都沉入到极度的矛盾当中，一方面，他们要“健康”地表达对于民族前途与现代个体精神的改造愿望；另一方面，轰轰烈烈的战争时代冷落了任何作个体命运思考的哲人与清醒者，战争如一头无理性的野兽，与我们所渴望的精神向往越来越遥远。一切艺术的精神都遭受现实的摧残，只有拥有现实感召力的功利性艺术才能活着，否则就将遭到时代与读者的抛弃。这对于仍然坚持文学的无功利性和超越姿态的自由作家来说，无疑是困惑的。

沈从文坚守京派自由作家一贯信奉的文学的诚实与道德原则，保持作家独立的审美观念，认为艺术是一种崇高的人生境界，厌弃将艺术作为商业或政治的附庸；然而，这种艺术的坚守与远离民族战争的疏离感导致他的创作与时代越来越隔膜。他在40年代的短篇创作大多是书写琐屑的乡居生活，维护着他的“健康”原则的尊严。有一篇特别形式的短篇创作《笨人》[①]，也许更能见出沈从文内心的保守与枯竭。

小说借一个远古的故事讲述了一个“笨而诚实”的乡下人追求

---

① 沈从文:《笨人》,《新文学》第1卷第1期，1943年7月15日,《沈从文全集(10)》,北岳文艺出版社，2002年，第295页。

幸福生活的经历。这个乡下人听人说幸福的获得是要“做个好人，爱国，守法，尊重道德，做事负责，认真，保管财产也极得法，因此发点财”。于是，他冒失地告别妻儿，离开家乡，到一个海口商埠来打听发财的方法。在受尽了人们的取笑与失败之后，他依然在码头等待机会。终于，这个诚实、笨拙的乡下人等来了机会，被一个贩运海货的商人带上船做点小事。他笨得诚实，做事极负责任，且需要时竭力给人帮忙，因为他的信仰是：只要做好人就能发财。时间久了，他在船上也积了点钱，并把钱办些货物在不同的口岸随地卖。由于他的笨，所以就完全听从船长的吩咐，要他买什么就买什么，这有点像今天的托人炒股票一样。当别人因为过分地精明而有亏有盈时，他的财富却稳步地上升。大家都以为这笨人福气好，却也常常嘲笑他，或用吃力的事情折磨他。但他依然快乐，虔诚的信仰增加了他许多的活力和勇敢。有一次，海船经过一个不明海岛，船长想冒险上岸探看，但必须要一个人帮忙管理着小船才能近岸，大家都顾及自己船上的财富不愿离船，且担心荒岛上有食人生番居住。结果只有这个乡下人陪同船长乘着小艇上了荒岛。结果大船上的人以为两人必定有去无回，于是私下约定谋分了两人的财富，拔锚将大船开走了。不想这个海岛特别地富庶，岛上住民文化程度极高，出产极多，象牙、珍珠、金子、宝石，遍地都有，花鸟果实，多不胜数。因为无法回去，两人在岛上做客一年多，最后造就了一条巨船，满载宝货、肉食、蔬果回到家乡。小说最后讲：故事虽是很远很古的，但说到笨而诚实的人，因为有了“信仰”，即可产生“勇气”，得到“幸福”的真理，却到现在还是一样，毫不改变。

本文不想正面分析沈从文此期的短篇创作特色，而是反向举例这篇如传统寓言故事一样的作品，显然不是因为要强调沈从文诚实、健康的人性改造愿望与创作思想上的原则，也不是照见作家对这个诚拙的“乡下人”的自喻性；而是这则单一的寓言化故事讲述形式让我们感觉到：沈从文40年代的小说创作比起30年代的健康、活泼气息，显出了其艺术空间的狭窄与创作资源的枯竭，从而迫使其表达上越来越抽象化、走向无聊而寂寞的象征层面；形式上趋于保守化，向传统的旧思想取法。就像他此期创作的《虹桥集》《雪晴》等，更多回缩到内心，抒发抽象的个体生命情感，仿佛在做着未成熟青年时的幻梦。

这个时期沈从文的“落伍者”心态尤其强烈。他在西南联大国文学会上讲述短篇小说的艺术精神时，一方面自嘲有着“乡下人的顽固”，一方面又坚持艺术创造与个体生命的理想精神。他表白道：

> 社会的混乱，如果一部分属于一般抽象原则价值的崩溃，作者还有点自尊心和自信心，应当在作品中将一个新的原则重建起来。应当承认作品完美即为一种秩序。一切社会的预言者，本身必须坚实而壮健，才能够将预言传递给人。作者不能只看今天明天，还得有个瞻望远景的习惯，五十年一百年世界上还

有群众！新的文学要它有新意，且容许包含一个人生向上的信仰，或对国家未来的憧憬，必需得从另外一种心理状态来看文学，写作品，即超越商业习惯上的“成功”，完全如一个老式艺术家制作一件艺术品的虔敬倾心来处理，来安排。最高的快乐从工作本身即可得到，不待我求。这种文学观自然与当时“潮流”不大相合，所以对我本来怀有好感的，以为我莫名其妙，对我素无好感的，就说这叫做“落伍”“反动”。不过若注意到这是从左右两方面来的诅咒，就只能令人苦笑了。[①]

除了老调重弹自己的艺术理想和健康原则，作家的过于自诩反映了其心态与这个“混乱”的社会时代相处得越来越不合时宜了。也正是这种导向抽象的审美精神，使得他此期的短篇小说创作不仅现实感越来越淡，而且艺术水准停滞不前。比之前一个时期关注中国底层社会的生存状况，以及探讨健康活泼的现代人性，这个时期的小说创作象征化与隐喻性更浓，抒情的方式越发抽象、晦涩、理念化。

40年代的民族战争与文化封闭状态，使得传统的文学资源再次受到利用。但在对待古典小说形式传统的取法上，沈从文与同一时期大多主流小说家依然存在饶有意味的分歧。主流化的作家大力提

① 沈从文:《短篇小说》,《国文月刊》第18期，1942年4月16日。

倡“民族形式”的利用，并倾向于古典文学中具体形式技巧上的取法；沈从文也同样注重传统艺术的民族资源，但却更强调抽象化的传统艺术创造精神，即一种传统的创造心灵。前者表现为一种实用性的文学手法的借鉴，注重有效性；后者则强调整体性的艺术精神的体悟，追求艺术精神的复古。他说道：

> 若是一个短篇小说作者，肯从中国传统艺术品取得一点知识，必将增加他个人生命的深度，增加他作品的深度。一句话，这点教育不会使他堕落的！如果他会从传统接受教育，得到启迪或暗示，有助于他的作品的完整、深刻与美丽，并增加作品传递效果和永久性，都是极自然的。
>
> 我说的传统，意思并不是指从史传以来，涉及人事人性的叙述，两千多年来早有若干作品可以模仿取法。那么承受传统毫无意义可言。主要的是有个传统艺术的空气，以及产生这种种艺术品的心理习惯，在这种艺术空气心理习惯中，过去中国人如何用一切不同的材料，不同的方法，来处理人的梦，而且又在同一材料上，用各样不同方法，来处理这个人此一时或彼一时的梦。艺术品的形成，都从支配材料着手，艺术制作的传统，即一面承认材料的本性，一面就材料性质注入他个人的想象和感情。虽加人工，原则上却又始终能保留那个物性天然的素朴。明白这个传统特点，我们就会明白中国文学可告给作

家的，并不算多，中国一般艺术品告给我们的，实在太多太多了。[①]

如果从中国小说继传统而来的现代性吸收与改造的内在渊源上谈，沈从文对于现代小说形式上的贡献可谓深远；然而，40年代分裂状态下的中国战争不容许这种缓进式的现代化改造。无论是社会改造还是艺术形式的改造，20世纪的中国都是“革命”式的，并且由着这个事实上的革命延续到新中国成立后人们心理上习惯性的“革命”思维。东方民族传统的个体“心灵”改造与重建仿佛只能处于宏大的现代性背景的阴影笼罩之下，犹如沈从文以后的命运一样走向沉寂。

由这一点我们也可以看到“现代”作家在40年代后期的普遍遭际以及“现代文学”本身的困境。从现代文学发生之初呈现的主体意识和个体经验表达的自由，到战争后期作家独立创作意识的压制；从宣扬个体解放的启蒙主义文学思潮和张扬个人创造的极致的现代审美精神，到此时统一化战时体制组织下以巨大的个体牺牲（不仅是无数的人民的鲜血，还有无数个体内心的精神自由）换来的民族解放战争的胜利；一切都与“现代文学”曾经的文学理想事与愿违。个体自由、主体意识、启蒙思想、文学审美，均被英雄典

---

① 沈从文:《短篇小说》,《国文月刊》第18期，1942年4月16日。

型、集体意识、民族解放、爱国主义、人民文艺所置换；这就无怪于像沈从文、钱锺书、巴金等一批现代文学作家走向一致的缄默，或创作上衰退停滞，或创作独立品格的丧失。

贺桂梅在论述这一问题时曾引用过日本学者竹内好的一些研究评论。借助竹内好对鲁迅与中国“现代文学”史之间的意义阐释，贺桂梅由此提出：“竹内好这些论述的启示在于，他并没有对‘现代文学传统’做单一的本质化描述，而是通过对鲁迅的分析，认为现代文学的真正传统在于‘启蒙者和文学家’之间的胶着和矛盾统一。而事实上，到40年代后期，这种痛苦的‘挣扎’状态不仅被左翼文学家所放弃（信奉‘文艺为政治服务’），同时也被非左翼的作家所否定，无论是冯至、沈从文、骆宾基等追求象征化的超越本体的创作趋向，还是朱光潜、萧乾等发出的文学独立、文艺民主的宣言，都是在从胶着状态中脱离出来，而获得某种相对明朗和单纯的精神体验。如果说现代文学本身有一个‘完成’或‘终结’的过程，那么‘当代文学’的产生就不完全是一个‘政治事件’的后果。”①

无论竹内好或贺桂梅在强调鲁迅对于“现代文学传统”的意义上，或是“现代文学终结”论上达成了如何的共识；有一点我们必须强调，沈从文绝非一个纯粹的文学家。如果说文学现代性的发展

① 贺桂梅：《转折的时代：40—50年代作家研究》，济南：山东教育出版社，2003年，第10页。

迫使中国文学的承担由“启蒙”向“救亡”的方向转移；那么，在民族救亡的浪潮中，沈从文等人身上却仍然延续着对“启蒙”的承担者的任务。

沈从文是一位另类的启蒙者，他一直坚持现代个体人格的完善和民族心灵的现代化改造，他一贯坚持的创作原则与“乡下人”的顽固性都体现了他对于现代性理想的执着冲动，这是他的文学信仰，也是他对自由主义思想的信仰。他身上依然体现出“启蒙者与文学家”的矛盾统一，他内心的“顽固”来自启蒙者的精神优越和民族改造的理想，而表达的抽象则又暴露了他作为一个纯粹文体学家的困惑。比起30年代去世了的鲁迅，此期的沈从文应该是一个更具典型性的“现代文学”家，注定无法进入“当代文学”的人。

正是秉承着以文学方式对民族思想改造的坚持，40年代的沈从文面对混乱的社会局面越发显出艺术理念化的偏执。他企图在现代短篇小说的形式探讨中将传统的诗心融入到现代的抒情与叙述方式之中；然而，在特殊的战争年代，中国社会面临着巨大的现代性转折，融汇现代个体精神与传统古典精神的艺术形式必将受到打压，而提倡的是现代实用精神的“典型”化的塑造与传统的具体手法的嫁接而来的创作模式。文学的实用主义精神开始占据了文坛的高地，沈从文对于民族现代化的艺术改造之途有着一种“知其不可为而为之”的精神，一如他顽固的“乡下人”秉性一样。最终，这种越发抽象的审美精神和艺术态度只能让他在40年代的后期陷入艺术创作与个体言说的困境，并遭到来自左翼队伍的围剿而一度精神恍惚[①]。这种现代思想改造意义上的启蒙现代性理想最终在具体的民族国家建立中被无奈地淘汰了。无论是五四以来的现代文学的创造精神，还是沈从文的个体生命体验和健康的艺术理想，在集体化意识形态已逐步形成的“宏大叙事”中是没有出路的。正如他所说的短篇小说无“出路”一样，现代作家纯粹的自由表达愿望也是没有了出路。

当然，并非只有沈从文这样的自由作家存在创作精神上的困境，在抵抗着文学实用精神的侵蚀。从某种意义上说，所有的艺术家都在抗拒，如艾青、丁玲，沙汀、萧红，冯至、张爱玲等。然而历史的长河本来就是顺者昌逆者亡的进程，个人如尘埃在时代车轮的重压之前自是承受不住的；于是，作为一份个体精神档案，或者说短篇小说发展史中的艺术拓片，像沈从文这样的“顽固的乡下人”及短篇文体家最容易显示出时代的典型意义来。

然而，在主流的文学之外，其他的艺术出路当然还有。沈从文只是代表30年代的抒情小说文体的命途；当“抒情”被“现实的体验”所取代时，反而促成了短篇小说在时代的背后发挥其更多的

---

① 郭沫若批判他是“桃色作家”，见郭沫若：《斥反动文艺》，原载《大众文艺丛刊》第一辑《文艺的新方向》，香港1948年3月；见洪子诚主编：《中国当代文学史史料选（1945—1999）[上]》，武汉：长江文艺出版社，2002年，第96页。

“后卫”功能。处于大后方的汪曾祺、冯至等，徘徊在战争边上的路翎、沙汀、萧红、端木蕻良、骆宾基，和在沦陷区孤独地坚持创作的张爱玲、师陀、梅娘、袁犀、爵青，等等，均在不约而同地书写战争时下的心灵体验及底层人们的生存体验，书写对于战争阻隔的村镇家园的追忆与怀乡，以及上升到对普遍的现代人性、命运的思考。他们的文学实践都推动了现代短篇小说艺术形式上的探索步伐，呈现一种“尚美”的抒情叙事，意蕴深邃。这与此期主流小说的“尚力”风格形成对照。尽管在战争的年代里，时代主流意识限制了个体意识的自由表达愿望，也制约了短篇小说发展的前途；但是，一些顽强地生存下来的边缘作家，在延续着文学现代性的道路上依然取得了“多样化的艺术成就”[①]。

作为京派新人一代，汪曾祺显然提供了极好的参照，也是将现代短篇小说文体发扬至极的承前启后式的短篇文体家；他成功地将短篇叙事从个体生命抒发的深井里拨出来，转而对一种不关乎社会改造愿望的民俗民情的叙述；从短篇视角看，其小说尤其能够抓住时代落幕前的余韵，照见逝去前的一段最光彩的人生形态，艺术的表达空间活泼、健康。

艺术精神是不死的，汪曾祺的出现仿佛是沈从文在艺术创作上

① 严家炎、范智红：《小说艺术的多样开拓与探索：1937—1949年中短篇小说阅读琐记》，《小说评论》，2000年第1期。

行将就木时的转世，像是一个新的生命的轮回。40年代的汪曾祺短篇创作除起步时的一些习作显出抽象的模仿以外，像《老鲁》《鸡鸭名家》《戴车匠》《异秉》等成熟之作，既有像沈从文30年代关注底层小人物生存状态描写上的叙述情趣，写出了烽火漫长的战争时代中最安静的一隅普通人的乐观与坚韧；又有将西方意识流手法与中国散文化叙事笔法糅合一起的形式创新，更好地传达出了普通中国人的生存体验和民族心理。他摆脱了老师逐渐狭小的艺术表达空间和抽象化的审美形式，以一种包容一切的叙述方式显示了艺术的自信。要不是一体化的文学生态环境，汪曾祺定然会在新中国成立后持续建立自己的艺术风格。他的艺术观念里摒除了老师刻意的民族个体心灵的改造愿望，减弱了五四一代烙上的启蒙精神的遗传因子，没有陷入现代作家在"启蒙者与文学家"之间痛苦"挣扎"的悖论或困境；而是向着民族民俗文化形态及"和谐"的生存观念转向，让他始终能待在一个安全的边缘处观察与写作。正如唐湜在40年代所溢美的评价，汪曾祺的这种从容的叙事呈现的是一种"更成熟、更趋于体贴入微、炉火纯青了"。他引用T.S.艾略特的话："诗不是感情的散漫的转化，却是一种感情的逃避；它不是个性的发露，却是个性的逃避。不过，实在，只有那些有个性与感情的人才知道需要逃避这些是意味着什么。"称赞"汪曾祺正是这样的人，愈成熟愈能自由自在，愈能清纯沁人。因而，人生在他是自我人格的放弃，是'流连光景'，可同时又是锲而不舍的追逐，是自我的沉醉与无所不在的表现形式。"[①] 汪曾祺晚年承认："我的气质，大概是一个通俗抒情诗人。我永远只是一个小品作家。我写的一切，都是小品。就像画画，一个册页、一个小条幅、我还能对付，给我一张丈二匹，我就毫无办法。"[②] 而早在40年代，他就向往"有一种新艺术，能够包融一切，但不复是一切本来形象，又与电影全然不同的，那东西的名字是短篇小说。这不知什么时候才办得到，也许永远办不到。至少我们希望短篇小说能够吸收诗、戏剧、散文一切长处，而仍旧是一个它应当是的东西、一个短篇小说"[③]。这显然要比他的老师从容得多，艺术道路也开阔得多，一如他后来所说："我所追求的不是深刻，而是和谐。"[④] 想想"现代作家"们那种二元对立式的主体心态，汪曾祺在处理与意识形态统一化的生存环境上显然要平和得多。所以，这也是他纯粹叙事的信心在后来的60年代继续维持，及至80年代终于发扬光大的根源。

既身处战争与民族命运之中，又游离在战争与民族国家使命之外，这不仅带给了汪曾祺自由而前卫的艺术体验，同样也带给了海派传人张爱玲成熟的艺术体验。海派作家（新感觉派）的文学观念

---

① 唐湜：《虔诚的纳蕤思——谈汪曾祺的小说》，《新意度集》，北京：三联书店，1990年。

② 《汪曾祺全集（小说卷）·出版前言》，北京：北京师范大学出版社，1998年，第7页。

③ 同上，第8页。

④ 同上，第9页。

与形式一直是超前的。他们超越了一切现实政治斗争状态之下的羁绊，如一头奔向现代工业文明高节奏的道路上的狐狸，时时有可能掉进混乱的论争环境的陷阱里，受到左翼革命作家或京派自由作家等各方的批评。然而，海派的文学传承一贯是不体会中国社会的具体变迁，无论是民族的混乱也好，救亡的浪潮也好，自有其一贯的前卫性节奏，对现实的形势总是远远地张望；似乎整个中国都是乡下，只有它的地盘是都市，它只对构成他们的都市文化生态圈关注。无论战争与民族的命运如何激荡，张爱玲只管以自己的市民眼光精细地打量人生，尤其是上海市民在苟且偷安中处于新旧时代夹缝处的尴尬人生。她很清楚这种海派都市人的生存之态，“上海人是传统的中国人加上近代高压生活的磨练。新旧文化种种畸形产物的交流，结果也许是不甚健康的，但是这里有一种奇异的智慧”[①]。这显示出其敏锐的短篇小说家的艺术品质，尽管她经常在小说叙事中“炫技”，使得叙事篇幅不够节制。

但是，面对混乱的战争局面，海派作家也必须调整自身文学的生存法则。比起30年代自由的殖民化租界环境造就的新感觉派，40年代的沦陷区封闭状态使得海派作家少了一些现代派的气息，开始复兴传奇化的市民文学老传统。这个时期，文学形式的传奇化、

① 张爱玲：《到底是上海人》，《张爱玲典藏全集》（散文卷一），哈尔滨：哈尔滨出版社，2003年，第36页。

电影化最为明显，既在战争状态下隐含地传达了一种民族性的审美心理，又给局促的都市空间里生活着的人们以暂时的安慰和祈盼。

40年代的现代小说经历了前一个时期形式探索之后，反而更加注重传统因素取法上的平衡。这不仅体现出现代中国人在民族抗战中遭受重创的一种民族心理补偿，而且也体现了现代小说形式发展的逻辑，即从艺术拓展走向成熟时期。尽管战争状态破坏了作家的生活，但艺术发展的逻辑仍然在以不同的方式呈现。无论是主流作家对于古典小说写法的汲取，还是沈从文企图寻求与传统创造精神的沟通；而在海派文化环境中成长的张爱玲在继承海派新奇艺术手法之后，并没有摒弃传统文学的因素。良好的艺术成长环境造就了张爱玲的少年成名，她身上承袭了老海派（鸳鸯蝴蝶派）身上的古典文学传统，将古典式的悲欢离合之情化成现代式的破碎婚恋情感，从而让城市读者最先感受到现代人情感方式上的变化。张爱玲不是取“巧合”或“团圆”式的古典叙事之长，而是以一种现代逻辑发展中的人物逐步破碎的情感线索，去体会现代人在婚恋人生当中难以面对的破败与尴尬之心。所以，比起鸳蝴派前辈章回体的讲述，张爱玲的叙事形态是绝对现代的，体现着现代个体生存的悲凉状态。她那敏感的城市生活体味、多变的婚恋形式的演绎、复杂的人物意识心理，以及叙述方式的跌宕腾挪，都脱离了古典小说的形式法则。而书写现代都市里普通人的生活传奇更是体现了小说家的强烈主体意识的眼光，这是陷入古典才子佳人离情别恨戏中的传统小说家难以媲美的。张爱玲站在海派文学从传统走向现代成熟的关节点上，也处在现代小说寻求与传统相融合的交叉点上，她的年少成名与风靡上海滩正是把握了这种大的文学生态环境与契机。

同样是出于对革命现代性进程的怀疑，40年代的自由作家与海派文学传人在艺术的旨趣上仿佛达到了一致性，即追求一种和谐与美的艺术观念；这与同时代主流文学崇尚对抗与“尚力”的抗战书写截然不同。尽管张爱玲小说中的现代都市气息很浓，但她依然是一个典型的东方民族本土成长起来的作家，她的文学观念与形式的现代性是依赖于她所成长的民族文化。她强调文学的为人生，并且注重人生的平凡一面，人性的朴素与永恒的状态，而不是强烈的时代中战斗的一面。在《自己的文章》里，她说：“我发现弄文学的人向来是注重人生飞扬的一面，而忽视人生安稳的一面。其实，后者正是前者的底子。又如，他们多是注重人生的斗争，而忽略和谐的一面。其实，人是为了要求和谐的一面才斗争的。”[①] 她认为人生的安稳有着永恒的意味，“好的作品，还是在于它是以人生的安稳做底子来描写人生的飞扬的”。同样，她也强调艺术的和谐，不主张小说“尚力”的表现与承载民族战争的宣传。她称道：“我发觉许多作品里力的成分大于美的成分。力是快乐的，美却是悲哀的，两者

---

① 张爱玲：《自己的文章》，《张爱玲典藏全集》（散文卷一），哈尔滨：哈尔滨出版社，2003年，第13页。

不能独立存在。'死生契阔，与子成说；执子之手，与子偕老'是一首悲哀的诗，然而它的人生态度又是何等肯定。我不喜欢壮烈。我是喜欢悲壮，更喜欢苍凉。壮烈只有力，没有美，似乎缺少人性。悲壮则如大红大绿的配色，是一种强烈的对照。但它的刺激性还是大于启发性。苍凉之所以有更深长的回味，就因为它像葱绿配桃红，是一种参差的对照。"①

张爱玲这种"参差的对照"美学原则反映了她那个时代"尚力"与"尚美"风格在文学中的截然分流。这也体现着作者本人对于自己时代的理解，并在艺术层面上很好地反映了出来。张爱玲远离战争，甚至仇视革命；但她显然关注这个时代，并更多地关注这个时代的背面。她自言道："时代的车轰轰地往前开。我们坐在车上，经过的也许不过是几条熟悉的街道，可是在漫天的火光中也自惊心动魄。就可惜我们只顾忙着在一瞥即逝的店铺的橱窗里找寻我们自己的影子——我们只看见自己的脸，苍白，渺小；我们的自私与空虚，我们恬不知耻的愚蠢——谁都像我们一样，然而我们每人都是孤独的。"②她的文学气质与文学形式所表现出的现代性内涵都清楚地证明了她作为一个带有反思性、审美自主性的中国"现代作

---

① 张爱玲：《自己的文章》，《张爱玲典藏全集》（散文卷一），哈尔滨：哈尔滨出版社，2003年，第14页。

② 张爱玲：《烬余录》，《张爱玲典藏全集》（散文卷一），哈尔滨：哈尔滨出版社，2003年，第34页。

家”的本质特征。她在很多的艺术理解上竟与沈从文等自由作家达到了一致；然而同时，她也似乎越来越与他们一样，在革命与解放成功之际陷入了“现代文学”创造上的艺术困惑与衰退。张爱玲也许不能算是一个启蒙文学家，但她同样经受着“现代文学”内在的困境。现代主体所建构的“个人/整体”二元对立式的想象方式业已被新中国成立的“历史”叙事所拆解，张的去国离乡最终只能遗失在“五四”现代性文学传统受挫之后的历史风口。

三、时代“后卫”与现代性“绝响”

新中国成立后的一体化时代几乎扫除了全部的时代角落。扫四旧，反资修，全体中国人民都在一辆战车上，迎着朝阳，“祖国河山一片红”。个体情绪、私人空间受到极大的挤压，一切旧时代、旧生活均被送进了牢笼。直至时间跳进改革开放年代，一种反抗“当代”政治审美化的小说创作重新回归到现代小说的审美形式轨道，回归到文学生产体制化建立以前的表达状态，回到鲁迅、沈从文、萧红等现代作家的叙述法则。从普通人的生存形态中去发现生活间隙中的诗意片断，重新接续现代短篇小说诗化叙事传统。这种叙事传统既是世界性的文学书写方向，又是融合了中国民族气质的现代写作范式。

已成老作家的汪曾祺终于追上了他的老师沈从文，成了时代转换时期的文学史标志性作家。他的重新激活也是80年代文学的一种幸运。能够从40年代熬过几十年漫长的文学创作高度体制化的时段，并一直保持不变的写作气质的小说家只有他。连现代经典作家巴金、老舍、曹禺等进入“当代文学”以来都彻底改变了小说的写作方向及风貌，同时代的文坛新人路翎、赵树理等远没有他幸运，大多在坚持自身的叙事风格中被打压下去，更多的老作家只能是默默无闻……

在80年代重新探讨汪曾祺短篇小说的形式问题似乎有些时过境迁，我们已经很难从“现代文学”的文学史视野中进行纯文体演进性的考察。即使汪曾祺短篇创作风格的一如既往，散文化的叙述结构、抒情诗化的叙述风格、截取时代落幕前的余韵视角，都无法融入80年代的整体文化氛围。当文学终于能脱离主题思想的禁锢而获得一定的表达自由之后，仍然有一种宏大的观念在限制着当代文学生产的流程，这就是导致小说过于文化化、地域化的整体意识。

比较汪曾祺前、后两个时期（40年代到80年代）的短篇创作，前期的小说创作像一首首生活抒情诗，后期的短篇更像一篇篇文化风俗诗。虽然用的都是同一种手法，但后期的成熟、洗练不一定比前期的单纯、洁净更富于艺术表现的张力。若说“一个短篇小说，是一种思索方式，一种情感形态，是人类智慧的一种模样”[①]，则后期小说中的智慧无疑多些，前期创作中的情感形态却要自由活泼

① 《汪曾祺全集（小说卷）·出版前言》，北京：北京师范大学出版社，1998年，第8页。

些。我们巧妙地拿他前后时期创作的同名小说《异秉》[①]做个比较：

1948年的《异秉》，着重叙述主人公"摆摊子的王二"作为普通人的勤劳禀赋与生存的自足感，作者的视点紧紧盯在了"人"的身上，在无聊的寒暄与谈话描写中展示的是世俗生活中的情趣与形态，着笔之处尽是人情。结尾收束简短却含蓄余味，不露声色。小说的末尾这样叙述：

> 街上这时已断行人，家家店门都已上了。门缝里有的尚有一线光透出来。王二一家稍为参差一点的并排而行。王大在旁，过来是扣子，王二护定他女儿走在另一边。灯笼的光圈晃，晃，晃过去。更锣声音远远的在一段高高的地方敲，狗吠如豹，霜已经很重了。
>
> "聋子放炮仗，我们也散了。"师爷与学究连袂出去，这家店门也阖起来。
>
> 学徒的上毛房。
>
> 一九四八年十二月三日写成。上海。

再来读读1981年的同名小说，作者不仅着重盯着王二的熏烧摊的货色铺叙，而且还用相当的篇幅去写保全堂药店的人事与行

① 汪曾祺用同样的素材在1948年和1981年分别创作了短篇小说《异秉》。

情，着笔之处尽是物理。最后，小说托出王二“异秉”的话题，着重叙写了陈相公模仿学样的行为，起到一种对世态的诙谐、调侃。小说结尾这样写道：

> 说着，已经过了十点半了，大家起身道别。该上门了。卢先生向柜台里一看，陈相公不见了，就大声喊：“陈相公！”
>
> 喊了几声，没人应声。
>
> 原来陈相公在厕所里。这是陶先生发现的。他一头走进厕所，发现陈相公已经蹲在那里。本来，这时候都不是他们俩解大手的时候。
>
> 一九四八年旧稿
>
> 一九八〇年五月二十日重写

两篇小说的素材几乎相同，但写作的环境大变其时。作者“重写”的原因是嫌以前的作品幼稚、散乱，需要进一步艺术加工？还是说作者舍不得这么一个好的素材，重新捡起来二度利用？我们不得而知。但我宁愿相信后一种情形，因为他一直追求的正是已经中断过的，从老师沈从文那里继承来的健康的美学原则，极力想回到那个写作的状态里去；一如他80年代的代表作《受戒》，也是宣称写“四十三年前的一个梦”。然而，正是这个二度利用，让我们觉察到汪曾祺小说重心的位移。这不仅是作者于青年与老年之间个体内心发生变化的原因，更是时代变更心理移位的结果。

40年代在战争偏安的宁静一角自由地书写，一切与文学不相关的东西都远离了创作者的内心，作家的艺术表达达到了一个纯净、明朗的状态；而80年代的整体氛围不仅让老作家感受到艺术“中断”之后的幸运，而且文学的观念也因与政治审美化的对抗纳入了诸多的当代意识。不仅在《异秉》的“重写”中，而且80年代的很多小说，如《受戒》《大淖记事》《故乡人》《晚饭花》等小说创作中，汪曾祺都纳入了大量的地方习俗、五行八作的行规等文化风俗性的介绍，更加接近于知识小品文的特点。而早期关注日常生存状态的“人”仿佛只是成了映衬出和谐风俗画的一种点缀。这显然离沈从文书写健康人性的美学原则疏远了些。对于短篇小说的文体功能及艺术精神而言，艺术上的澄清并不代表形式表达上的丰富；或许是人老了，对社会与人生的看法也透彻、圆润了，少了一种改造和表达的冲动，反倒是喜欢沉浸在一种过去的岁月里徜徉。

散文化抒情小说的重现，与其说是汪曾祺在积极地争取一种文学形式的回归，不如说是80年代的整体文化氛围造就了他复出的一个良好契机。因为现代小说发展起来的散文化抒情小说形式法则在这里并未形成一种继承的蔚然之势，其自主性的个体创作意识在80年代文化整体性的土壤里也成不了气候；反而是汪曾祺小说中的文化品位得到了更多的助长，仿佛艺术创作的附属品质最后喧宾夺主地提升了时代的价码。在80年代的文化空间里，汪曾祺小说的文化品格和地域色彩引领了80年代众多地域文化小说的兴起，并与陆文夫、刘绍棠、陈建功、林斤澜、邓友梅等一起，构成了一种斑斓多彩的短篇小说创作潮流。他们在现代化的大背景下，注重截取改革开放步伐中的落后生活形态或遗留的生存方式，充当时代的“后卫”，着力描绘富于地域性的风俗人情，突显出时代的余韵，映照出现代性的“绝响”，从而赋予小说以鲜明的文化反思品格；反倒将现代小说一贯注重的对人物生存状态的关注和主体表达意识放到了艺术表现的次席。这一小说地域化形态的凸显与“宏大叙事”体小说一样，并没有回归到文学自由审美的本位，而是强化了文学的文化品格，在80年代的舞台上风光一时。地域文化小说品性的迁移，也使得汪曾祺、陆文夫等短篇创作带有强烈的文化意味，直接开启了“寻根文学”的思想意趣。从形式意义上来说，地域文化小说的兴盛透视出80年代中前期的短篇小说创作还未真正获得一种独立的艺术形态，而在继续受宏大的社会意识形态的潜在影响；由此也映照出这个时代的小说家（大多为经历沧桑的中老年作家）内心无法到达的个体言说状态。

当然，比起前一时期的短篇创作，80年代的小说在技巧上要开放、成熟得多。性格化小说、情节化小说、心理化小说、抒情性小说、诗体小说等小说体式的多样化；象征化、寓言化、哲理化、纪实体、笔记体、系列化等小说手法的多样化；再加上叙述视角的多变，如多人称变化的视角交叉、儿童化视角、内向化视角、超现实化视角，以及小说语言上显露出来的多彩地域风貌，这些无不显示短篇小说创作在80年代全面开放。然而，就一个时代整体而言，80年代的短篇小说创作在精神气质、结构布局、截入视角等属于短篇小说特有的文体艺术标准上仍未达到“现代”作家的高度。一个最大的原因依然是缺少对艺术的个体性追求，一味地跟着追踪时代整体性的命运及文学之外的文化哲理意识。

或许批评80年代的短篇小说创作过于“宏大化”有些偏至；这段时期小说的繁荣是有目共睹的，短篇小说的数量也不同凡响。从1978年至1986年全国优秀短篇小说评奖机制一直在运转，文学批评界对短篇小说这一文体极为关注。但短篇小说这一文体形式没有卸掉过重的时代意识负担，往往被宏大的整体性意识所压制。也就是说，除了表现后“文革”时期现实创伤的作品（即挖掘出“文革”的后遗症），真正反映现实问题和人的当下生存意识的作品还是那些老套的客观写实、戏剧化的情节小说模式。改革开放的社会步伐与80年代的思想意识步调并不一致，思想意识的发展仍然处于且望且进的态势，意识形态的控制仍然处于过度警觉状态。许多与文学相关的论争还处于不明朗的思想观念纠缠之中，如关于“现代派”文学、关于人道主义和异化问题、关于现实主义创作方法问题以及文学的主体性论争等。当时权威的文学出版机构——人民文学出版社在1984年亮出过这样一则“出版说明”：

> 近几年来在全国各地的报刊书籍中，出现了为数可观的评介西方现代派文艺的文章。其中固然不乏比较严肃的有意义的探讨，但一些文章却是同整个意识形态领域里热衷引进西方资产阶级思潮的错误倾向相联系的。
>
> 这种错误倾向反映到文艺上来，就是抹煞社会主义文艺和资本主义文艺的原则区别，奉西方现代派作品为楷模，主张在社会主义中国建立现代主义文艺；就是反对文艺为人民服务、为社会主义服务的正确方针，强调表现自我，主张诗人应有“独特的社会观点，甚至与统一的社会主调不谐和的观点”。凡此种种，连同出版界的商品化现象、创作表演方面的低级趣味等等，直接危害着以共产主义思想为核心的社会主义精神文明的建设。[1]

可以想见，尽管80年代整体的社会发展思路是开放性的，但政治思想领域的保守和戒备还在继续发挥它固有的作用。由于当代文学生产体制的延续性，作家在对待敏感的现实问题的创作和表达上仍然有太多的顾虑，无法发挥自由表达的艺术潜能。这仿佛是自“延安文学”所构建的文化思想体制以来，一直无法摆脱的艺术发展之

---

① 洪子诚主编：《中国当代文学史史料选（1945—1999）[下]》，武汉：长江文艺出版社，2002年，第777页。

“颈”。对统一性的强调，对主题思想传播的责任，文学自身在与现实立场的碰撞中总是要退缩一步之距。好在文学的批判运动早已结束，50年代垄断式的文学批判局面不太可能重演。所以，这也促使了80年代的作家更多地关注一个整体性的时代问题，如知识分子的作用、现代化的意识、农村的发展面貌、落后的思想意识的转变等等；更大的关注面则是一个民族或国家的命运、如何走向世界等等。而这些宏大的问题意识对于文艺创作者来说显得过于沉重，作家担任社会“灵魂的工程师”的职责只是虚荣了作者与主流意识的精神文明成就，弱化了艺术形式，尤其弱化了短篇小说之“小文体”的形式意义。

“寻根”文学的兴起不是为了文学审美形式上的创新，它仍然是一种宏大的思想观念的产物。由于国门开放，中华民族重新汇入到世界现代化的潮流之中；作为知识精英，寻根作家在思想观念的表达上充满着一种期待和焦虑感。一方面是民族现代化的热望，另一方面是民族自信心的建立，由此反映到文学艺术领域也是如此。在中断了“五四”现代文学传统之后，中国当代文学终于获得了一次主动勃发的机会，改造自己的文学面貌，全面地展示中国文学在世界文学格局中特有的风格与东方气派；受此鼓动，当代小说家从文化反思到文学观念的更新，都与当时的社会文化热潮同步向前。

然而，当我们回到当代短篇小说的形式问题上来考察就会发现，80年代中期“寻根”文学口号正式提出之前，那些追溯到“寻根”

文学名下的，带有地域色彩的文化小说已经是很壮观了。从汪曾祺、李杭育、陆文夫、乌热尔图、邓友梅、刘绍棠等，这些早期的文化性短篇小说已经开始慢慢接近中国现代小说的正道，如简洁的叙事风格，白描手法的运用，日常生活横断面的关注，神韵的捕捉，以及言短意长的抒情方式。这些形式上的写作因素都让我们回到现代小说诞生的初期，从鲁迅、沈从文等现代小说大家身上所发现到的特有的中国形式。黄子平在80年代概括中国当代短篇小说的艺术发展线索时即是对这一传统的体认："写横断面，掐头去尾，重视抒情，弱化情节，讲究色彩、情调、意境、韵律和时空交错、角度变换，像一位新鲜活泼、任性无常的小女孩，她爱到隔壁的抒情诗和散文那里去串门儿。"① 现代意义上的"短篇小说"就是由现代短篇小说大家所建构的一种典型民族化的文体形式。

前文已经论及汪曾祺小说在80年代重出的社会文化语境，这种前后期创作的变化差异尽管显示出文化风俗的成分比较浓厚，但现代文学的抒情底子还十分地显著，短篇小说的形式格局依然存在。看看其他地域文化小说的形式风貌，李杭育早期的小说非常注重小说的神韵捕捉和日常生活断面的截取，写得韵味深长。如《葛川江上人家》写大黑帮助四婶、秋子母女俩行船抢滩，最后功亏一

---

① 黄子平：《论中国当代短篇小说的艺术发展》，《沉思的老树的精灵》，杭州：浙江文艺出版社，1986年，第201—202页。

篑；但江上人家的豪迈、乐观天性却没有因为现实的挫折而改变。小说最后写道：

又是一阵哄笑。有人开始跟四婶打哈哈了。大黑爬到他船上，带下一瓶酒来："四婶，解解乏。"他先灌几口，又把酒瓶递给四婶。

酒瓶最后递到秋子手里。她学着大黑的样子，咕咕地灌着。

这酒也是秦寨人酿的。

正是这种叙事的简洁、白描式的人物速写，将一种特殊地域的人物秉性富于神韵般地展示在读者面前。小说结尾收束得既有节制，又有余味，具有中国现代抒情小说的特质。同样，《最后一个渔佬儿》也是通过一个日常生活的场景，刻画了渔佬福奎的固执、任性，阿七的情义、善良，而同时他们身上都具有那种渔家人的乐天安身、受江水熏染的渔民风骨。尤其是小说末尾：

那群小鱼依然尾随着他的小船，好像还越聚越多了。

福奎搬过那只甏子，一把把地往江里撒着蚯蚓……

从前，"喂鱼"这个词是渔佬儿的耻辱。不过，从前的好多规矩眼下都不管用了。

短篇小说的结尾方式有时最能反映这一文体特点的形式表征，不仅一切的叙述都得往这里流，其小说的结构布局全在这一收束中得到完美的体现；而且，从短篇小说的精神品格上看，截取方式的“最后一刀”最见功力了。这一“刀”是像诗一样富有艺术表达性，还是像讲故事自然结束一样的实用性，小说家表现出来的精神气质也全在此。

李杭育带有文化地域风情的“葛川江系列”短篇小说与汪曾祺80年代的短篇创作一样，具有浓厚的文化风俗气息，不过他并没有丢掉对普通人的生存状况的关注，从日常生活的截取当中去挖掘诗意性的人性品质，很好地接续了中国现代短篇小说在叙事与抒情功能相融合的艺术表达力。

也有从中国古典小说文体资源中直接寻求艺术神韵的短篇创作。郑万隆的《异乡异闻》系列短篇，用一种“传奇”化的见闻录方式将北方边陲的异域风貌和人格气质展露出来；贾平凹也有意从古典小说的笔记体中汲取养分，将商州的地域风物与自然山川展示给读者们品味。他在《商州初录》的“引言”里坦白道：“商州到底过去是什么样子，这么多年来又是什么样子，而现在又是什么样子，这已经成了极需要向外面世界披露的问题，所以，这也就是我写这本小书的目的。”[1] 这种抱着记录一个地域的山川风物为目的的小说

---

① 《贾平凹文集》（第5卷），西安：陕西人民出版社，1998年，第83页。

其实很接近于游记散文的形式，运用散点透视的方法随意描绘、点染，偶发情思。但古典笔记体小说在文体上的一大特点即是散漫，它缺少像现代人一样的主体反思视野，自然在结构布局上随意铺撒，只讲文人意趣和笔墨效果，任性而作，陶冶自身的为文心境与人格涵养；不求主体意识的表达力量，不关注对外的人生问题。不过，对于当代短篇小说家们来说，他们还是在古典神韵的捕捉中将现代的叙述视角带入其中，用一种现代人的目光去“表现业已逝去的历史时期中最具光彩的碎片、插曲、尾声”[①]。从而在短短的文体形式中挖掘出深刻的社会审美意识，以达到一种古典与现代相融会的艺术表达效果。

然而，以上这些短篇小说形式上的艺术成就，后来却被当成了“寻根”文学的楷模。在现代性视野之下成为一种文化形态的“绝响”，在文化重估中挖掘出其宝贵的文化质态与文化价值。80年代社会文化的整体语境强化了它们的文化品格和宏大的文化意识内涵，而对短篇小说艺术形式的成就却遭到弱化与忽视。当“寻根”文学的主张正式提出之后，他们显示出的代表性作品反而抛弃了现代短篇小说的形式法则和古典意蕴，一律转变成中篇化、重视思想意趣的文化小说。如阿城的“三王”(《棋王》《树王》《孩子王》)，

① 黄子平:《论中国当代短篇小说的艺术发展》,《沉思的老树的精灵》，浙江文艺出版社，1986年，第199页。

韩少功的《爸爸爸》《女女女》，王安忆的《小鲍庄》等。

“寻根”文学想要表达的只是一个超越性的文化主体，是将民族文化意识融合到这个时代的“现代化”意象之中，从而凸显精英意识的文化人格想象。它与同时期的文化热潮、文学主体性讨论一道，形成了80年代中期宏大的时代精神潮流。从某种程度上说，他们不自觉地陷入了“新启蒙主义”思想意识之中，背负文学的重担。如果说“五四”新文化运动是为了在落后、殖民的历史命运中寻求民族的自救、自强，而掀起了文学革新浪潮；则“寻根”文学的宣扬就是为了对民族国家的主体形象在汇入现代化进程中走向世界、寻求自我形象的一种塑造。前者用一种反传统的方式，后者用一种再造传统的方式。但这毕竟有了不同，因为“五四”新文化运动反抗的是传统、封闭的社会意识与伦理制度；而“寻根”文学的观念之中暗含着一种化解长期一体化生产体制所带来的封闭性的政治意识形态，它要寻求更为宏大开阔的现代思想体系来建立自身的合法性话语基础，从而对稳固、保守的一体化制度观念产生不小的思想解放冲击。正是“寻根”文学的热浪中出现了大量的以边缘生存状态、异端的非主流文化形态的描写，才使得社会文化生活观念开始走向一种多样化的现代意识和开放视野，并为更为年青一代的作家打开了走向多元化文学思潮的通道。但“寻根”文学本身却止步于统一性，他们不想在思想解放领域采取直接对抗的方式，那种含混的文化姿态只是要将它的反抗意识藏得更深，并构建了另一个种统一性的精英主题。

总之，“寻根”文学犯上了80年代世界文学格局下的民族文化焦虑症，淡化了短篇小说的形式审美创新，将思想意趣放在了小说追求的首要位置，对日常生活现代化的审美艺术表达让位于文化主体的人格塑造。他关注的不是日常生活中拾得的诗意片断，而是精神生活形态中体现出来的整体性意象与文化残片。最终，“寻根”文学造成的声势不小，却没有引起足够长远的文学变革与文学影响。其对文化取向的双重选择（丑化与美化、反古与复古），以及对社会现实的态度都充满着复杂性和暧昧性，致使它在80年代中期的转型渐变、文学开始向多元形态迈进的临界点上处于左右摇摆之势。真正的文学革新是从更新一代的先锋小说家们开始的。

四、世纪末怀旧与情感记忆的修复

从90年代的市场经济体制转型开始，中国社会文化一方面不断进融入全球化背景，并迎接新世纪文学的曙光；另一方面却在世纪末的文化狂欢中，文化出版市场不断地将历史与个体情绪及情感记忆复制、修复，诱导读者进入消费主义的文化语境，从而使得文学创作出现了一股怀旧风。正由于此，短篇小说文体形式中杂糅了某种后现代文学及文化的文本形态。

90年代以来，在短篇小说领域坚守文体意识，创作出具有大视野与契合时代内涵的作家首推两位重要的当代小说家——王安忆与苏童。他们都钟爱于短篇小说创作，善于表现大时代角落及落幕前的余韵，深谙短篇文体的艺术气质。巧合的是，两位作家均受到海外批评家王德威的青睐，并视为“张派传人”。王德威在《落地的麦子不死：张爱玲的文学影响力与“张派”作家的超越之路》一文中先后评述道：“苏童其实从未刻意学习张，只是在他最好的作品里，他所流露的怀旧情态，对世路人情的细腻拿捏，还有他耽美颓废的视景，无法不让我们联想到张爱玲。像《妻妾成群》《罂粟之家》这类作品，白描没落家庭里的奸情与凶险，大白天也要闹鬼的阴湿环境，真个是缛丽幽深，再现《金锁记》《创世纪》的风采。”“王安忆的笔锋澎湃流畅，并不‘像’张爱玲，但这无碍她钻研张爱玲时代的上海，以及张爱玲走后的上海。这使她为张的人世风景，真正赋予当代意义。……《长恨歌》写感情写到那样触目惊心。荒凉而没有救赎，岂真就是张爱玲那句名言‘因为懂得，所以慈悲’的辩证？”[①] 可以看到，王德威教授多从两位小说家的中长篇阅读着眼分析，注重两位作者对旧时代旧情绪的表现力，演绎末世的“苍凉与华丽”；然而，从短篇小说的审美角度看，或许更能见证两位当代作家与张爱玲的文学渊源。王安忆的短篇代表作《发廊情话》与张

① 王德威：《落地麦子不死：张爱玲与“张派”传人》，济南：山东画报出版社，2004年，第46、47页。

爱玲的短篇小说《等》具有同样的短篇结构方式，都是典型的空间化截入，很符合早期现代短篇小说教科书式的文体概念，截取“事实中最精彩的一段”，通过一个城市街角的小空间及日常生活的闲聊录，从时代的角落之小见出大时代的影子。

短篇《等》聚焦战时沦陷区都市角落的一处推拿诊所，叙述了一群等待推拿的街坊市民之间的闲聊细语。这里面有推拿医生庞松龄、庞太太、女儿阿芳，还有推拿客高先生、王太太、包太太、童太太、奚太太、抱着孩子的女佣、某青年等。小说在不经意地排列和穿插中铺叙一种对话场景，并在闲聊细语背后透露出各自人物身世背景、生活处境、心理状态、世俗眼光等。笔法细腻、叙述自然、意蕴绵长。小说展示了抗战时期沦陷区上海普通市民生活一角，从侧面反映出大时代中普通人的生存及精神状况：等待中苟活。以无聊、安静的时间暗衬出大时代的意蕴，有以小见大，以局部表现整体的短篇小说效果。再读《发廊情话》，也是聚焦于普通街角的“一间窄小的发廊”，“开在临时搭建的披厦里，借人家的外墙，占了拐角的人行道”。同样是安静无聊的生活角落，店里有少言寡语的苏北老板、两位聒噪的乡里洗头姑娘、客人外，“店里时常还会坐几个闲人，家住附近，没事，就跑来坐着”。叙述的主角即是这群不显山露水的日常女性。我们读到王安忆对她们的精细刻画时，不由得不认同她的叙述笔法深得张爱玲的精髓。既有古典言情小说入骨的世情描写，又带入了现代式的心理剖析的敏感眼光，仿佛那种一眼把人看透的刻薄、精准。

闲人多是女性，有的手里还拿着毛线活，有的只是抄着手。虽说是闲人，可却都有一种倦容，衣履也不够整洁，好像方才从床上起来，直接走到店堂里似的。可能也不是倦容，只是内室里的私密气息，总有些黏滞不洁，难免显得邋遢气。果然，有几次，方才还蓬头垢面地在这里闲话，这一时却见换了个人似的，化了妆，换了衣服，踩着高跟鞋，噔噔噔，头也不回地从店门前走过去，赴哪里的约会去了。等再来到这里，已经是曲终人散的阑珊人意了。她们回忆着前夜的麻将，麻将桌上的作弊，口角和得失。或者是一场喜宴，新郎新娘的仪表，行头，酒席的排场，各方宾客来头大小。就好像一宵的笙歌管弦，要在这里抖落掉余烬似的。

小说叙述里的私密又黏滞的空间味道，以及由此蔓延开来的时间痕迹、意象化的现代手法（“好像一宵的笙歌管弦，要在这里抖落掉余烬似的”），哪一点不与张爱玲小说相似？随后，小说叙述无意中凸显出众多闲人中的一个“她”，“这是边上坐着的一个闲人，也算是常客了，家住街那头百货公司楼上，丈夫是做生意的，养着她，没事，就到这里来坐着”。这位普通少妇偶露身手，却暴露出曾经在大浪淘沙中的旧角色、旧故事，吸引了店里所有人的注意力。但小说最后情绪逆转，以富于戏剧化的手段完成了短篇结构上的艺术匠心。“忽然间，老板吐出一个字来：鸡！ 这是他迄今为止发出的惟一的声音，仅一个字，声气言辞却极粗暴，小姐们的聒噪便戛然而止，静下来。”“鸡”—— 这一极具中国改革社会大潮的身份意象，传达了多少时代历史背后的社会义涵：快速致富、来路不明、道德失据、拜金主义等。所以说，《发廊情话》与张爱玲的短篇《等》异曲同工，结构天成。王安忆在新世纪初发表的另一精致短篇小说的标题直接命名为《角落》，小说以诗化的语言描绘一个具有时代性的“街角”场景；小说没有主角、没有情节，真正的角色只有“角落”，时代的角落。因为只有大时代才能显出小角落，而小角落的变迁无不体现出大时代的沧桑。

> 这座咖啡馆，多少是奢靡的风格，坐在了街角上，周围是忙碌的生计，此起彼伏的争和退，它就像一个舞台，等着上演戏剧。它那艳丽的情调，一般来说，比较合适上演言情剧。它的门也装饰起来了，墨绿的宽边，中间的玻璃，围着黑色金属的曼陀罗花叶，把手是金灿灿的一个铜球，里面挂一个牌子，写着英文字母：CLOSED。于是，人们便等着有一天，这牌子翻过来，上面的字母变成：OPENED。
>
> 又有多少车流人流过去，有一日，下午四五点时分，路人看见，临窗的桌前，左右挽起的幕帏之下，面对面坐了一双男

女，面前放了高脚玻璃杯，杯边卡了一粒樱桃，杯里是不知名的色泽清洌的液体，两人颔首默坐。不知什么时候，正剧拉开了帷幕。

王德威曾这样评价张爱玲的短篇小说艺术："张爱玲的短篇小说都像是一台台的戏，所以手法也不全是写实的，象征意味甚浓。……张爱玲小说的戏台所造成的是一种'间杂效果'：它不但使有些人物和他（她）们的历史环境之间产生疏离感，而且也使观众（读者）和小说世界之间产生距离，这个距离的营造就是张爱玲的叙事手法，是十分现代的。"① 这一评价用在王安忆短篇艺术时也非常契合。

而在苏童的诸多短篇小说中，有评论者认为短篇代表作《伞》与张爱玲的《金锁记》同样存在神似之处。这部短篇都是选取了女性漫长的生活史作为叙述对象；为了体现叙事结构的紧凑性，两篇小说都将女主角的人生分成不同的两段。曹七巧的生活分成了"三十年前"和"三十年后"；锦红的生活也被分成"二十年前"和"二十年后"。分隔她们生活的只有个人的小时代，或者说人物内心的精神困扰注定了她们要在个人小时代中淹没。曹七巧的生命活力强悍、情欲饱满，但她把一生都投在了入大户人家做少奶奶的黄金

① 李欧梵：《漫谈中国现代文学中的"颓废"》，《中国现代文学与现代性十讲》，上海：复旦大学出版社，2002年，第76—77页。

梦想上，放弃了个人的爱情，最终牺牲在自己打造的黄金枷锁下；锦红的生命执拗、任性爱美，但囿于女性的贞洁，因为少年时代偶然被强奸的遭遇，她放弃了其他人生方向，一心想跟出狱后的春耕结婚，最终遭到拒绝，随意处理了自己的婚姻，嫁给了一个五十多岁的老男人。

再从短篇写法上看，《金锁记》的开头和结尾都照应在“月亮”意象上，中间叙述的却是曹七巧的情欲挣扎的人生过程；《伞》的开头直接截入，“一把花雨伞害了小女孩锦红”。结尾处“春耕从车棚里抓出一把雨伞来，塞给锦红的姨妈，说，是锦红的伞，替我还给她”。首尾都落在“伞”上，但中间叙述的却是一场少年官司带来的伤害。两部短篇都是直接以意象化的叙述首尾照应，有种物归原主、见证历史的人生况味；但《金锁记》的意蕴更浓郁、清冷，《伞》的意蕴多点现实温情、无奈。

从具体的情节铺叙看，两部小说都是以叙述时间的倒置追溯方式，放弃了首尾的意象暗示，从日常叙述起步，中间制造了一种悬念和意外感。《伞》的故事叙述很意外地把读者拉入一场少年强奸的惨剧时，惊诧突兀的心绪难平，读者忘掉了那把花雨伞，只是牢牢地记住不幸的“强奸”事件对少年主人公心灵的伤害。当事情的传开最终被人群（也被读者）接收时，我们会以为这个关于“强奸”的伤害故事可以终止了；然而，作家又来了一个大的叙事跳跃，“锦红的故事也是一把折断的雨伞，随着有人修好雨伞，再次把伞打开已经是二十年以后了”。就像《金锁记》的中间叙述一样，运用叙述时间的跳跃转换了情节叙述的时空场景。“风从窗子里进来，对面挂着的回文雕漆长镜被吹得摇摇晃晃，磕托磕托敲着墙。七巧双手按住了镜子。镜子里反映着的翠竹帘子和一副金绿山水屏条依旧在风中来回荡漾着，望久了，便有一种晕船的感觉。再定睛看时，翠竹帘子已经褪了色，金绿山水换为一张她丈夫的遗像，镜子里的人也老了十年。”

按一般的叙事目标看，两部小说都可以进入收束阶段。但相同的，二者都不约而同地继续了之前正常的日常生活叙述节奏，开启了主人公的第二段人生。从《伞》的叙述方向看，小说并没有带出传统故事讲述中的“报复”和“补偿”套路，读者难以预料小说叙述的方向。只是知道主人公彻底改变了，由一个好动活泼的女孩变成一个沉静漠然的女性，唯一没变的是她对那把雨伞的执着，就像性情变化的曹七巧对黄金家产的执着一样。这把“雨伞”一直在主人公的生命世界里藏着，只是读者一度可能因为强奸的事件忘掉了这个道具。小说的情节越到最后，越趋于平静，好像开头起了个极大波澜的故事就这样悄无声息地被按了下去。最终，小说中的人物仿佛成了故事的道具，而那把“雨伞”却成了主角。《伞》讲述的是一个关于人物特殊遭遇的个性故事，故事中的女人就像那把“伞”一样，柔美而纤弱；在早年的生活中不幸被意外的风暴折断；然后用了很长的时间，又慢慢地修好了。但修得再好也是一把曾经折断过的伞。读者阅读和感受主人公的生活遭遇时，会深切地体会到特殊的时代环境对女性命运的意外伤害。

从主题效果看，两部小说都有核心的小说意象，一个是折断的脆弱的“伞”，一个是沉重的“金锁”，都是隐喻了女主人公的一生悲剧命运，透出一种时代的苍凉感。如果再深究两位主人公的性格命运，我们会发现，曹七巧对黄金家产的执着有其背后的大时代根源，进入大户人家做少奶奶是多少平民女性的愿望，她是带着家族梦想和个人追求来的，但最终敌不过腐朽的旧时代压在她身上的负荷。也许曹七巧从小是个大家闺秀，或许就不会遭受如此的性情异变、命运碾压了。同样，锦红对女性贞洁的执着也有着其背后的时代根源，生活在六七十年代封闭、保守的小镇，左的社会风潮对女性爱美的小资情调有着极大的压抑作用，性受到了极大的歧视。如果锦红“不爱红装爱武装”，穿着旧军服在外串联，也不会有压抑自闭式的贞洁观。所以说，两部小说都有一样的短篇结构，但写出的却是女性残酷的人生，和小人物的时代沧桑感，几乎有长篇容量的表现效果。显然，《伞》的创作没有刻意地学习《金锁记》，只能说苏童自带“张味”，以短篇的艺术精神向前辈致敬。

除了两位优秀的短篇小说家在20世纪90年代显出短篇文体的光彩，传达出了时代背后的深广内涵；全球化背景也给中国现代乡土小说书写带来了全新的视野。早期现代乡土小说书写形态中，地域化风貌和民族化意识成为其主要的创作意识和叙事表现，乡土小说的审美观照多停留在怀乡、批判及诗化的艺术立场；但在20世纪末的全球化城市发展的视野中，“新乡土小说”书写更多地关注人的乡土身份所呈现出来的差异性和权利化生存境况。

而在90年代的乡土书写中，表现最为突出的短篇小说家是迟子建。迟子建80年代的短篇具有诗化的清新、纯净，描摹出如童话般纯净、温情的浪漫北国。进入90年代以来，她的乡土抒情风也杂入了现实的因素，关注底层人民生活，略带忧伤的低吟浅唱，如《雾月牛栏》《酒鬼的鱼鹰》等。但无论如何变化，迟子建的小说都保持着对于“人性”与“爱”的美好向往与热情讴歌；正如苏童评价道：“大约没有一个作家会像迟子建一样历经二十多年的创作而容颜不改，始终保持着一种均匀的创作节奏，一种稳定的美学追求，一种晶莹明亮的文字品格。”[①] 另一位在乡土小说书写中实力厚实的短篇小说家是刘庆邦。他被评论界誉为“中国短篇小说之王”。其早期短篇小说多选材于矿区和改革开放前的乡土生活，关注中国底层生活的特殊生存状况，通过朴实的故事讲述及人物精神心理的刻画、烘托，呈现出现代心理写实小说之长。如《走窑汉》中的马海州、《平地风雷》中的货郎等，即写出了中国底层农民普遍的劣根性，又着力表现在体制化的生产关系中从受压制而变态的心理压力下冒出来的勇武血性。通过场景烘托、人物心理

① 苏童：《关于迟子建》，《当代作家评论》，2005年第1期。

对峙、戏剧化的矛盾张力刻画出底层人们迸发出的“原始的生命强力”。刘庆邦很擅长利用短篇文体优势表现特殊的生存状态和心理临界点，有路翎小说之气，但语言及情节上显然比路翎小说更为质朴、晓畅；其后小说较多停留在写乡土生活的回忆，抒情风更浓厚了，尤其以细腻的笔触写乡村少女的心理见长，将农村青年女性的懵懂、羞涩情愫表现在神态毕现。如《鞋》《梅妞放羊》等，评论界称其有沈从文之风。事实上，刘庆邦的小说叙事质朴而细腻，有着厚实的现实主义底色；一如他所言：“与中篇长篇相比，短篇小说的力量不是压力，是压强。它像一枚钉子，一下子就穿透现实，并楔入现实内部去了。这种钉子还是射钉枪射出的钉子，叭的一下子，貌似坚硬无比的现实在它面前显得那样不堪一击。”[①] 这种“尚力”风格无疑受现实主义文体风格的影响。尽管他长于写乡土女性的人性美和心灵美，擅于通过环境烘托、心理刻画及日常对话等手段，并融入农村乡土风俗的抒情化面貌；但其小说有明显的情节线索和集中的人物性格心理塑造，时间链条和叙事语言的逻辑性较强，较少留有叙事空白，与沈从文的乡土抒情小说文体的形态截然不同。如代表短篇《鞋》，典型的传统叙事法开头：“有个姑娘叫守明，十八岁那年就订了亲。”接着垫叙乡村风俗，慢慢落脚到“鞋”上；随后，小说围绕“鞋”开始讲述一场乡村女性待婚前

---

① 刘庆邦:《短篇小说的力量》,《北京文学》，2008年第11期。

的情感戏。写她一方面如何做鞋，如何避免女伴们的调笑，如何地渴望见到心上人；同时也反过来映衬她内心如何地羞涩、紧张、期待的过程。一步一步，小说敞开了传统乡村女性在面对婚姻爱情时的纯朴、体贴的内心世界。这种内心情感状态几乎是众多普通乡村女性共通的内心情愫，只是借助我们的现代化镜像，反而将其看成是一种特殊的情感记忆，一如作品“后记”产生的间离效果一样。刘庆邦善于找到底层生活中富于张力的情节元素，生动地将其叙述出来;其叙述手段基本上是写实性的，叙事态度至诚至朴，叙事表现至情至性。

90年代的“新乡土小说”作家关注到全球化背景下人的生存复杂性，如就业权利、经济红利、边缘角色、人性关怀以及环境保护等，突破现代乡土小说书写格局，触及全球化发展中的中国问题及生存现状。所以，在乡土书写的短篇创作中，形式的探索与表现也趋于多样化。如同时写“苦寒”著称的雁北地域性的乡土叙事，吕新以先锋小说形式写出了一种意象化的荒凉风景，评论家樊星认为他以“充满寒意的诗化”方式描写了晋北山区的苍凉风貌，“他也许是第一个让世界知道晋北山区的作家”①。而曹乃谦则以乡土抒情小说方式写出了一种风俗化的俚语世界，这种独特的原生态景观书写

---

① 樊星:《苍凉如诗 —— 吕新小说论(1989—1991)》,《当代作家评论》，1992年第2期。

受到诺奖评委马悦然的特别评价①；从短篇风格而言，前者表现得抽象而晦涩，后者呈现出简洁而幽暗；但却以多样化的形式风格呈现出90年代复杂的新乡土小说形态。一方面，90年代的小说形成不了群体性的流派阵势和共同性的写作形式及风格；另一方面，在全球化语境下，乡土小说文体特征无法正面传达一种艺术精神，反而是在被批评话语过度运用中，呈现了90年代消费主义文化下的“景观”价值及文化意义。这是一种典型的文本移位手段，犹如在城市商业广告牌中看到落后的农民形象一样，具有商业化导向和大众化诱导。无论曹乃谦小说叙事语言的民间性、原生态价值多高，都回避不了其小说题材及风格的单一性，短篇艺术形式难以比肩前辈沈从文、汪曾祺等，更不能在新的时代发展中拓展乡土抒情小说的文体内涵。

由此我们会发现，作为整体性的城乡审美对照及历史关怀难以在“新乡土小说”中延续，短篇小说创作不仅遭受市场化的文体困境，而且在情感表达方式上也出现了某种后现代式的文体特征，如移位链接、文体杂糅、互文拼接等。

---

① 瑞典汉学家马悦然（Goran Malmqvist）在曹乃谦长篇小说《到黑夜想你没办法——温家窑风景》的序言中评价道：“曹乃谦是中国最一流的作家之一，他和李锐、莫言一样都有希望获得诺贝尔文学奖，我不管中国大陆的评论家对曹乃谦的看法，……他使用的语言有时候是非常粗的、非常‘脏’的，完全是民间性的，我觉得曹乃谦是个天才的作家。”（武汉：长江文艺出版社，2007年）

曹乃谦的短篇小说集《最后的村庄》在沉寂中突然受到评论界的关注甚至国际化，继而又迅速趋于平静；典型地演绎了网络信息化时代的商业逻辑。曹乃谦的短篇小说评论及研究最后没有被持续关注，其人其文却在文化移位和国际链接中被“现象化”以至“超文本化”。另外，刘庆邦的《鞋》的末尾附上了一个独特的“后记”[①]，以一种忏悔体的散文表白续出了小说文体的另一片天地。一般而言，“后记”作为小说文本内一部分，即为虚构；若为文本外一部分，即为真实的创作谈；但从实验文本而言，则意味较多。大多评论家倾向于“正文”与“后记”的一体论，如林斤澜点评道：“后记”当属“翻尾”。“这个后记看似外加，却才是真正的结尾。”故事中的“美”在“后记”里发生了“伤害”。“嫌没劲吗？这后记可给全篇注入了力量。后记成了结构中的不可缺少部分，是一个别出心裁的结尾。”[②]李敬泽点评：“刘庆邦以一个小小的破坏动作打开了文本，把整个故事、把那诗意的世界拉回到当下的语境。”所以，“后记必不可少，它使这篇小说包含了自我审视的目光，这是由21世纪对古

---

① 后记：我在农村老家时，人家给我介绍了一个对象。那个姑娘很精心地给我做了一双鞋。参加工作后，我把那双鞋带进了城里，先是舍不得穿，想留作美好的纪念。后来买了运动鞋、皮鞋之后，觉得那双鞋太土，想穿也穿不出去了。第一次回家探亲，我把那双鞋退给了那位姑娘。那姑娘接过鞋后，眼里一直泪汪汪的。后来我想到，我一定伤害了那位农村姑娘的心，我辜负了她，一辈子都对不起她。（刘庆邦：《鞋》，《北京文学》，1997年第1期。）

② 林斤澜：《写短篇更需要锻炼技巧》，《刘庆邦短篇小说选（点评本）》，作家出版社，2012年，第27—28页。

老乡土的回望。”[①] 然而，或作为创作素材来源的交代，或运用间离效果，将虚构与现实直接混淆起来，总之，“后记”几近成了二重虚构，是对前文本虚构情境的一种干涉（深化或颠覆）。从文本现象层面考察，无论是续貂还是点睛，都难免出现一种拼接性效果，可以见出其文体混杂性的一面（非虚构与虚构文体的混杂，或散文与小说的混杂）；甚至还引出了互文性的应用。[②]

从90年代的另一种解读法，我们还能发现，《鞋》的“后记”不只是一种文体上的实验性，而且还是怀旧文化的表征。它既满足了作家自身的怀旧，更满足了读者对文本中营造出的怀旧氛围的阅读期待。这种怀旧现象一方面反映了作者在后现代语境下对原始情感的修复观念，另一方面也体现了世纪末消费主义的文化意识。无独有偶，《伞》在《香港文学》发表时却是另一种结尾：

……她的眼睛里在下雨。

锦红说，春耕，你娶了我吧。

春耕不敢相信自己的眼睛，更不敢相信自己的耳朵，他说，你要修车吗？

锦红说，今天下雨，你娶了我吧。

---

① 李敬泽：《优美的小说》，《刘庆邦短篇小说选（点评本）》，作家出版社，2012年，第29页。

② “后记”内容在作者2009年发表的短篇小说《西风芦花》中被再次叙事。

春耕这回听清楚了，春耕还是不相信自己的耳朵，二十年的往事在这个瞬间全部泛上了心头，今天的大雨是二十年前那场雨的尾声吗，春耕突然明白了，于是他抱着脑袋失声痛哭起来。

不用我说了。现在锦红的故事终于讲完了。一切都好。世上的夫妻走到一起，平淡的很多，也有离奇的，就像香椿树街的锦红和春耕。现在他们一切都很好。他们住在锦红家里，他们结婚后的一个星期天，春耕爬到屋顶上去筑漏，带下来一把雨伞的骨架，他把它交给锦红。锦红起初不知道那是谁的伞，她说，谁把伞扔到屋顶上去了，锈成这样，扔在那里一定好多年了。后来锦红明白过来了，眼泪一下就淌了出来，春耕在旁边问，怎么啦，是谁扔的？锦红看了看她母亲的遗像，想说什么，最后又没说，春耕端详着妻子的脸，你哭了？怎么又哭了？锦红摇着头，她说，不哭了，留着这东西，我去把它放好。[①]

比起原版简洁而平淡的结尾，《香港文学》版结尾方式更大众化一些；情节铺展得非常充分，读者的阅读期待（锦红与春耕的婚姻终

---

① 陶然编：《〈香港文学〉小说选（2000.9—2001.12）》，香港文学出版社，2003年，第67页。

得圆满）得到了满足，小说中的情感缺位得到了补偿。两种结尾版本，构成不同拼接方式及文本意义阐释的多向性，形成了可供切换的超文本链接方式（如网游小说）。显然，这也是消费主义文化语境下的怀旧元素主导了短篇创作的文体变异，虽然损害了艺术形式的唯一性，但给大众文化传播带来了另类的艺术消费方式。而王安忆对老上海的记忆修复，早就存在于世纪末怀旧文化之中，从她的小说氛围和评论家的论述中显而易见，不再赘述。

或许以上这些关乎后现代式的形式因素和现象只是特例，但聚合在一起，便也成了一种共通的文本现象和时代痕迹。

第三章

代言时代之声的新意识形态传播

20世纪中国共产党领导的农民革命诞生了新意识形态，这大大改变了现代中国人的生活方式和精神心理以及文学形式特征。新意识形态的传播产生了宣扬无产阶级革命的左翼文学，继之在文化宣传领域逐渐夺取领导权而产生了抗战文艺、人民文艺；新中国成立之后为了文化思想领域的合法性构建而大量涌现的革命历史小说和农村题材小说，及至新时期之后再出发为宣扬“现代化”的改革开放理念而形成了回归“五四”及开放性的现实主义小说，等等。可以说，短篇小说文体在20世纪这几个重要阶段几乎都承担了时代“轻骑兵”的文学功能；特别是在文学与政治意识形成共谋或共识之下，成为文学的报春花，迅速产生一定程度的“轰动效应”。

二三十年代，随着革命的勃兴，民族救亡和阶级斗争意识迅速增长，现代短篇小说开始从个人经验型的乡土写实走向关注时代大场面的社会剖析，左翼文学以重大题材、主题表现紧跟社会时代的发展变化，并以宏大场面的速写、新人塑造等方式勾画出最符合这个时代特征的精神面貌，即斗争的哲学。反抗性代替了个人心理的犹豫性，行动的目的性取代了心理的复杂过程；从而一种新的意识形态书写逐渐引导了小说家叙述的方向。随后，40年代民族革命战争下的抗战文艺统一战线催生了文艺创作民族化和大众化的转向，抗战小说的情绪爆发和“尚力”风格在民族解放战争的洗礼下不断走向客观化、戏剧化的写实风格，并向传统叙事资源中汲取营养，将文艺打造成“为大众”讲述的革命意识形态强音。短篇小说创作从题材选择、新的人物塑造、斗争情节的设置、戏剧化的结构模式到主题的确定性等，均纳入了可控的文学生产轨道，逐渐形成统一化的文学运行机制。而中国现代小说理论观念开始走进了“内容与形式”对立、分裂的盐碱地，对思想主题的评价放在作品标准的第一位，而人物塑造的“真实”与“生动”感成为首要的形式批评。

新中国成立后，当代一体化文学生产体制一步步建立。以表现英雄主义与乐观主义为叙事主调的革命历史小说，和表现社会主义与集体主义思想主题的农村题材小说，很好地利用了“嵌入式回忆”和“巧合”模式呈现出主题的正确性。尽管从历史与现实方面考察，革命历史小说具有弥合战后情感创伤的功能，农村题材小说以“问题小说”的方式触及了农村社会生活真相；但从文体风格看，这些主流小说普遍具有激情、乐观的叙事风貌，配合新中国的诞生传播了主流意识形态的合法性、正当性；从形式特征看，其叙事模式化、套路化，显示出文学创作精神封闭与保守的一面。形式为内容服务，题材与主题的规定性导致了小说创作在形式选择上的单一性，并在文学表达上形成了一定程度上的写作禁忌。

“文革”结束以后，文学主题在“伤痕”中痛定“反思”，在“反思”中继起“改革”，迎来了新时期文学的勃兴；新时期初期短篇小说创作配合主流意识形态的“拨乱反正”，产生良好的社会效应；但从艺术形式上看，依然接续“十七年”短篇小说的形式策略，“政治控诉体”仍然带有明显的客观化、戏剧化的叙事倾向；随着思想解放和“现代化”目标的确立，短篇小说创作也逐步走出艺术条律的禁锢，吸取西方现代主义多变的叙事手法，如意识流、荒诞手法等，走向开放多元的现实主义小说创作方法。然而，知识分子作家的新启蒙意识和道德优越感也使得短篇小说创作主体意识膨胀、叙事的主观抒情色彩浓烈、文体中篇化，形成“宏大叙事”体的小说格局。这与寻根小说作家的文体意识如出一辙。

综而言之，20世纪的短篇小说创作鲜明地承担新意识形态传播的功能，获取了文学的主流地位，对时代精神的传达起到推波助澜的作用。但是，在文体形式的策略上，这些短篇小说具有明显的创作功利性，也深层次地暴露了其审美附属性的地位；很容易成为时代激流中一时涌起的波浪，转瞬即逝，无法铸就文学史长河中不动的经典标杆。

一、民族解放时代的急先锋

30年代的左翼小说创作大多沿着写实主义的路途，从描写社会人生的五四小说逐步深化到现实主义的创作原则中来。这类小说家以西方现实主义小说的典型理论（结构、人物、环境三要素论）为指导，继续关注于普通的现代人生的真实描写，反映社会生活现代化进程中的痛苦与艰辛。这个时期作家的主体意识不再是停留在对现代生活的身心感受上，而是清醒地认识到社会发展的症候，以明显的情感及认识倾向性张扬小说写实性的社会批判功能。从个体意识转向社会意识的写作倾向及立场在越来越深陷于半封建半殖民的中国社会中日益强化出来。

西方文化观念伴随着政治经济殖民化侵略的同时也步步深化了中国现代作家对革命的认识，如何认识中国社会的整体印象和深层的社会动荡趋势对于中国的知识阶层显得尤为重要。文化、政治利益集团的形成使得中国社会各阶层的阶级意识逐渐诞生，革命的洪流此消彼长；比起五四时期的激烈反传统，这一时期中国社会趋势和命运成了一个重大的时代命题。这一时代命题的出现使得左翼小说家在截取现实生活的“横断面”时，把叙述现代中国的文学视野更有针对性地放在时代重大题材的选择上。这方面最有代表性的短篇小说家当然是茅盾，他的短篇代表作“农村三部曲”（《春蚕》《秋收》《残冬》）和《林家铺子》几乎成了“社会剖析派”的典范。

社会剖析派继承“为人生”的写实主义，在小说创作方法上开始从自然主义向现实主义小说创作理论深化，以典型人物为中心，通过情节的发展和环境的描写来塑造人物的性格。这一流派的短篇小说创作在文体形式上的布局特点是：通过截取最有代表性的社会生活的横断面，深切反映中国现代社会的发展状况和社会性质。如反映农村自然经济在土地兼并下的封建经济压榨和殖民化的资本主义经济剥削下接受的双重压迫，以致破产的时代命运；反映中国乡镇经济萧条和战乱中无法摆脱大时代命运的小商品经济破产的必然遭遇。这种横断面的截取无不与作者对中国社会的整体印象及时代视野相关，体现了左翼小说家广阔的社会认识和分析能力。

当工农革命意识和民族解放命运越来越上升为显性的时代精神，越来越多的现代作家开始关注现实视野，探究时代问题，并在写作中注重题材的选择和社会前途的探讨。社会剖析派小说家大多受左翼思潮影响深切，有更高的思想觉悟和社会认识能力，其创作主体的思想观念与时代的要求逐步达成一致，同时需要做到对社会现象作艺术挖掘的能力。鲁迅与沙汀、艾芜“关于小说题材的通信”被现代文学史传为佳话，其通信内容正好反映出这个时期短篇小说在创作取向和艺术形式上的要求。两位青年作家就短篇小说创作题材提出问题，一个是写“熟悉的小资产阶级的青年，把那些在现时代所显现和潜伏的一般的弱点，用讽刺的艺术手腕表示出来”；一个是写“熟悉的下层人物——在现时代大潮流冲击圈外的下层人物，把那些在生活重压下强烈求生的欲望的朦胧反抗的冲动，刻画在创作里面”，“不知这样内容的作品，究竟对现时代，有没有配说得上有贡献的意义”？对于写作熟悉题材的强调在前一个时期是大力提倡的，尤其是对乡土小说家们，这也是“写实主义”创作最要紧的方面。何以在这里青年作者会成为一个问题来向前辈请教呢？青年作家在自己熟悉的题材与时代的关系意义上陷入了“犹豫”，“因为我们不愿意在文艺上的努力，对于目前的时代，成为白费力气，毫无意义的”。鲁迅对他们的回信说：“作者所站的立场，如信上所写，则是小资产阶级的立场。如果是战斗的无产者，只要所写的是可以成为艺术品的东西，那就无论他所描写的是什么事情，所使用的是什么材料，对于现代以及将来一定是有贡献的意义的。为什么呢？因为作者本身便是一个战斗者。”鲁迅进一步提出，“两位是可以各就自己现在能写的题材，动手来写的。不过选材要严，开掘要深，不可将一点琐屑的没有意思的事故，便填成一篇，以创作丰富自乐。”[①] 如果说关于“题材”的探讨属于小说“内容”方面的问题，那么对于“严”与“深”的要求则是艺术形式上的问题。它要求短篇小说的创作不光停留在写实的意义上，更要超出“琐屑”的生活写实，达到反映现实的深度。从短篇小说发展的轨迹来看，这也是对前一时期追求细致的自然写实的一种纠偏或深化，因为它排除了那种“琐屑的没有意思的事故”，在写作立场及文学视野上与同一时期的京派小说家们形成分流；而从短篇小说文体的发展史看，这也成了后来所提倡的“以小见大”论的肇始。

---

① 沙汀、艾芜、鲁迅：《关于小说题材的通信》，《鲁迅全集》（第四卷），第377页。

社会剖析派小说家强调选取整体性的时代现实剖切面，关注重大的时代生活题材，力求反映现实的广阔度；所以，30年代的短篇小说创作在传达时代意识的叙事上彰显出了时代前卫的意义。我们在冯雪峰的《关于新的小说的诞生》中可以见出这种新意识形态的文学表现。他从丁玲的小说《水》看出了“新的小说的一点萌芽”，主要表现在：“第一，作者取用了重要的巨大的现实的题材。题材对于小说，总是占着重要的地位，而在像水灾这样动人的，时事的，照出整个中国社会生活的题材，虽然多得‘取之不尽’，却还不能使许多作家抛去穷屈的虚伪的‘身边琐事’的时候，则作者快捷地加以取用，就会引起读者的热情的注意是一定的。并且也就在这点上，有着它的一种特别的意义。但是，最主要的还在：第二，在现象的分析上，显示作者对于阶级斗争的正确的坚定的理解。第三，作者有了新的描写的方法；在《水》里面，不是一个或二个的主人公，而是一大群的大众，不是个人的心理的分析，而是集体的行动的开展（这二点，当然和题材有关系的），它的人物不是孤立的，固定的，而是全体中相互影响的，发展的。”[①] 随着此期对民族命运与阶级命运的关切以及社会斗争意识的上升，小说《水》里面写到的不再是单个的农民或知识青年的生活，而是大众群体形象成了紧

---

① 丹仁（冯雪峰）：《关于新的小说的诞生——评丁玲的〈水〉》，《北斗》2卷1期，1932年1月20日。

紧反映当下时代的真实写照，成了“新的小说的一点萌芽”。而丁玲也从一个“个人主义的无政府主义性加流浪汉的知识阶级性加资产阶级颓废的和享乐而成的混合物”，转变成“一个能够正确地理解阶级斗争，站在工农大众的利益上，特别是看到工农劳苦大众的力量及其出路，具有唯物辩证法的方法”的“新的小说家”。这是一个左翼批评家对加入“左联”以后的丁玲的评价，也是代表当下短篇小说创作在代言时代之声、传达无产阶级革命这一新意识形态上对小说文体观念及功能的一种理论认识。

事实上，这个时期的小说创作并没有完全受到国民政府文化体制的压制和操控，大多进步作家自觉地在社会认识的观念上接受创作方向的改变。他们在五四新文化运动的影响下，受到大量译介的俄苏文学与东欧文学的影响，而后又受到早期左翼革命文学（普罗文学）的影响；当然，对于大多现实主义作家而言，30年代日益高涨的工农运动和反帝反封时代意识的增长成为了他们个人创作的内驱力，这与早期仅仅处于“观念形态的”[①]普罗文学区别开来。以茅盾的小说创作为典型，继之沙汀、丁玲、叶紫、吴组缃、张天翼等，形成了左翼文学典型的小说创作体式。他们强调对时代斗争题材的选择，有进步的时代方向和阶级意识，用貌似客观性的社会剖析方

① 洪灵菲:《普罗列塔利亚小说论（节选）》，神州国光社版《文艺讲座》1册，1930年4月10日，见《二十世纪中国小说理论资料》（第三卷），第102页。

法进行写实性叙事。从短篇小说文体功能看，他们截取的时代生活片断具有行动的张力，将复杂的时代氛围简化成对立式的戏剧环境，故事性与人物形象塑造较强。这种短篇小说的形式特征构成了未来中国现当代小说发展的主流，它不再是将小说的方法从旧小说的框架中脱离出来，表达现代人个体心理的主观情绪；而是要找到最符合这个时代特征的内在精神形式，即斗争的哲学。反抗性代替了个人心理的犹豫性，行动的目的性取代了心理的复杂过程；从而，一种新的意识形态书写逐渐控制了小说家叙述的走向和目标。

由此，从题材选择的重视，到新的人物的塑造，斗争情节的设置，戏剧化的结构模式，以及主题的确定性把握，20世纪中国文学中的宏大叙事体式开始逐步地建立，一直影响到这个世纪末的“新现实主义”。这一创作取向的小说家们在左翼思潮的影响下，个人自由的体验方式慢慢地被时代的宏大意识所改造。当然，文学思想改造在30年代的初期还只是体现为精神的自觉，而非意识形态体制下的逼迫。渐渐地，中国现代小说的“左”转开始将文学创作的审美思维向社会维度上引导。

观念决定形式。思想意识的自觉性也使得青年作家们在具体的写实手法上开始转变，如抛弃主观化的心理写法，减少作品中情绪的张力；多用客观化的对话与行动描写，注重刻画人物的外在形象，尤其是大众反抗式的新人形象代替了原先感伤式的时代新人形象。当然，这种转变也是缓慢渐至成形的。对于知识青年作家们来说，一方面，他们要抓住时代的缩影，要写出行动中的大众形象；另一方面，他们并非处在时代的大潮中心，难免缺少熟悉的生活体验，于是就有用习惯性的自我表现手法来刻画下层人们的生存动机和情感方式。穆木天批评这个时期的写实小说，称他们用主观化的第一人称描写现实时显得有些“浪漫谛克”，而减少了作品的真实性，形式与内容不调和。他批评道：“一般来说，用第一人称写没有受过高深教育的工农的大众，无论作者的认识是如何的正确，总不容易把他们的性格如实地表现出来。在中国现在的工农大众里，恐怕没有人能文绉绉地述说出那一段自白来。”“在现在的中国，写工农用自白与日记是不可以的。不要忘记，第一人称是个人主义的抒情主义的形式，现在的现实主义所需要写的是民族解放斗争中的工农大众的情绪。”[①] 穆木天的批评道出了那些成长中的青年作家在小说创作形式转变上的不适应，或者说不成熟；同时也充分地表明了现代短篇小说的形式选择与时代意识的要求之间的磨合。左翼青年作家在小说形式的选择上需要改变前一时期的前辈作家惯用的手法，寻找适合这个时代情绪和时代印象的表达方式，并尽量避免过多的个人化的现代生活体验。当然，这离毛泽东的《讲话》所要求的知识分子作家的思想改造还远；但问题却是早来了很久，由此也

① 穆木天：《谈写实的小说与第一人称写法》《再谈写实的小说与第一人称写法》，《申报·自由谈》，1933年12月29日、1934年1月10日，见《二十世纪中国小说理论资料》（第三卷），第220—222、233页。

说明《讲话》对作家的要求不是凭空产生，而是合乎时代演进的逻辑结果。

30年代的短篇写实小说开始抛除主观化的感伤情绪和个人生活小范围，将社会写实的取材向更大的时代空间扩展，这不是单纯的受政治意识形态操控的结果，而是受中国革命命运和形势逼迫的一个转向；这个转向可以说已经蕴含了之后大量的青年作家选择去延安的心理动因，也蕴含了这一流派的小说在中国文学界确立的远大前途和地位。或许正是开放社会的现代意识对于自足性的审美文学观念的侵扰，民族的危亡与阶级矛盾的激化导致了现代中国文学会产生全面社会化的“轰动效应”。这种效应让左翼文学工作者占领了时代意识的主流地位，掌握了时代话语的领导权。从更深层说，当他们把文学与社会革命紧密地联系在一起时，就成就了他们对当下中国社会的现代化进程的一种想象和改造方式；因为要摆脱封建化和殖民化的历史命运，光靠一种个体内心的思想启蒙是无法实现的，现代化的途径必须是文学领域的宣传附上政治领域的革命。鲁迅在那个时代的论战中承认：“一切文艺固是宣传，而一切宣传却并非全是文艺……”[①]这句话的前提道出了这个时期文学的功能。尤其是在中国共产党文化组织的领导权还没有发生实质性影响时，左翼文学的这种文学社会化的自觉意识已经显露出来。

---

① 鲁迅：《文艺与革命》，《鲁迅全集》（第四卷），第85页。

对时代感的自觉意识强化了短篇小说创作者对题材的关注和主题表现的目的性，这自然影响了艺术形式的选择，同时也会弱化艺术形式的探索，直接走向“速写”化的表现方式来快速呈现社会生活面貌，一如小说《水》即代表这一形式选择的萌芽。事实上，片面强调短篇小说的意识形态功效也必然会导致小说的文体形式向“速写”式写法靠拢，作家急功近利的文学创作观使小说题材在上升为艺术审美时遭遇形式上的贫乏。就像此期出现的“杂文”发展势头一样，现代小说创作向“速写”化流变正是其文体形式在时代意识主导下的一种变衍。冯雪峰在高度评价丁玲小说《水》时也指出其迫于“速写”的缺点；但短短几年后，另一位左翼文学理论家胡风就开始坦然倡导“速写”，发挥其“能够把变动的日常事故更迅速地更直接地反映，批判”的作用，并夸耀“速写”有其他的文学活动不同的特征，即体现出不一般的文学价值：写“现实的人物”“实在的事件”；“不描写世间的细节而攫取能够表现本质的要点”[①]。所以说，此时左翼文学中的短篇小说创作已经无法保持审美化的独立文体地位，而是成为像杂文一般的社会化批判形式。这种创作流变开启了抗战文学、延安文学到新中国成立后短篇小说创作崇尚“通讯”“特写”形式的先河。

进入抗战时期，左翼文学创作在选材要求、主题挖掘到形式选

① 胡风：《关于速写及其他》，《文学》4卷2号，1935年2月1日，见《二十世纪中国小说理论资料》（第三卷），第285页。

择上几乎从个人的主观选择越来越演变成为了一种时代共同的选择。在同仇敌忾的时代精神召唤下，小说家们自觉地转向对广大民众所遭受的战争苦难的叙述，以及对国家民族精神的宣扬；战争状态下的短篇小说创作普遍呈现一种“尚力”的审美倾向。在“力”的宣示或者宣泄中，早期抗战小说还呈现出主观化的个人情绪和叙事风格，这在以忧郁苦难情绪为重的“东北作家群”和以生命意志的张力为重的“七月派”小说家身上有鲜明的体现；但到了后期，由于战争的组织化和文学生产体制化的初步形成，革命战争小说逐渐向客观化的讲述形式发展，创作者的个人经验表述受到体制化的文学生产机制有意识的引导。这预示着现代短篇小说越来越形成主流与非主流的分野，左翼小说成为新意识形态的传播阵地，并开始进入“体制化”的创作转变时期。

具体而言，最早进入战争书写状态的是流入关内的“东北作家群”①。战争与流亡的亲身体验使得他们的小说创作在真实记录个人经验，反映战争带来的心理创伤方面给读者带来独特的艺术表达风格。虽然东北作家群体受到左翼文坛的影响，但他们又不是完全地站在左翼的组织之内，创作上的主观抒情风格显露出东北粗犷的地

---

① “东北作家群”的小说创作发脉更早，1931年的“九·一八”事变就催生了富于艺术表现力的战争小说。从短篇小说文体发展的逻辑看，战争状态对短篇小说创作形式与风格的影响较大；从作家的角度看，正是有了这种独特的艺术形式与风格，个人才能在历史中呈现，成为时代精神的宣扬者。

域性以及失却土地之后的怀恋与忧郁情结，这些文学风格和当时的左翼小说创作风貌不尽相同。他们把战争状态之下小说的尚“力”叙事与忧郁性的抒情笔调发挥至恰到好处，把亡国之痛与民族反抗的意识自然而又深切地表达出来。这种突出的艺术效果，也让“二萧”较早得到了鲁迅的高度评价和推介，并引领了中国抗战文艺的先声。鲁迅曾称赞萧红的作品“北方人民的对于生的坚强，对于死的挣扎，却往往已经力透纸背”[①]；赞萧军的作品“严肃，紧张，作者的心血和失去的天空，土地，受难的人民，以至失去的茂草，高粱，蝈蝈，蚊子，搅成一团，鲜红的在读者眼前展开，显示着中国的一份和全部，现在和将来，死路与活路”[②]。虽是针对二萧的长篇创作而谈，但对于短篇小说创作丰厚的东北作家群体，如二萧最早的短篇小说合集《跋涉》、萧军的短篇集《江上》、萧红的短篇集《牛车上》《旷野的呼喊》，以及舒群的短篇集《没有祖国的孩子》、端木蕻良的短篇集《憎恨》《风陵渡》等这些呈现强烈现实主义尚“力”风格的短篇创作，鲁迅的评语都是切中肯綮。带有地域风情的尚“力”风格之美的短篇小说创作，相比于早期或沉滞苦闷，或抒情感伤的乡土写实小说来说，也是大大发展了现代乡土写实小说的表现形式。所以，他们也受到不同文学审美主张的批评家赞扬。

---

① 鲁迅:《萧红作〈生死场〉序》,《鲁迅全集》(第六卷)，第422页。

② 鲁迅:《田军作〈八月的乡村〉序》,《鲁迅全集》(第六卷)，第296页。

李健吾称赞萧军的小说“本色”，称“萧军先生的血泪渐渐倒流进去，灌成一片忧郁的田地”；“他叙写病情，追寻病原，把症候交给我们自己看。不要做一个走方郎中，他搜索他经验的角落，把他耳濡目染的各个片段，沉重地，本色地，铺陈在我们的眼前”；“萧军先生的希望含着绝望的成分。但是绝望究竟不是死亡，中国还有挣扎的可能。尤其难能可贵的是，他不硬拿希望和贴膏药一样贴在小说的结尾。希望不是舶来品，而是小说进行之中一种自然的演述”[①]。

战争状态改变了人们的时代心理倾向和文学审美风尚。在抗战中崛起的现实主义革命作家，如“七月派”的路翎、丘东平等一改左翼文学早期的客观写实和社会剖析派风格，将战争的颠沛或亲历战斗中经受的饱满情感带入了文学的创造，表达出一种雄浑的野性呼喊，呼喊着“人民的原始的强力”，呼喊着反抗的战斗精神。这些“从‘底层’爬出来的作家，他们往往是‘力’的化身，给温文尔雅的文学圈子带来一颗粗犷的灵魂，一股逼人的锐气的。他目睹而且身受着血腥的压迫和剥削，他只是朦胧地感觉到却不能明白地指出什么是黑暗，压迫，恶浊和一切不幸的悲剧的根源。于是，他愤怒，他憎恨，他举起投枪向‘无物之阵’掷去，他高呼着斗争的英雄的事业，他赞颂着勇敢的为难者的献身，他慨叹着那些超人式的

---

① 李健吾：《萧军论》，《大公报》（香港版），1939年3月7、8、9、10、13、14日，见《二十世纪中国小说理论资料》（第四卷），第41—42页。

个人主义的英雄凄楚地倒在愚昧的血泊里的悲剧”[①]。这种粗犷、“尚力”的小说风格，引导了这个时期短篇小说创作的方向，将抗战文学创作思想提升了到时代的高度，而在艺术形式的探索上鲜有提高。现代短篇小说创作已有20多年的艺术积累与理论发展，正逐步进入艺术的深化和成熟期；但由于战争的原因，大多作家都很难具有安静的写作环境和艺术上的雕琢和酝酿，这些经历战争创伤的“东北作家群”，和亲身投入战争的“七月派”小说家们，都难免以急就章的方式进行短篇创作，从而流于战争小说叙述的“速写”化倾向。处于颠沛流离状态中的青年创作者们缺乏京派作家平静的创作环境和从容的创作心态，过多横断面的战争图景的描绘、众多人物苦难的缩写，以及过于急切化的创作心理，妨碍他们在短篇小说艺术上找寻独具匠心的艺术灵感。

且不必说战争给艺术的发展带来了多大的限制，它对现代境遇中挣扎的人们心理有着极大的摧残作用，让人或坚强或软弱，或生存或死亡，没有了理性、细致的生活方式去求得个人意志和艺术表达上的进步。这样，“尚力”中少了一份内在的生命体验，忧郁中欠缺一种理性的光辉，战争状态下的小说创作确实需要更多的时间进行艺术上的积淀。但这时间从哪里来呢？

---

① 石怀池：《东平小论》，《希望》第2集第3期，1946年7月，见《二十世纪中国小说理论资料》（第四卷），第369页。

所以，在大时代面前，短篇小说的形式创新功能虽然部分地丧失，其代言时代之声的新意识形态传播的功能必将不断放大。处于时代潮流中心的左翼作家很容易地取得了战时精神言说的主动权，对时代命运与责任的主动承担使得他们将文学传播事业大大推进，社会视野的阔大与取材上的优势使得他们表达的声音更加宏大；于是，他们在艺术上的创造过多地走向文学社会化的向度，审美形式上显得粗糙与急促，并促使了这个时期的杂文、报告文学与小说“速写”化的持续繁荣；同时，战争的重大性质与作家的流动迁徙也促进了能反映广阔的社会内涵与时效性的长篇小说和报告文学的繁荣，一些著名的左翼小说家开始用报告文学这一宣传化的文体形式参与抗战的文艺实践，如丁玲、沙汀等；反而是坚守艺术审美精神的小说家们很难在创作价值独立性的状态之下寻求突破，一如沈从文所言“似乎是无什么‘出路’的”。

文体形式与社会时代精神的内在关联值得我们深究。左翼小说家们延续了西方写实主义小说理论，突出小说创作的时代倾向性，注重选择能够诞生出具有新人形象的时代环境。这一艺术要求，很好地满足了战争状态之下越来越需要组织化的作家群体以及逐步明朗的革命意识形态需求。于是，左翼小说的创作观也从一般的西方写实主义小说理论发展到社会主义现实主义的文艺创作方向上来。他们开始在艺术上寻求再现“典型环境中的典型人物”，以苏联作家高尔基为小说家楷模，将自身的创作牢牢地与民族国家的命运连结在一起。

战时的小说创作倡导与号召对战争投入的积极性，运用典型的事件与典型的人物描写来激发战争的力量，体现了抗战文艺的思想及艺术特点。茅盾在其主编的《文艺阵地》刊物上回顾抗战之初的文艺变化时谈道："过去一年的前半期（当然这是极疏的分法），文坛上的主要倾向是着眼于一个个壮烈场面的描写。大多数作品把抗战中的英勇壮烈的故事作为题材，而且企图从这些故事的本身说明了时代的伟大，——中国人民的决心与勇敢，认识与希望，对目前牺牲之忍受与对最后胜利之确信。这样的企图再加上没有充分的时间去体验等等原因，就不自觉地弄成了注重写'事'而不注重写'人'的现象。"继而他又认为抗战初期由于"被抗战的热情所鼓舞，被壮烈的事件所振奋"的时候，作家急于要为民族的奋斗写伟大的史诗，就容易忽略了小说写"人"的原则；但随着战争的进行与作家体验的深入，开始出现了从"事"到"人"的转变，新的典型已经（虽然不多）在作家笔下出现了。如"华威先生"（张天翼《华威先生》）、"差半车麦秸"（姚雪垠《差半车麦秸》）、"黑虎"与"桂儿"（碧野《北方的原野》）等。他认为这是抗战文艺的一大进步，并强调"创作的最高目标是写典型事件中的典型人物"[①]。作为资深的刊

① 茅盾：《八月的感想——抗战文艺一年的回顾》，《文艺阵地》第1卷第9期，1938年8月16日。

物主编和左翼作家，茅盾高屋建瓴地肯定了抗战文艺的成绩和发展方向。

由注重写“事”到注重写“人”，不仅是小说艺术的进步（这种进步在现代文学第一个阶段已经完成），更体现了担任主流意识形态传播的抗战文学提升了文艺的反映效果和艺术水准；显然，注重英雄人物的塑造是为了更有效地达到现实政治的目的。而英雄人物的塑造也改变了现代写实主义的创作原则与方法，它将现代作家的主体意识与细致逼真的个体经验书写转换成了一种新的现实主义风格，即具有明确社会意识与时代方向的“第三种现实——未来的现实”。“具体地说来，便是一种历史的必然方向的认识，一种对于光明的未来的向往和为争取它的实现的斗争的热情。他不仅理解历史的过去和现在的实况，他还憧憬着未来，依赖着未来。把握着这种健康的创作方法，才不会陷落到自然主义的泥沼里去，即使是剖析着阴暗的丑恶的现实，却能多阴间中看出光明，从丑恶中看出纯洁,……”① 这一新的创作原则和方法的提倡基于革命战争时代下小说创作环境的一种改变，它超越了现代写实主义理论原则与方法（经常是用“自然主义”的名称来代替）。在此，我们也能看到30年代引进的苏联“社会主义现实主义”创作方法开始对主流小说创作

① 石怀池：《东平小论》，《希望》第2集第3期，1946年7月，见《二十世纪中国小说理论资料》（第四卷），第373页。

的深入影响。而新的创作理念带来了新的创作元素的加入，即认为“新的英雄主义”精神的作品就需要“采取一种革命的浪漫主义——作为现实主义的发展的更高阶段的一面的浪漫主义的创作方法”。而高尔基就是“这种新的革命的浪漫主义创作方法”的典型榜样。

值得注意的是，这种新的革命创作原则指导下的典型人物的塑造不仅没有激发左翼作家的浪漫想象，反而使得他们在感于“未来的现实”的必然历史方向上越来越束缚了创作的主体性。而在具体的人物表现手法上，这些作家对于所谓“英雄人物”的刻画反而倾向于传统手法的运用。他们向古典小说《红楼梦》《西游记》《水浒传》《儒林外史》等[①]汲取艺术经验，却远离了能够表现现代人内心生活张力的多变叙述视角、叙述结构与人物心理空间的开拓；同时也更加倾向于长篇文字的谋划，将写作变成了一个材料收集、删减、提炼的客观化过程。

姚雪垠在谈到“小说是怎样写成的”创作过程时强调“写小说的第一步是选取题材”。选取题材时“首先‘要确定你的立场是为国家，救人民，救世界，推动历史前进而从事写作’。……同时，你要仔细研究你要描写的事件和人物是不是具有一般性，典型性，是不是可以深刻地反映出现实的重要侧面。……你还要记清不是像照

① 端木蕻良:《向〈红楼梦〉学习描写人物》，桂林《文学报》第1卷第1期，1942年6月20日；张天翼:《谈人物描写》，《论人物的描写》，重庆作家书屋，1942年9月；张天翼:《读〈儒林外史〉》，《文艺杂志》第2卷第1期，1942年12月15日，等等。

相机似的反映现实，而是要在反映现实的时候表现你要肯定什么和否定什么，这样，你的小说才能起教育的、鼓励的和批判的作用”；“现实生活中并没有现成的、十分完整的小说题材。题材是现实资料经过许许多多的删削、增添、组织才成功的”。然后，“你必须用心用意的研究人物，分析他们的性格和心理，找出他们的主要特征，尽可能的使他们能带有典型意味”；“同时也不得不注意到小说情节”；“当你去通盘的研究情节时，我对（劝）你千万耐心地在纸上列大纲，用文字帮助你的思考和记忆”。小说和戏剧在本质上原是一样的，“一个故事或小说，它本身就是一个矛盾的统一体。故事有头，有尾，有高潮，有变化穿插，这就说明了它的本身有发展”；“小说写成以后，你必须仔细的加以修改，当你正在写的时候，由于你热情过高，主观太强，不容易发现自己的毛病”；等等。[①] 这种关于创作进程的说明几乎是将现代写作变成了一个可以演示的过程，或者说是对初学者的基础教育。从深层看，创作过程变成了一个思想内容与形式运用相互脱离的可以预见的过程，排斥了边感受边写作的具体写作情景和动态变化，写作完全纳入了一个清晰的思维轨道，先做什么，后做什么；而战争年代倡导的戏剧化小说观念也开始将小说创作中情节与结构设置引向了更适合中国古典小说艺

---

① 姚雪垠：《小说是怎样写成的（节选）》，商务印书馆，1943年6月；《小说是怎样写成的？》，《大时代文艺丛书》第二集，见《二十世纪中国小说理论资料》（第四卷），第219—230页。

术形式的表现习惯。从这里可以看见早期现代小说家开拓了注重个人体验自由表达的创作道路逐渐被统一化的意识形态所要求的一般性创作程序所取代，小说创作越来越忽视小说家本人的个体生活体验，而接近于社会教化思想的表达。尽管这种方式有利于文学的大众化和新意识形态的传播，但无疑将现代文学的发展导向公式化、概念化的境地。

从写实主义到典型现实主义创作方式的发展转变，小说创作的重心从注重主观化的、自传性的人生体验到强调客观化的、正确性的时代英雄人物塑造，这很难说是一种短篇艺术的进步，反而是受战争状态的制约以及民族革命的需要而做出的一种现实策略。由此，小说的表达方法越来越向外部发展，导致客观化、戏剧化甚至公式化的弊病；它埋没了作家主体心灵与这个世界的诗意关系，而浮现了作家把握世界观、人生观的现实方向。当现代作家强烈的主体意识在自我表达的艺术创造中渐次淡化，文学生产过程开始被改造成从主题的确定、题材的选取到形式的选择，最后到理性的修改这样一个客观化的序列，写作程序化越来越明显，内容与形式的二元分化也越来越被强调。

这种客观化的文学生产程序的设计如果只是战时文艺目标的权宜之计，或一种新的政治意识形态的要求，那么，战争结束之后文学自然会回归常态；但是，由于中国民族解放战争的漫长，中国作家体察现代社会方式的被迫改变到自觉改变，最终造成了现代小说发展的一种革命现代性转向。这种转向从30年代左翼文坛追求重大的题材、速写的叙事有了苗头，但涉及的影响至今难消。从文学革命到革命文学的过程中，现代小说家毕竟在沿着新文学开创的现代小说方向前进；清醒的现代主体意识，对社会人生体验的个人视角，以及艺术形式选择的表达方式，均是受到现代启蒙主义思潮影响而追随的世界文学发展方向；然而，急剧的民族革命战争，将中国社会拖入到一个需要民族自救的隔绝状态之中，作家个体很难在时局安危中自主选择生存道路；落后的民族生存状况迫使中国作家在表达生存体验时不得不寻找新的话语表现方式，这种方式就是提倡“民族革命战争的大众文学”①。

民族解放战争压迫之下的现代小说转变反映到创作形式上，就是开始放缓甚至弱化了现代小说实践所累积的多变、开放的艺术探索；在创作意识上以马列主义理论指导下的“典型”创作原则和文学组织化的统一步调代替个体的现代主体意识；在艺术形式的选择上，开始毫无顾忌地向民族资源中寻求旧小说表现手法的滋养。新一代的革命小说家们开始向古典小说谋取写人的手法，通过人物外

① 抗战爆发之初，左翼文学内部发生“两个口号”之争中以鲁迅、胡风为代表的一方提出的口号。尽管“民族革命战争的大众文学”这一提法在当时左翼作家内部论争中存在对时代、政治性表述内涵的诸多分歧，但今天提到这一口号的文学史价值时，可以从更高层面的“文学现代化”视野清晰地看到文学民族化和大众化方向的转换，而不只是当时历史环境中具体化的意见分歧。

貌及言行的刻画，对话的描写，对比、衬托、暗示、揣摩人物心理活动，还有场合的设置，甚至情节的翻转、腾挪、凑合，大众语言的利用等，调动诸多传统艺术手段为革命典型人物的创造提供方法。大众化的现代革命思想主题（战争的正义性、未来历史的光明承诺）与民族化的小说艺术形式结合在战时文艺生态环境中获得了相对较封闭、略带民粹倾向的艺术实践园地。由此，中国现代小说理论观念开始走进了“内容与形式”对立、分裂的盐碱地。对思想主题的评价放在作品标准的第一位，而人物塑造的真实与生动感成为首要的形式批评。

在这个过程中，“为大众”和“写大众”也引发了关于“旧形式”的争论。无论“旧瓶”如何地“装新酒”，一个不变的事实就是，为自身写作的作家已经是逆时代而行了，现代个体命运必须汇入民族国家的革命战争洪流之中。是非、对错、进退，一切的选择都在这二元式的安排之中，中国社会发展的现代进程已经被一种宏大的革命现代性所替代。

作家个体的命运如此，文学的命运亦如此。如果说抗日战争改变了现代中国和现代人的命运；它也同样改变了中国文艺的命运。从世界范围看，日本的侵华战争壮大了共产党领导的农民革命实力，激发了底层大众的民族意识；同时，长期保守、落后的农民意识也将中国重新带入了一个重新封闭的国家发展状态（即使具有一个学习西方先进思想的政党领导，但新中国成立后无数次的政治运动充分暴露了中国农民缺乏现代文明意识和从众、蒙昧的精神心理）；与此同时，这场战争也将中国文艺推到了一个不得不走大众化的民族文艺改造道路，文学活动成了一种运动与组织的方式。“国家不幸诗家幸”，可惜的是，40年代中期的战争时代带给主流作家表达的空间如现实生存一样逼仄。

当然，从社会历史层面分析，现代民族革命战争导致了写作权的下移，即大批革命青年和军队宣传工作者掌握了表达时代声音的书写权和大众传播接受的主导权；而受过良好现代文学教育的创作者反而退到非主流的写作地位，或者成为文艺批评权威和扶持青年作家的文学导师，或直接丧失写作权利。

站在今天的视野，我们不能简单地评判这到底是一种退缩还是一种进步。因为我们不能只从一种维度上去衡量文学的现代化，现代性的方案也不是一蹴而就的，必须在社会历史的综合考察中才能得出恰当的评价。

40年代的民族战争期间中国社会尚未完全建立一种威权式的文化制度和意识形态领导权，但左翼文坛与共产党组织的文艺策略几乎是将战争状态下的作家队伍纳入到了一个共同的文化环境之中。这种正在形成的新意识形态通过短篇小说、诗歌、报告文学、戏剧、杂文以及文艺论战等方式有效地传播开来；现代文艺的发展被纳入了新的轨道，文艺活动慢慢地被组织了起来。其实，这种现代作家的组织化在30年代中后期就有了苗头，当时青年作家大批地进入延安；抗战开始后，国统区的作家队伍掀起的进步文艺思潮与延安的文艺政策相互照应。正是这些高度组织化的文艺队伍和政策的实行，使得一些关于文艺形式的讨论更容易引导，如关于大众化语言的探讨，关于旧形式的利用等。这些社会文艺现象提升了战争状态中民族现代性思潮的极端化表现，也标志着中国社会在世界潮流下开放的现代性观念被逆转。

可以想见，从五四启蒙文学到左翼文学，再到战争状态下的抗战文学和人民文艺的组织化过程中，现代文学的个体精神与主体意识逐渐被统一化的时代意识压制得难以出头，短篇小说具备自由表达性的文体特性也越来越受到外在时代感的制约。40年代的进步文坛中，受启蒙主义与民族战争使命感双重激发的胡风主义式的主观战斗精神，也终将随着文学的组织化与统一步调的形成而成为一道压抑的文学风景；随着战事的越来越趋于明朗化，政治意识形态的对垒也愈加明显，这导致附加在文学身上的社会政治性也更加地厚重。创作方法与原则的客观化趋向使得胡风主义的小说形式在新中国成立后迅速地被扼杀在历史的岔道上；这或许预示着启蒙主义的文学现代精神在新中国成立后完全被“当代化”的意识形态所取代。作家不再能自由地发挥主体意识，不能对个体经验进行真实、细致的书写。一旦个体意识抬头，就会被整治为人民大众眼里接受改造的小资产阶级对象。在此之前，丁玲、艾青们已经有了前车之鉴，萧军、王实味们一度成为牺牲的祭品；只是胡风们不识时务，民族战争中的精神号角助长了他们的文学气势，而忘却了其背后的意识形态统制已经在耐心地等着他们回笼。

如果我们还能记起一些进步作家曾在这个时期远离主流中心旋涡取得的成就，如40年代躲在四川乡下的沙汀，用讽刺的笔法写西南一角各种势力的战争生态；漂泊流亡在战乱路上的东北作家萧红、端木蕻良等，用抒情化的笔法继续描写底层人们的生存忧郁。他们的艺术个性依然获得了文学的表现空间，他们的短篇小说创作保持着独有的个性，与前期创作相比还有了长足的艺术进步。正因为游离在主流文艺队伍边缘，他们的艺术个性才没有被迅速地改造。

二、社会主义时代的叙事策略

随着社会主义制度的确立与稳固，一体化文学制度下的各种文艺创作稍显从容，没有起初那样的激动和紧张感。首先是文艺界接二连三的大批判过后会有相对的平静期；其次，随着三大改造的完成，主流意识形态宣传在思想文化领域的自信心增强，警惕性相对减弱，社会政治形势有了一定的缓和。政治决策阶层认为大规模的阶级斗争与批判已基本结束，需要把工作的重心转移到经济建设上来。

社会需要步入一个正常化的轨道，全面的文化思想钳制本难持久，而文艺思想界的萎缩也不利于社会主义的文化建设。毕竟艺术需要多样化的出路，作家需要正常化的表达。因为一体化钳制过重，才会导致艺术领域的适得其反。所以，1956年初中央召开知识分子问题的会议，提出要改善知识分子工作的条件。周恩来在《关于知识分子问题的报告》中认为，知识分子经过参加社会活动、政治斗争，经过新中国成立以来的思想改造，他们的绝大部分已经是工人阶级的一部分了，因此被认为是可以依赖和依靠的对象。紧接着，毛泽东在中共中央政治局扩大会议上作了《论十大关系》的报告，会议讨论了科学和文艺事业对于社会主义建设的重要性，并开始提出百花齐放、百家争鸣的方针政策；随后，中宣部部长陆定一在邀请北京知名科学家、文学家、艺术家参加的会议上作题为《百花齐放，百家争鸣》的报告，正式提出了“双百”方针，强调这一方针对于发展和繁荣我国科学文化的重要性。他指出：“提倡在文学艺术工作和科学研究工作中有独立思考的自由，有辩论的自由，有创作和批评的自由，有发表自己的意见、坚持自己的意见和保留自己的意见的自由。”当然，这并非要全面松动当时的文艺政策，而是指出了一个实施的界限和范围，即百花齐放、百家争鸣“是人民内部的自由”，“这是一条政治界线：政治上必须分清敌我”。[①]显然，面对新中国成立以来当代文艺思想领域的实际状况，一体化制度内部的政策制定者作了一定程度的反省和调整。“双百”方针的出台相对缓和了文艺创作者的神经，为之后作家的艺术表现提供了一些信心。

---

① 陆定一：《百花齐放，百家争鸣》，《人民日报》，1956年6月13日。

50年代中后期短篇小说形式的发展也取得了一些进步，一方面是对文艺政策纠偏后的反映；另一方面是小说家在寻求主动性的艺术突破。尽管仍然是在题材决定论的框架之内，但艺术表现确实要丰富一些。革命题材的短篇小说创作摆脱了新中国成立初期的通讯化模式，在艺术结构与情节设置上有了较明显的艺术追求和匠心；农村题材的短篇创作也从深入农村收集素材单纯地编写新人新事的故事模式转向农村"问题小说"的创作，展现农村实际生活面貌与普通"中间人物"的生活状态。总体上讲，这个时期的主流小说普通具有一种激情年代的文体风格，配合了新中国的诞生进一步深化对主流意识形态合法性的书写。

"激情年代"几乎成了50年代所造就的时代精神标志。它形成了一种既定的历史叙述，如青年人接受理想主义和革命崇高精神的教育，以及响应党的号召所展开的一系列运动；同时还是一种既定的文学叙述，开创了"红色经典"的特定时代。它体现在革命历史小说的主题风格和农村题材小说的新人塑造，以及政治抒情诗；等等。更尤甚者，"激情年代"还成为今天被不断虚构的历史想象，面对当下大众文化传播中流行的复现"十七年"文学、历史经典的电影电视①，当代观众似乎更加确信新中国成立以来的"激情年代"的时代本质。

① 从《亮剑》《激情燃烧的岁月》《解放》《开国大典》等一系列影视作品的出现，新世纪以来形成了一股红色文化传播热潮。

从社会文化心理考察，这种时代本质无疑潜合了新中国成立后人们的一种集体无意识。对于能进入20世纪后半叶的中国人民来说，他们是幸运的。漫长动荡的战争岁月足以摧毁普通个体生存者的希望，苟活的幸存者难以独自承受这巨大的生命负荷。从残酷的战争废墟中逃生的中国人都能够接受集体化的生存状态，以此来忘却个体的伤残与痛苦，将战争与不幸带来的个体生活史全都遗忘在无意识的深处，一心融入集体式的激情狂欢之中，一种对社会主义乌托邦的信念之中。没有谁会轻易地怀疑它的存在，即便是一贯敏感的知识分子，也同样失去了对社会历史发展逻辑的理性判断。所以，当硝烟散尽，战争帷幕拉上的时候，他们沉浸在一种激情式的、诗意化的、对幸福与光明的向往之中，很少有个人的哀怜与悲吟，这正是新中国成立后书写革命历史与社会现实小说的整体基调。

50年代的文学叙述风格典型地体现出“激情年代”的时代风貌。董之林在论及50年代小说艺术类型时做出这样的概括：50年代小说中“有的表现戎马倥偬的战争年代；有的反映农业合作化时期的农村生活；有的重在描摹新中国成立初期青年人的思想和情感轨迹；还有的力图再现20世纪初中国在由传统走向现代社会过程中动荡、变革的历史风貌等。尽管这些作品描写的内容和表现手法各有不同，但是它们在本质上都富于时代的浪漫气质，也曾以高昂的理想和热情激励着当时的社会，塑造了一代青年的人生，并构成现代文学向当代演化过程中重要的历史环节”。她继而提出，以“悲凉之雾，遍被华林”的20世纪中国文学史叙述评价来涵盖整个文学史的发展无疑是淡漠了50年代文学作品的“青春气韵、英雄理想、浪漫情怀”的文学叙述风格。[①]

然而，在文学叙述的另一面，尤其是涉及当代历史和文学思潮史的叙述时，我们却常常感受到这一时代灰色和压抑的生存状态。接踵而来的文学批判和意识形态斗争，小到具体的作品批判，如《我们夫妇之间》《洼地上的战役》《青春之歌》《创业史》等；中到创作观念的批判，如“中间人物论”“写真实”“人性论”等；大到对胡风文艺阵营的批判、对资产阶级文艺的批判等，整个时代呈现一片噤若寒蝉、如履薄冰的文艺生态。为何这种“激情年代”的文学生长和压抑的文艺生态土壤呈如此相反之势？50年代作家的创作“文本”如何在“历史”中生成？它们之间有何复杂的关联？

从历史逻辑的辩证法考察，历史的“遮蔽”和“裸露”是对等的，裸露得越多遮蔽得越深，反之亦然。从整个“十七年”的文学状况看，文艺生态土壤是“裸露”的，但文艺创作的心理过程却是“遮蔽”的；作品的主题情感是“裸露”的，作品的内在形式却是“遮蔽”的。在当代作家的意识深处，在当代文学文本的内部，可能存在另一种情感形式。

① 董之林：《追忆燃情岁月 —— 五十年代小说艺术类型论》，郑州：河南人民出版社，2001年，第4—6页。

50年代的主流小说无疑在忠实地代言主流意识形态之声。从“裸露”的历史看，短篇小说创作集中于两大题材领域，即革命历史小说和农村题材小说。不同于今天的小说创作审美观多追求主题的多义性和丰富性，50年代主流小说创作在主题上追求的是思想的正当性、确定性。

经过新中国成立初期注重铺叙与描绘的特写化、通讯化小说创作过渡之后，革命历史题材的短篇创作多表达出时代幸存者对革命历史记忆的诗意回想。这种回想式的讲述不只是承担宣教式的意识形态功能，而且通过作家个人的选材、剪裁、设置、精心构撰，把对革命历史的情感认识与体验融注在讲述过程之中。革命历史小说的创作者不再是一味地歌颂和塑造伟大的党的领导形象，或高大完美的英雄形象；而是回到普通生命个体形态，那些焕发出最宝贵生命意义的无数牺牲者，如默默无闻的小战士、无名的长征者、普通的敌后乡亲等。对战争的回想深化了革命历史题材的艺术意蕴，彰显了作家主体情思的表达功效，体现出他们对革命历史的深层认识和诗意情怀。

就具体创作而言，峻青的短篇创作多以一些惨烈的暴力镜头和惊心动魄的情节设置，制造悬念感与动人心悸的高潮来打动阅读者的神经，并以生死抉择与考验表现主人公的崇高与悲壮，敌人的凶残与丑陋，使得讲述过程回荡着一种浓厚的英雄主义基调；与峻青在情节化的波澜中展示激荡的动感相比，王愿坚更喜欢用局部的场景，如一个瞬间、一个细节、一个行动等，展示人物心灵的无私与伟大，对革命理想的信奉与忠贞。他的小说多通过一种静态的描绘展示内在的动感，具有雕塑性的审美质感。这种艺术手法突显了人物形象的精神力度，从而给被讲述的革命历史镀上了一层光亮而厚重的金属外壳。

和峻青、王愿坚直接选取典型化的革命场景和突显革命历史的崇高感不同，孙犁、茹志鹃则以另一种短篇截取的方式来再现革命历史的诗意风景。他们从日常生活的细节出发，以小见大，衬托出革命战争背后的人情美和军民一家亲的和谐战争画面。早在解放区时期，孙犁就把中国古典抒情手法融入到对战争生活的叙写当中。他的短篇创作通过捕捉日常生活中的诗意场景，烘托普通人的美好生活愿望及内心的性格和心灵之美，从而给残酷的战争注入一缕缕温情的抚慰。这种抚慰良好地体现了根据地人们对民族战争前途的乐观与坚韧。茹志鹃则倾向于在某一个独特的生活侧面去挖掘有意义的主题，通过捕捉细节化的生活场景，借助于女性敏感的笔法细腻地表现军民相洽的时代主题。从短篇形式上区分，孙犁对战争生活的讲述情深意淡，娓娓而谈；茹志鹃的讲述则是以小见大，言短意深；但他们都回避了血腥的战争暴力场面，而将革命历史的镜头转向了较为柔和的生活场景，给讲述的人物与故事染上抒情化、诗意化的色彩。

对革命战争的书写之所以能达到上述艺术形态，不仅是主流意识形态倡导的结果。虽然革命历史的讲述总是符合主流意识形态的建构，但讲述方式还是受到一定的限制。不像“二战”之后欧美作家可以自由抒发个体对战争创伤的悲情，50年代革命历史叙事的讲述者很少能够深入到个体内心去表达悲剧化的心理创伤，只有那种激昂的、体现集体意志与革命正面力量的故事才具有被讲述的权利。曹文轩在世纪末曾追问：“战后的西方，即使是战胜国，也并未因战争的胜利而陷于激动。短暂的兴奋之后，是长久的消沉。战争似乎不仅摧毁了无数的城市和村庄，而且摧毁了西方人全身心投入的宗教理想、政治理想和热情洋溢的生活情趣。……然而，遭受战争创伤最为严重的中国却完全是另一副形象：自豪、骄傲、充满幸福，从城市到农村，到处洋溢着胜利的和建设天堂的激情。”① 这个追问的时代根源其实在于当代主流小说家只能作为思想文化建构的代言人，压抑了内心表达的个人自由，却为时代虚构出一幅更加“正确”的新中国想象面孔。

当然，“一切历史都是当代史”，历史的讲述永远都在为当下服务。从这一方面看待，大量革命战争题材的小说创作不断涌现并获得无数读者的好评，也反映了当代人企图通过欲望化的革命历史讲述把过去的战争创伤内面化，个体的精神意识创伤被转换成一种集体化的“白日梦”讲述，以此来消弭内心的创痛。当战争的胜利终

① 曹文轩：《二十世纪末中国文学现象研究》，北京：作家出版社，2003年，第304页。

结了苦难的革命岁月，当代作家一方面作为革命讲述者身份在意识形态领域内树立一种革命正当性的逻辑，为现实的政治服务；另一方面作为个体生存者，当代作家也需要将那种残酷的创伤转化为一种情感形式，通过抒情或崇高化的主观讲述，将内心的创伤情感发泄出来。这种创作的愿望使得“革命战争”被转换为一种内在“风景”的描述，使得个体心灵的创伤在文本虚构当中得到净化。所以说，评价革命题材短篇小说创作兴盛的原因既要看到它作为意识形态讲述的功能，也要从社会文化心理方面看到其中烙记着大多普通人无意识中生长出的战争创伤情结。

然而，无论是直接对革命战争场景的崇高书写，还是从日常生活场景烘托革命诗意人生，革命历史小说几乎都落入了习惯性的“回忆模式”之中。作为战争结束后的回忆者，个体回忆的鲜活性及差异性并没有在这些短篇叙事中体现出来；回忆者几乎一致地给革命历史故事画了一个圆满的圈圈，小说家不约而同地采用了一种回忆式的“倒叙装置”：通过设置一个“亲历者”或“旁观者”的叙述人角色，将故事倒回到曾经的革命年代，从而造成一种还原革命历史场景的“真实”效果，最后又将故事倒回讲述者年代，构成一个封闭性的时间圆圈。如孙犁《山地回忆》中写“我”回忆跟村姑妞儿一家的情感交往传达出革命岁月的温馨；茹志鹃《百合花》通过“我”——一个文工团的战士来完成对一位普通战士的情感回忆；峻青《黎明的河边》的“我”既是故事讲述者，又是故事中亲历革命惨烈险情的武工队成员；王愿坚《粮食的故事》中的“我”则是一个聆听者，通过访问老革命郝吉标，听他讲述革命往事，从而使现实迅速闪回到历史现场。这些回忆式的“倒叙装置”，像是把每个被讲述的革命历史故事放进了一个安全的时光宝匣，小心地打开又安全地关上。

另有一些短篇作品撤去故事讲述的回忆圈套，以第三人称的叙述方式，直接进入历史现场展示革命历史的“真实”场景。如峻青《党员登记表》一开始就切入历史现场：

> 暴风雪在飞扬着。……
>
> 1943年的海莱山区，颤栗在凛冽的寒冬里。

更多的场景叙事出现在王愿坚关于长征题材的短篇创作中。他本人没有参加过长征，但小说却用长征战士的身份和视角进行讲述，如《七根火柴》中的开头：

> 天亮的时候，雨停了。
>
> 草地的气候是怪，明明是月朗星稀的好天气，忽然一阵冷风吹来，浓云象从平地上冒出来的，霎时把天遮得严严的，接着，就有一场暴雨，夹杂着栗子般大的冰雹，不分点地倾泻下来。
>
> 卢进勇从树丛里探出头，四下里望了望。整个草原都沉浸

在一片迷蒙的雨雾里，……

《三人行》中的开场同样运用了客观化的场景描写和主人公王吉文内聚焦叙述。从叙事形态上看，这些小说没有采用回忆性的倒叙装置，而是运用第三人称的内聚焦方式直接营造现场感，形成历史叙述和历史时空的同步性；但事实上，我们在阅读中时时感觉到叙述者处在历史镜头背后的存在感，充当一个无所不在、无所不知的叙述角色。就像传统白话小说的讲述者一样，作为一个脱离了历史关联（即讲述者与讲述的内容没有关系）的“超人格”叙述者身份来讲述历史发生的故事。这种脱离了历史关联的叙述者充当了一个“不在场”的在场者，正如王愿坚没有经历长征历史，却能将长征的历史过程讲述得无比“真切、生动”。从今天的小说观念看，这种小说的构思近似于先锋小说家的“虚构”；但在一体化文学生产的年代，却被当成了一种“真实性”的历史讲述。究其原因，则是作家在那个年代里无法充当个人化的革命体验者，只能作为革命代言人角色，被置换成那个超级的“不在场”叙述者。

这些作品一方面运用第三人称的零聚焦叙述来讲述革命历史的线索，另一方面又运用了太多内聚集的叙述方法来深入人物思想意识，丰富人物的革命性格，力图呈现出革命的“真切、生动”感。一般来讲，这种以零聚焦和内聚焦方式结合起来的革命历史叙述，只能是由历史的当事人来完成，如五四时期多运用日记体、自叙性小说形式一样；但是，革命历史小说家们却将革命者的个人革命史提升为集体革命史，并以一种再现历史的“客观化”面貌呈现出来，最终只能以一种革命式的臆想代替了历史的真实状况，以一种不可能达成的聚焦方式来“虚构”革命历史的真相。

由此我们推断，在精心的艺术裁剪和生动的讲述中，作品期待中的读者只能是不了解革命历史，被动地接受历史故事的人们，或者是跟革命历史形成“共谋”关系的革命受益者；但从今天的读者来说，其文本“真切、生动”的艺术效果无疑大打折扣。不仅因为今天的读者站在后革命历史阶段，更因为这种灌输式的故事讲述方式缺乏现代文体的启迪精神和开放性形式。显然，这是当代作家在一体化文学生产制度下所遭受的艺术表达上的限制使然。

由于50年代的革命历史小说叙事没有注重个人化的历史体验和置身于革命历史情境中的生命意识，过多地强调历史结果的正当性；所以，这些革命历史题材的故事讲述多呈现出纵向的连续性，将过去发生的历史故事放置到一个“过去 — 现在 — 未来”的框架中，指向“革命必胜”的政治正确的结果；同时，又将这种“进化论”式的时间线索放置在一个回忆式的封闭圈套里，保证革命历史故事讲述的圆满，不至于让它脱离历史叙述的轨道逃窜到未知的领域之中；从这个意义上说，激情浪漫的革命历史小说反而呈现出一定的封闭性和保守性的叙事策略。

我们考察另一种农村题材领域的短篇小说创作时也会碰到同样

近似的文体形式特征。这些短篇小说创作一方面大力书写社会主义农村新人新貌，为社会主义的主流意识形态代言；另一方面是问题小说模式带来了小说创作如何直面现实的矛盾，并最终运用“巧合”式情节设置进行压抑性和保守性的叙事艺术策略。

社会主义的改造取得胜利之后，新的生产力与生产关系大大激发了中国农民的生产积极性与思想觉悟。50年代中后期，深入到农村生活与生产过程中的作家们摆脱了早期一味地应宣传需要编写农村新人新貌的趣味故事，从简单化的阶级斗争观念和“解放”主题的套路中脱离出来，寻求新的艺术表现力。他们拉近故事讲述与现实生活面的距离，注重切实地反映社会主义建设过程中农民们的思想面貌和成长过程，着力于对当代农民精神气质的塑造，如李准的《李双双小传》《耕云记》等。同时，农村生活的广阔前景激发了当代作家对社会现实的参与热情。他们关注新的社会制度下农村的具体生产方式，关注农民的精神生活状态，尤其是批判了那些不能代表先进社会生产力的落后农民形象，如李准的《不能走那条路》表现合作社道路中出现的农民思想倾向问题，赵树理的《“锻炼锻炼”》表现农民在集体主义生产制度下冒出小农式的落后思想状态以及农民干部的工作作风和方法问题，赵树理的《套不住的手》表现农村工作中出现浮夸、好大喜功的思想倾向，并塑造了踏实肯干、不图虚名的农村干部，西戎的《赖大嫂》反映农村政策失误对农民思想观念与生活态度的影响，等等。这些短篇创作使得农村题材的小说大大贴近了现实生活，虽然不像革命历史小说给当代文学染上诗意的或崇高的美感特征；但是，这种人物塑造的“美丑对照”原则，也激发了阅读者对社会主义新农村、新生活的美好向往。

跟革命历史小说不同的是，农村题材的小说由于贴近现实，写作主体与对象之间很难保持一种文本化的诗意关系，更无法把它放入“嵌入式回忆”的装置里，将现实“想象化”为意识形态的合法性讲述；农村题材小说家每次选材和主题的形成无不跟现实政治环境的变化相关。从两大题材书写的功能来看，革命历史题材的小说多对残酷、破碎的革命历史发挥“缝补”作用，以发挥对革命意识形态的统一想象，激发人们忘却战争的个体心灵创伤，充满对新中国的热爱；而农村题材的小说则发挥对当下现实生活的“清污”功能，以警戒和号召人们对新社会的统一行动，促使全民到达一个理想化的社会主义形态。

因为农村题材小说创作一开始就持有现实参与的形式感，所以“问题小说”的创作观念被继承下来。从历史根源和现代小说形式内涵看，“问题小说”是五四时期文学“为人生”的一种“现代文学”传统，它建立在对现实社会的批判性视野之上，探究社会问题，探讨社会人生，是“五四”启蒙思想的表现形式。其创作观念带有一定的艺术功利性，在创作理论上体现一种思想教育优先原则。当它延伸到“当代文学”领域，在新中国成立初期的创作中仍然表现出“现代式”的开放性意味。因为它针对社会现实的问题而促使作家发挥一种觉醒式的主体表达欲望，同时又给期待的读者以一种主动性的社会思考和启迪；所以，比起革命题材的短篇创作者，农村题材的作家更具有一种逾越创作惯例的艺术勇气。他们对社会问题的观察与提取是“横断面”式的，对当下现实的反映与探索表现出强烈的干预姿态，所以，“问题小说”形式体现出较多开放性的“现代”写作特征。

早在40年代，农村题材小说的领军人赵树理就坚持“问题小说”的创作观念，他在谈到自己写作主题的形成时说过：“我在作群众工作的过程中，遇到了非解决不可而又不是轻易能解决了的问题，往往就变成所要写的主题。”[①]然而，“十七年”文学生产的环境毕竟不是五四时代和解放时代，作家问题意识的介入跟一体化的文学生产体制要求时而冲突，时而和解，但最终还是在极左化的思潮引领下被彻底打压。农村题材小说直面现实问题的“清污”功能，也使得作家们较少塑造农村社会主义新人形象，即便塑造出一两个农村新人典型，也缺乏丰富立体化的人物性格；反而在专注写“中间人物”身上，农村题材作家发挥了巨大的创作动力和能量。这显然不符合当代文学生产体制的艺术要求，致使他们在高压的时代环境下不断地受到压制和批判。尽管1962年在大连召开的“农村题材短篇小说创作座谈会”上，与会者针对短篇小说创作重新走向激进浪漫化的文学政治理想的单一形态，提出了“现实主义深化”论，

① 赵树理：《也算经验》，《人民日报》，1949年6月26日。

要求短篇小说提高对现实的反映能力，发挥文学的审美批判作用。但很快，这种“深化论”遭到了极左思潮的压制，由此引发了对“写‘中间人物’论”的猛烈批判。当然，除开当时的政治风潮变化的原因，“问题小说”本身所具有的开放形式无疑是遭受批判的深层根源。所以，从50年代中期直至60年代这一较长时期内，农村题材的“问题小说”创作形式虽然还能持续下去，但整体上处于一种被压制和批判的状态，并在其后的政治批判中受害更深。

然而我们又注意到，农村题材小说一直能够同革命历史小说一起保有它的主流地位。究其原因，则是在其“问题小说”创作观念背后，大多作家同样采用了较为封闭性的形式策略，即“巧合”情节的设置，从一定程度上回避了直面现实的矛盾。

除开赵树理这位从现代文学传统中走过来的老作家之外，大多农村题材作家在情节设置中都惯用一种叙述上的“巧合”模式。如新中国成立后在农村题材领域多产的作家李准和马烽，在运用这种类似性的“巧合”设置上最为明显。李准的《李双双小传》一开头设置乡党委书记来村看大字报的场景，他无意中发现了李双双这个农村新人；然后全文以此定调，展开对李双双其人其事的叙述；《耕云记》也是一开头设置作为上级的“我们”避雨巧遇气象员萧淑英的情节，然后慢慢拉开对这个新人的讲述；马烽的《我的第一个上级》开头写“我”在街头骑车撞倒了一个普通怪老头，没想却是自己的上级老田局长，之后慢慢引出怪老头的许多传奇经历；《三年早知道》开头也如此，“我”相隔四年后再次来到甄家庄，头一个就遇到主人公“赵满囤”，然而“我”却居然忘记了这个印象深刻的主人公姓名，等到说话中提到“早就知道”四个字才想起他的绰号和经历。作者这种故作生疏不识，然后由绰号马上想起人物故事的设置，在今天看来似乎有些过于故弄玄虚。

以上这些农村题材小说在情节设置上显示出较大的类同性，即开头多设置一个巧遇的场景，然后在叙述中一步步地证实“巧遇”之必要的情节线索。从短篇小说形式策略上考察，这跟革命历史小说的“嵌入式回忆”设置有相同的形式意蕴，即都是一种封闭性的叙述套路。它引导读者读开头知结尾，首尾照应；但却很少给予读者启迪性的开放式文本期待。有点类似于领导们作政治报告一样，起先“定调”，其后“落实”；看似巧合，实无悬念。这也成了50—70年代的小说艺术成就不受今天读者青睐的原因。

现代小说的兴起本是要对古典叙事形式中千篇一律的巧合与团圆模式的反叛；一些经典的西方现代短篇小说（如莫泊桑的《项链》、欧·亨利的《麦琪的礼物》等）所运用的“巧合”更多是作家心智的体现，是作家对独特生活的一种发现，并非刻意的安排。然而，新中国成立后大多短篇小说作家，由于受限于一体化文学生产体制的艺术成规，在短篇结构布局上过多地制造“巧合”的情节安排，呈现出简单化的完整性和创作模式的雷同。从小说形式意蕴分析，这种封闭性的艺术结构框架强化了线性时间的圆满性，而弱化了人性空间的丰富性，它使得一切丰富的社会复杂状况和多样性、矛盾性的生活形态都扼制在这些形式结构的圈套之中。

显然，“巧合”背后潜藏着强大的意识形态规定性，它牢牢控制了小说的叙事进程和结果，使之不发生偏移，不主题旁出，更不会有晦涩、含混的意义产生；正如革命历史小说的叙述者一样，农村题材小说中依然存在着“不在场的在场者”，潜在地决定着叙述的方向和结果。

50年代短篇小说的主流创作在艺术形式方面做出了有限的探索，同时又显示出其文体形式的保守性和被压制状态。与此同时，我们也不能忘记这个时期小说家与理论批评家们在短篇小说文体上的一些艺术探讨。1957年，《文艺报》专门组织了一次关于短篇小说的笔谈，开始检讨短篇小说的艺术效果只追求“短”与“快”的功能。参与者们强调了短篇小说在艺术表现上的纸“短”言“深”的特点，注意选材、剪裁、构思布局上的艺术性。这次讨论会上，茅盾针对短篇小说的性质问题发表意见时尽管语意曲绕，称“本来也有旧说可以引证。我想我们不必避嫌疑，怕惹了资产阶级文艺思想的臭味而一定要踢开这旧有的说法”。但他仍然强调“旧说”，提出：“短篇小说取材于生活的片段，而这一片段不但提出了一个普遍性的问题，并且使读者由此一片段联想到其他的生活问题，引起了反复的深思。”① 端木蕻良也强调：“短篇也正由于它的短，也更应该注意到

① 茅盾：《杂谈短篇小说》，《文艺报》，1957年，第5期。

意味深长才是。”[①] 或许魏金枝对这个问题阐释更为细致，也更具“当代”性。他首先反对胡适提出的“短篇小说要应用横截面的描写法”。然后提出：“现实生活中的关系是非常复杂的，而且往往夹缠在一起，其中有大的矛盾，有小的矛盾，有这方面和那方面的矛盾，也有内部和外部的矛盾，然而仔细加以观察，也往往自成为一个纽结。而这个纽结，也就是一个单位或个体。对作者来说，取用那个大的纽结，就是一部长篇；取用那个小的纽结，就成为一个短篇，这里并没有什么横断面和整株树干等等的分别存在。”[②] 显然，魏金枝的短篇小说观念建立在左翼文学以来的小说社会化、戏剧化美学观念的理论框架之上，它承载着“当代文学”几十年来的叙事传统，而忽略了中国现代短篇小说诸多的审美因素。从中也能看出“当代文学”对于“现代文学”传统的片面接受和重新解释。这也印证了茅盾的发言为什么会语意曲绕，担心有代表所谓“资产阶级文艺思想”的现代文学资源的利用嫌疑，会限制中国“当代”小说在形式探索上的发展。

比起新中国成立初一味地强调短篇小说创作功能上的短小与快捷，这次探讨确实推动了短篇小说艺术形式的发展。如它凸显了“以小见大”“以部分暗示全体”的短篇艺术形式也能反映时代生活的整体面貌，揭示历史的“本质”规律，在短篇小说艺术表现的深度上取得一定的效果。但是，从短篇小说发展的理论层面看，这

① 端木蕻良：《“短”和“深”》，《文艺报》，1957年第5期。

② 魏金枝：《大纽结和小纽结——短篇小说漫谈之一》，《文艺报》，1957年第26期。

次探讨并没有将短篇小说的形式观念推进一个阶段，只是在一种更小的范畴内（如客观化、戏剧化小说）强化了短篇小说的结构特点。由于一体化的文学体制存在着社会主义的“当代文学”要优于资产阶级的“现代文学”的发展逻辑，这个时期的短篇小说创作与理论探讨也很难向前发展，反而会出现反复、倒退的现象。例如，在紧随其后的1958年，茅盾再谈短篇小说时又强调了“特写”这一实用功能强于艺术感的写作形式。茅盾也是先强调“短篇小说主要是抓住一个富有典型意义的生活片断来说明一个问题或表现比它本身广阔得多、也复杂得多的社会现象的”。接着他提出短篇小说的这种“规格”（即短篇小说的定义或性质）本是人所创制的，不合乎一切事物都在发展的规律，我们不应当作茧自缚而不敢大胆地创造。然后，他举例说：“历史不久但在文学园地中已经蔚然成为一大品种的‘特写’，可以说是突破了规格的短篇小说。”他评价“特写”是一种新的文学式样（体裁），也有艺术的概括。并继而论述道：“今天我们正需要各种各样的短波精悍的作品（即所谓小型多样）来及时地迅速地反映我们国家的大跃进的步伐，在为生产服务、为中心服务的方针下发挥文艺的宣传教育的作用。我们只应问它能不能完成任务，不应问它合不合向来所定的规格。”①

当代短篇小说好不容易在理论上开始有了一些艺术方面的探

① 茅盾：《试谈短篇小说》，原载《文学青年》1958年8月，见《茅盾评论文集（上）》，北京：人民文学出版社，1978年，第178—179页。

讨，但在1958年茅盾的论述中似乎又返回到新中国成立初期对短篇小说文体功能的认识水平，这种反复性确实让人感到啼笑皆非，也可以看到论述者的无奈。作为现代小说理论与左翼小说创作的拓荒者和奠基者，50年代的茅盾对于短篇小说文体形式的发展认识却是反现代的美学逻辑；当然，我们深知他处身在特殊的激进年代，在一种“当代”式的逻辑框架里谈论艺术的有用性（能不能完成任务），而不是它的艺术性（合不合向来所定的规格），正如他在《夜读偶记》里所运用的文学斗争（现实主义与反现实主义的斗争）逻辑一样。一句话，短篇小说文体形式在一体化文学制度下缺乏健康的发展，它只是在曲折艰险的极左政治处境中寻求一些有限的表现机会。可以说，直到80年代初，当代短篇小说在现实主义创作理论认识上也没能超越鲁迅30年代提出的“选材要严，开掘要深”的小说创作理论。

文学形式上的开放或保守决定了一个时代内在的社会性质或精神气质，但我们有时很难真正捕捉到对反映时代精神状态的文学形式动向。所以，在文本主题思想和表面风格的影响下，我们把“十七年”中一段相当长的时期称为“激情的岁月”，认为这个时代真实地反映了新中国人民的社会主义自信心以及他们的理想情感状态。这种“当代人”曾经构想起来的文学记忆当然是不可抹杀的；但是从更真实的社会文化状况上，我们不能不重新审视“当代文学”中短篇小说主流创作的封闭性的历史想象方式。

由50年代短篇小说创作的两大主流题材所选择的形式表达，我们清楚地知道在“激情年代”深处，文学的内在形式跟外在的主题思想之间存在反差。“当代作家”处于一种保守和被压制的情感状态和生存处境之中，其作品形式透露出一个时代的精神史。今天的我们没有必要对这个所谓“激情年代”文学的不实进行指责和抛弃，因为我们同样可以在新的历史视野之下翻转对当代文学的“历史想象”，我们站在更高的历史位置，拥有更开阔、理性、开放的视野。

今天的读者重读50年代的农村题材小说时完全可以持有一种新的社会学阅读视野。那些在农村题材小说中出现的一批较有性格特点的农村人物形象，如宋老定、“老定额”林忠、“三年早知道”赵满囤等从传统小农意识艰难转变过来的老式农民；还有“小腿疼”、“吃不饱”、赖大嫂等一贯以家庭利益为中心的旧式农村妇女，均充分体现出他们的社会学价值。在那个年代真实的农村状况中，老一代农民有着丰富的生活经验，他们在思想转变上的艰难潜藏着对不切实际的极左农村政策的反抗；而农村新生代的青年农民由于存在着生活基础的薄弱和传统家庭观念的压迫，他们的集体主义觉悟来自社会思想的鼓动和生产利益分配当中得到的切实回报。所以，我们经常会看到一些农村问题小说中，大多农村新人思想觉悟更高，而老一代农民反倒处于落后的思想状态。尽管我们经常会把当代作家对思想主题提炼的创作动因归咎于一种“左”的政治思维模式，但作家本人其实并没有放过对社会真实状况的反映，没有忽略“落后”农民的真实心理。当我们剥去掩盖在“十七年”农村社会集体主义崇高思想的面纱，去反思诸多社会主义农村新人形象塑造的社会根源，我们终会明白：为什么多子、少劳力的小媳妇李双双在合作化集体劳动中会积极要求从家庭的束缚中解放出来？为什么很多贫农出身的农村干部会大公无私？

今天的社会发展足以证明，中国农民的思想改造和精神素质的提高是一个长远的现代化目标。50—70年代的人物在思想觉悟上存在“先进或落后”的二元分流，显然是意识形态对当代作家创作和思想的强烈影响的结果。特别是“大跃进”以来，农村题材的短篇小说创作中出现了许多像老田、“老坚决”甄仁、陈秉正、潘永福等坚持踏实能干、反对农村浮夸风的老一代实干家形象，更加反映了当代作家即便在政治意识形态的压力之下依然保持着一份现实的清醒，他们对中国农村社会发展的认识比“左”的农村政策幼稚病要清醒得多。这些处于新旧交替过程中的老一代农民形象普遍比农村新人形象的概念化塑造要强[①]，具有反映现实历史生活的深度。所以，在重读这些作品时，我们透过社会主义“激情年代”背景，倒

---

① “老农民”形象塑造在“当代文学”领域里一直比较成功。长篇小说中有：周立波的《暴风骤雨》里的“老孙头”；赵树理的《三里湾》中的“糊涂涂”“常有理”；柳青的《创业史》中的“梁三老汉”等。60年代初，批评者还就“梁生宝”与“梁三老汉”谁是小说最成功的艺术形象展开过争论，见以下论文：

柳青：《提出几个问题来讨论》，《延河》，1963年第8期，第57页；

严家炎：《谈〈创业史〉中梁三老汉的形象》，《北京大学学报》，1961年第3期，第40页；

严家炎：《关于梁生宝形象》，《文学评论》，1963年第3期，第16页；

张钟：《梁生宝形象的性格内容与艺术表现——与严家炎同志商榷》，《文学评论》，1964年第3期，第54页；等等。

转历史的镜头，改变一下我们的期待视野，把新中国成立“十七年”文学中的老一代农民形象认定为一个悲剧性的“主角”，将整个激进政治主导下的50—70年代看成是一个抑制农业现代化的“压抑年代”。也许我们会明白，为什么作家对老一代农民形象描写的丰富性会超越刻意塑造的农村新人形象。这正是一种压抑中的艺术，一种潜在的表达，或许连作家自身也没有意识到的、对一体化制度下无法直面现实的一种本能的反抗。

于是，从50年代两大红火的创作题材的艺术形式透视“当代人”的真实的情感形式，以及他们在历史境遇中遭受的真实状态，我们会发现远非“激情年代”的历史镜像。从整体上反思整个“十七年”时期的主流短篇创作，无论在主题表现的深度上怎样地开掘，在“问题小说”的形式上怎样地直面现实，这些作品都无法逃避艺术形式上的封闭性和压抑性，它们落后于“现代”以来所本该拥有的30年艺术经验的积累。而且，这些封闭和保守的文本形式策略，正是当代文学生产体制化压抑的结果，它反映了“十七年”社会文化精神的内在本质；所以说，当新中国成立以来的政治与文艺的生长环境走向越来越紧张的状态之时，这种形式的端倪也不由得显示出来。如果说中国当代的政治与文化在和世界潮流脱节时表现了一种“反现代”[①]的社会趋向的话；那么，在主流作家的创作形式上也

① 唐小兵：《英雄与凡人的时代——解读20世纪》，上海：上海文艺出版社，2001年，第253页。

必然表现出这种迹象。值得思考的是，这种封闭和保守不是古典式的社会封闭所导致的，而是已经发展了半个多世纪以后的现代中国重新退回到一种压抑性状态下的情感化表征。

二、新时期的“现代化”主题嬗变

一个时代的文学发端多以短篇小说形式为标记，这是一种巧合；但显然也是源于“短篇小说”这一文体形式暗含着最先传递时代信息的独特功能。如五四文学的《狂人日记》、解放区文学的《小二黑结婚》一样，“新时期”文学恰巧给了刘心武的短篇小说《班主任》作为重启“新时期”文学的荣光。它似乎是一声号角，在蒙昧、混乱的“文革”时代结束后吹响了第一声时代清音。然而，这一时代音符并非一个具有思想气质的作家发出引领时代的启蒙先声，而是整个时代的思想情绪在潜藏压抑了相当长的一段时间之后所表达出的共同心声。从这种意义上说，不是刘心武发现了“文革”时代的历史真相，而是已经转向“新时期”的潮头让刘心武抢占了时代呐喊的机遇。《班主任》的诞生正是在打倒“四人帮”的新意识形态确立之后表现出的“正确”的时代主题，其作品思想性造成的文学“轰动效应”是政治意识形态和大众心声的一种最直接的表达，而不是像前代作品那样，依靠艺术形式的新颖和个体精神的发现。

如果说《班主任》抢先用短篇小说文体公开揭批“四人帮”的罪

恶[①]，发出“救救孩子”这一近于启蒙者的呐喊，那么，这种主题性的思想是以何种艺术表达形式反映“时代精神”的呢？

先给《班主任》做一个文本删减实验：将小说中的一般性叙述成分剔除之后，可以发现，剩下的形式骨架即是最能传达小说文本思想意义的那一部分。

地点：光明中学党支部办公室

校党支部书记老曹：你愿意结识一个小流氓，并且每天同他相处吗？

“怎么样？你把宋宝琦收下吧？”

班主任张俊石：“好吧！我愿意认识认识他……”

地点：年级组办公室

同事尹老师：“你为什么答应下来？”

班团支部书记谢惠敏：“我怕什么？这是阶级斗争！他敢犯狂，我们就跟他斗！”

地点：教室里

谢惠敏：“团支部明天课后开个现场会，……狠狠批判一顿！”

① 在《班主任》发表之前，已有大量的“文革”“地下文学”以及“天安门诗歌运动”表达了对“文革”与“四人帮”的批判情绪，这可以称为“新时期文学”的前奏或滥觞。

“哎呀！ 真黄！ 明天得狠批这本黄书！”

“怎么？不是黄书？！这号书不是黄书什么是黄书？”

地点：宋家

张老师（心里）：宋宝琦的确有严重的资产阶级思想，但究竟是哪一些资产阶级思想呢？

叙述者（画外音）：请不要在张老师对宋宝琦的这种剖析面前闭上你的眼睛，塞上你的耳朵，这是事实！……请抱着解决实际问题、治疗我们祖国健壮躯体上的局部痈疽的态度，同我们的张老师一起，来考虑考虑如何教育、转变宋宝琦这类青少年吧！

张老师：“给这插图上的妇女全画上胡子，算干什么呢？你是怎么想的呢？”

宋宝琦：“我们不对，我们不该看这黄书……我们算命，看谁先交上女朋友……我们……我再也不敢了！”

地点：小公园

张老师（心里）：“四人帮”不仅糟蹋着中华民族的现在，更残害着中华民族的未来！

地点：小公园门口

尹老师：“……让宋宝琦滚蛋吧！ 公安局不收，让他回原来的学校！ 原来的学校不要，就让他在家待着！……”

张老师：“……达磊，现在是一九七七年的春天，这是多么美好、多么幸福的春天啊，……也是要求我们更加严格的一个春天！朝前看吧，达磊！……”

地点：石红家

石红：“张老师，这本书我们能读吗？……这本书里的小流氓，怎么又惹人生气，又惹人同情呢？……谢惠敏说我们读毒草，这本书叫毒草吗？……您见着宋宝琦了吗？跟这本书里的小流氓比，他好点儿还是坏点儿呢？”

张老师：“怎么样，你们还罢课吗？”

小姑娘们：“不罢啦！”

地点：去谢惠敏家的路上

张老师（心里）：应当怎样认识生活？应当怎样了解历史？应当怎样对待人类社会产生的一切文明成果？应当怎样批判过去文化遗产中的糟粕而吸取精华？……

老曹（闪回）：“现在，是真格儿按毛主席的思想体系搞教育的时候了！”

以上抽离出来的小说骨架基本囊括了作品所表达的全部思想。小说的时间叙事与前一时期的“文革”样板小说《区委副书记》有较大类似，先写办公室谈话（领导发起，布置任务），然后运用追叙揭开事情的原委，再通过不同场合下的思想谈话体现出人物的思想觉悟转变，并最终解决问题。如果有不同，则是这篇小说提出了问题，却没有完全解决问题，而是留下了一个大大的问题和感叹号。我们来回顾《班主任》的情节：小说以班主任张俊石一天紧凑的行程为线索，在时间与地点的转换中记叙了班主任为了拯救被“四人帮”毒害的孩子而不停奔走的工作行程，反映出他鲜明的时代情绪和高度的社会责任感。从小说中密集的“？”和“！”中可以看出，小说通篇充满着作家强烈的控拆欲与批判欲。而这正是“文革”结束以来“伤痕文学”在文本写作上的共有特征。这种以问号和感叹号句式构成的“政治控诉体”形式几乎成了那个时代人们共同的表达方式，从而也显示了短篇小说《班主任》在传达时代精神上体现出来的“形式”意味。

从文体形式上分析，首先，小说带有典型的戏剧化特征。确定而紧凑的时间与地点转换，以人物的对话（包括画外音、心理独白、闪回等）推进情节发展，具有鲜明而强烈的性格和行动指向；其次，人物的话语方式和思想表现使得小说创作中的人物身份显示出来的社会意义强于人物的个性塑造，写作呈现出客观化倾向；小说在人物的表现上缺乏立体的心理内涵，缺乏“现代文学”在人物思想性格上的反映深度。这种客观化的叙事决定了《班主任》的时代思想内涵：“张俊石”形象不是一个启蒙者、思考者，而只是一个有责任感的社会执行者。这也充分说明了“文革”结束以来的“伤痕文学”并非“五四文学”传统的现代回归，而是对“十七年文学”的某种接续。这一短篇小说在形式意义上体现出的戏剧化与客观化倾向，决定了其所表现出的时代精神方向。

我们一直宣称，新时期文学是对“大写的人”的回归，对五四传统的回归，普遍泛起一种现代启蒙主义意识；我们认为终于回到人的生存权利和尊严再次得到承认的现代社会中来。这一对“新时期”认同的社会文化心理意识潜藏了一种“断裂”式的时代发展观念，即“新时期”终于从愚昧封闭的极端年代再度走向开放自由的现代社会。

或许，“新时期”并没有走出多远。这个时代的思想观念和文学表达方式还在往昔的大院里徘徊，人们还满足在对于治疗国民创伤与国家阵痛的“政治控诉”当中。新时期初期的短篇创作呈现的艺术形式清楚地显示出其与新中国成立后“十七年”文学、“文革”文学的一脉相承。一样的政治热情、戏剧化的结构、客观化的倾向，在新时期文学初期的创作中袒露得如此明显；这些短篇小说创作的题材范围、主题思想、人物类型、情节设置、表现手段乃至修辞方式等，无不在之前二十七年的“当代文学”发展过程中找到清晰的痕迹。尽管新时期文学创作在题材的解禁、艺术手法的运用上大大地开放，那也只是因为在中国当代文化体制当中，社会改革派战胜了极左政治派，重新给了文学创作与知识分子相对好的待遇而已，而文学仍然只是政治意识形态的附属物。

没有自由的表达和主体性的艺术人格很难创造出优秀的艺术形式。新时期初期的“政治控诉体”形式虽然造就了社会“轰动效应”，

“伤痕文学”“反思文学”“改革文学”此起彼伏，一浪高过一浪；但由于缺乏文学经典之作，艺术层次不高，一直被诸多文学史家所诟病。新时期刚刚冒头的一些优秀短篇小说仍然出现在“十七年”文学的传统领域，这些小说的创作思路和作品面貌如果抹去作品中的年代痕迹，我们很难分清其体现出的时代气质到底是“十七年”还是“新时期”。如徐光耀的《望日莲》、邓友梅的《我们的军长》、周立波的《湘江一夜》等反映革命历史题材的短篇创作，与王愿坚、峻青的讲述革命历史的方式之间何其相似；贾平凹的《满月儿》、茹志鹃的《出山》等依旧是运用一贯的农村题材创作手段塑造农村新人形象；一些反映新时期社会生活新面貌以及涌现的新人形象塑造让我们感受到了“十七年”与“新时期”时代气象的重叠，如莫伸的《窗口》与李准的《耕云记》在情节设置上几乎如出一辙；还有那些反映“十年动乱”波折之后的日常生活题材的短篇创作，如张洁的《从森林里来的孩子》、刘心武的《爱情的位置》、王亚平的《神圣的使命》、李陀的《香水月季》、陈国凯的《我应该怎么办》等，在短篇的布局和情节的设置上也并不新鲜。总之，“十七年文学”阶级斗争模式依然潜在地影响了新时期初期短篇创作的二元对立式结构特征、巧合式的情节设置、回忆式的对比衬托人物形象的塑造，甚至人物形象的正面与反面类型，等等，所有这些均难以跳出“十七年文学”的既有套路。当然，新时期初期文坛上活跃的作家大多是“十七年文学”创作的原班人马，如中年作家茹志鹃、周立波，“干预生活潮流”中涌现的那批青年作家王蒙、邓友梅、陆文夫、刘绍棠等，这也让我们无法否定“文革”前后两个时代的精神联系。

事实上，“文革”结束以来的一段时间，文学创作秉承的仍然是“当代文学”一体化制度下强烈的政治诉求与文学实用主义形式策略，他们只能沿袭固有的艺术手段。尽管走进新时期的人们经历了漫长的灾难岁月和巨大的情感创伤，但由于“当代文学”生产体制的惯性和旧文化思想的禁锢，在思想过渡当中，文学依然谨守在为主流意识形态传播的思想框架之内，继续以一种戏剧化、客观化的表现方式，传达“经过林彪、‘四人帮’的干扰破坏，对毛泽东思想的公开背叛，极其无耻地歪曲、篡改，对于我党光荣历史的篡改、歪曲与否定，对党的优良作风和传统的破坏，对社会主义民主的放肆践踏……”的时代信息[①]，从而将新时期的文学表达演化成一种强烈的政治与道德诉求，并宣告“现实主义的回归”。

与新中国成立后短篇创作表达激情式的政治生活主题相类似，新时期初期短篇创作在主题思想上着力于对林彪以及“四人帮”的批判和控诉这一时代主题上，较少去自主反思历史与时代给个体心灵带来的情感创伤。这些“控诉体”小说具有强烈的主题先行倾向，形成左翼小说一贯的“思想大于形象”的艺术原则和类同的艺术处

---

① 荒煤：《篇短意深，气象一新》，《短篇小说选》（1977—1978.9），北京：人民文学出版社，1978年，第33页。

理模式。如他们大多将“战争岁月”与“十七年”诗化为一种理想背影，反衬“十年动乱”给社会带来的灾难与伤痕，凸现出二元式空间中历史个体的正直、善良与忠贞，以及“新时期”的无比正确性。这一文本策略很大程度上阻碍了作家更多的自由表达愿望，并使得他们集体陷入一种单一化、趋同化的政治想象当中，这不能不是几十年来“当代文学”体制化规训的结果。今天的文学史研究者已在重新审视和检讨“新时期文学”在历史当中的得失与分量，在“重回八十年代”中寻找新时期文学发端早已存在的内部症结。他们宣称，在“事隔二十多年，由于文学环境、阅读方式和文学史观念发生了明显变化，重评‘伤痕文学’的问题因而浮现出来。重评的目的，是要通过‘重返’文学史‘现场’，进一步了解当年文学生产的社会背景、氛围和情绪，跨越那些覆盖在文学史表面的夸张的修辞，从而对当时文学创作的真实状况获得一个比较客观和大致准确的认识”[①]。

当然，从更远的80年代文学来看，揭批“四人帮”的政治诉求也许只是一个短期（过渡期）的政治意识形态目标，新时期最大的主流意识形态应该是“现代化”，代表着改革开放的时代精神；所以，我们不必去纠缠表面热闹的文学“轰动效应”，没有什么比发现短篇

---

① 程光炜特约主持:《重评“伤痕文学”》栏目（包括三篇文章：李杨:《重返“新时期文学”的意义》，程光炜:《“伤痕文学”的历史局限性》，王一川:《“伤痕文学”的三种体验类型》)，《文艺研究》，2005年第1期。

创作中最先敏感地表达时代意识的那些形式迹象更有意义。“控诉体”形式在结束一个混乱的旧社会秩序上取得了思想意识上的效用，它用文学的功利方式为社会政治“拨乱反正”；而开启新时期文学新的小说美学原则，最先用一种新的体式和意识自觉表达时代气象的主流作家，不是为“伤痕、反思文学”啼鸣的刘心武①，也不是“改革文学”的吹号者蒋子龙，而是沉寂了近二十年之后复出的王蒙。

50年代王蒙借着少年布尔什维克的青春朝气和敢于表达的主体形象登上文坛，大胆触及时代内部的“敌人”——社会主义的官僚主义者。像其他小说家一样，他也是挟着对揭批“四人帮”的控诉情绪重新归来；他创作的短篇《最宝贵的》与《班主任》有异曲同工之妙，揭露了“四人帮”对于孩子心灵的戕害。但他很快就敏锐地找到了时代生活的节奏和特征，捕捉到一种新的社会时代气息。他的《悠悠寸草心》不再强烈控诉“四人帮”对老干部迫害的政治主题，而是通过时代的变迁与人际的冷暖，将百废待兴的社会信息传递给那个时代的读者。这种敏锐捕捉到的时代信息，就是他接踵而来的大量短篇创作中反复表达的“现代化”主题。

王蒙短篇小说创作对新时期“现代化”主题的截取视角遍及从动乱到正常，从乡村到城市，从老年到青年，并将这个时代青年

① 刘心武也有一些具有新形式、新气象的作品，他较早参与了“关于‘现代派’的通信”的讨论。

人的迷茫与寻找、中老年人的重整与反思融入到了追求现代化的日常生活节奏当中，而不是沿袭老套的社会新人与悲剧英雄的塑造。“最宝贵的”是，王蒙找到了表达“现代化”主题的恰当的话语形式。一方面，他与大多数主流作家一样，喜欢运用配合思想政治领域“拨乱反正”的“控诉体”多问句形式表达时代情绪；但他很少用对话性的场景、巧合设置的情节等表现方式，减弱客观化、戏剧化的书写特征，叙述风格趋于浓重的主观化色彩，体现出一个处于迷茫与反思时代的人物心理特征；另一方面，他最早创造了一种“密集式”的语言逻辑和“意识流”化的人物心理书写，体现出一种勇于探索的主体意识。这种叙事形式形象地传达了“现代化”时代意识，加大了对改革开放时代人们的现代意识和精神心理的表现张力。

一如40年代的“新感觉派”前辈，王蒙也找到了跳跃、动感的自由句式展现改革初期现代城市的面貌：

大汽车和小汽车。无轨电车和自行车。鸣笛声和说笑声。大城市的夜晚才最有大城市的活力和特点。开始有了稀稀落落的、然而是引人注目的霓虹灯和理发馆门前的旋转花浪。有烫了的头发和留了的长发，高跟鞋和半高跟鞋，无袖套头的裙衫，花露水和雪花膏的气味。（《夜的眼》）

相比起“新感觉派”作家注重对大都市光怪陆离、浮华世相的描写，王蒙更着重于对城市生活崭新活力的展示，以一种理性化的主体意识扫视现代发展中的城市节奏。《风筝飘带》开头展示了一个充满着时代上进心的新人出场背景：

> 在红底白字的“伟大的中华人民共和国万岁”和挨得很挤的惊叹号旁边，矗立着两层楼那么高的西餐汤匙与刀叉，三角牌餐具和她的邻居星海牌钢琴、长城牌旅行箱、雪莲牌羊毛衫、金鱼牌铅笔……一道，接受着那各自彬彬有礼地俯身吻向她们忠顺的灯光，露出了光泽的、物质的微笑。瘦骨伶仃的有气节的杨树和一大一小的讲友谊的柏树，用零乱而又淡雅的影子抚慰着被西风夺去了青春的绿色的草坪。在寂寥的草坪和阔绰的广告牌之间，在初冬的尖刻薄情的夜风之中，站立着她——范素素。

无论是新异的语言逻辑方式，还是现代化的场景描写，都很好地切合了改革初期人物身上那种像“风筝飘带”一样活泼向上的时代气息。继之，在短篇小说《春之声》里，作者以意识流方式表现一位归国回乡探望的知识分子岳之峰形象，刻画其急欲参与祖国建设的纷杂而憧憬的心理，贴切而生动；在有限的篇幅和空间里表达了一个时代性的主题思想、一个“全球化的中国形象”，几近成了新时期社会时代的缩影。

王蒙的短篇小说创作，对于“新时期文学”的登场，犹如“春江水暖鸭先知”。这种对新时代的敏锐捕捉能力和形式感可与稍早出现的“朦胧诗”形式相媲美，显示了王蒙对短篇小说文体的现代意识和形式感的深度领悟。

王蒙并非“现代派”作家，也早已跨过了文学新锐的阶段；但他有着较自觉的小说文体意识，他在短篇创作中的形式探索，真切地反映了那个时代人们的迷茫与反思，以及刚刚步入正轨的社会生活的进步与阻碍。或许他的短篇小说在审美层次上显得不够精致，缺乏精心的艺术布局，但其成功之处在于找到了一种切合80年代现代化启动期的“时代形式感”。当然，王蒙在新时期短篇创作领域内做出的形式开拓也并非独树一帜，因为很多同时代的小说家也在进行艺术形式探索，如宗璞、李陀、刘心武、茹志鹃等。但在文学产生“轰动效应”的时代，王蒙这种形式创新手法契合了整个时代气象与时代精神的传达，显得尤为典型。这一点正是现代短篇小说文体形式的功能与特质所在。

虽然，艺术创新时常引领时代潮头，但80年代的整体社会步伐跟不上艺术进步的节奏，思想解放的步调更比不过经济生活开放的速度。对于书写与传播时代主流意识的文学而言，自觉的形式探索更多地被牵制在主题思想的传达之中，在主流意识形态规导之下逐渐抬头的启蒙意识受到更多的认同和青睐；与此相应，短篇小说创作渐渐回归正常的社会意识轨道，摆脱明显具有政治宣泄的“控诉体”，从对“文革”极左势力的戏剧化、夸张化的文学批判转到知识分子作家对理想、爱情以及民族命运的表达，人的生存价值和生命尊严的思想主题受到关注，不断地强化了80年代建构起来的文学思想意识。这种对“现代化”的向往和对知识、价值、理性的尊重在整个社会文化思潮中一度被誉为“新启蒙主义”思潮。

这一主题思想表达的代表性文本当数张贤亮的《灵与肉》。虽然张贤亮早期短篇小说同样带有浓重的“伤痕与反思”气味，宣扬知识分子的“苦难意识”；但他在抒发历史降临给自身的劫难与困厄情绪之后，回到了知识分子作家的理性定位，从理解时代和回馈时代中坚定了一种历史抉择。这种抉择即是奉守一种自我的尊严、一种道德与人格的坚定、一种对爱情与艺术的执着。这是在困厄中磨炼出来的知识分子的一种情操、一种道德上的优越感和引领时代的号召力。正由于此，新时期主流小说家在走出了“控诉体”的政治批判与个人宣泄之后，终于摒弃了近半个世纪从左翼文学、“十七年文学”到新时期初期沿袭下来的戏剧化、客观化的书写模式；他们在小说创作中注入了大量诗化的抒情与主观化的议论成分，以一种饱含情感化的叙事方式传达内心对于时代意识与自我选择的超越性心理。

细致阅读发现，小说《灵与肉》运用一种交叉、对比的叙述方式，一会儿写现在父子相见的情景；一会儿写过去苦难磨砺的生活，构成一种多声部对话。对于“现在”，小说叙述多为客观化的场景描述，表现出物质化生活面貌的一面；对于“过去”，小说多用诗意性的抒情化叙述，表达出在苦难磨炼中理想与情感升华的一面。这种交叉的时空变换之间，我们能清楚地感受到小说形式上的变化。如小说对父子相见的叙述时，较多注意力停留在客厅陈设、人物做派、舞会场景、单调的对话等方面，缺乏一种叙述的激情；而在对“过去”的叙述状态中却是截然不同。首先，作家运用了大段的抒情化描写，赋予叙述进程以特别的激情。如：

> 清晨，太阳刚从杨树林的梢上冒头，银白色的露珠还在草地上闪闪发光，他就把栅栏打开。牲口用肚皮抗着肚皮，用臀部抗着臀部争先恐后地往草场跑。土百灵和呱呱鸡发出快乐和惊慌的叫声从草丛中蹿出。它们展开翅膀，斜掠过马背，像箭一样地向杨树林射去。他骑在马上，在被马群踏出一道道深绿色痕迹的草场上驰骋，就像一下子扑到大自然的怀抱里一样。

虽然对自然的描绘不能推进小说叙事的进程，但对人物精神心理的表现无疑起到了渲染作用，丰富了人物性格心理塑造。叙述中融入大量的抒情元素是这篇小说叙事形式中最光彩的部分，也是一反之前小说叙述情节化、戏剧化的客观现实主义的形式变革；其次，作家在对“过去”的对话描写也充满情绪和张力，如小说中主人公与放牧员简洁而又充满诗意的对话产生了强烈的抒情效果：“这种简短的、朴拙的、断断续续的话语，经常会像阵雨过后的彩虹一样，在他心上激起一种美好的感情，使他渴望回到平凡的质朴中去，像他们一样获得那种愉快的满足。”

从抗战文学初期的“东北作家群”“七月派”等小说创作之后，这种浓厚情绪化的主观叙述风格几乎丧失掉了。漫长的一体化文学生产体制对作家个体表达自由度的束缚，使得创作主体越来越难以发挥自主意识，始终处于一种受压抑的创作情绪状态。新时期的到来和“现代化”目标的提出，促使知识分子意识的抬头、人的价值和尊严的回归，作家在表达自我理想与爱情上终于可以发挥创作的自主性。小说《灵与肉》将精英知识者的精神生活与远离世俗的大自然情态糅合到一种诗意化的叙述之中，明确地宣告了当代作家在几十年的政治压抑中重新获得了作为“大写的人”的回归；同时，由于作家主体意识的觉醒或重释，小说在叙述视角与结构方式上也开始寻求更多的变化。可以说，80年代小说文本当中抒情性浓厚的叙事成分，体现出知识分子作家创作主体的自由表达愿望和现实主义文学审美的回归，这一文本形式的变化无疑传达了新时期的启蒙主义文学精神。

需要进一步探讨的是，《灵与肉》在思想主题上也呈现出更大的时代意义。它象征着新一轮的文本内部意识形态对抗的开始：从新中国成立后两条道路（社会主义和资本主义）、两种意识（集体主义与个人主义）的阶级斗争模式转换到80年代精英与大众、清高与世俗、理想主义与享乐主义的新二元建构模式。就在新时期不断地检讨文学与政治关系的恩怨纠葛时，小说《灵与肉》在形式上的悄然变更最能深层地触发我们对文学与时代关系的思考。就像《狂人日记》在文体形式上具有过渡性：一方面残存着旧时代的文言形式，另一方面又用白话文形式讲述一个现代叛逆者的故事。《灵与肉》似乎在新时期之前的戏剧化、客观化现实书写与这个时代即将开始的主观抒情化叙述之间，完成了现实主义小说创作方法的过渡。只不过鲁迅对文体形式变革的意识具有自觉性，而张贤亮更可能是在一种潜意识之中完成了两种时代气质与小说形式之间的微妙转变。

诚然，由于文学生产体制内部的稳定过渡，“现实主义”仍然是一面统一化的旗帜。新时期之初的主流小说创作并不能形成一种理论化的变革宣言，纯粹的艺术形式探索甚至在公开场合依然受到质疑和批判。西方“现代派”小说的形式资源早已烙上资产阶级的标签，迫使早期的倡导者出言谨慎，仅在内部圈子默默地探讨与实践[①]；短篇小说创作的变化很大程度上只是在“思想解放”和改革开放形势下，接受“现代化”主题思潮的影响才有了一些形式上的新

① 80年代初期，高行健的《现代小说技巧初探》（广州：花城出版社，1981年）对于打破封闭的艺术形式坚冰具有较大的开拓性；继之，徐迟的《现代化与现代派》发表在《外国文学研究》1982年第1期；王蒙、冯骥才、李陀、刘心武等“关于‘现代派’的通信”的文章分别在《小说界》1982年第2期、《上海文学》1982年第8期上刊登，等等。这些对“现代派”艺术的意识形态性以及艺术法则的探讨带动了新时期文学在艺术形式实践上的悄然变化。

意；因此，时代的变化导致文学形式的过渡呈现出相对隐性、暗动的状态。几年之后，先锋小说登场才带来了大胆、公开的文体形式实验。

把《灵与肉》看成80年代主流短篇小说形式变化的个案时，我们能延伸出更广阔的一片视野，继而观察到张洁、韩少功等一批作家的作品。他们在表达时代主题时，具有像《灵与肉》一样的叙事特点。像张洁的《爱，是不能忘记的》，宗璞的《弦上的梦》，张承志的《骑手为什么歌唱母亲》，韩少功的《西望茅草地》《飞过蓝天》，叶文玲的《心香》、古华的《爬满青藤的木屋》，等等，这些短篇创作比稍前的作品明显地加重了个人抒情化比重，拓展了人物心理的表现容量，叙述方式上也稍加灵活，没有因为相近的主题思想而显示出新的公式化、概念化模式，叙述格调上呈现出主观化、个人化风格。这一方面归功于思想解放背景下小说家内心对于时代生活理解的个体差异和丰富的审美感受力，另一方面又是相似的社会经历和个人生活经验形成的共同审美趋向。而这种随时代变化而逐步形成的熔叙述、抒情、议论于一炉的复合式小说文体风格也直接影响了王安忆、梁晓声、铁凝等一大批知青作家的情感表达形式，使得80年代的短篇小说不仅在“伤痕”与“反思”潮流中走向了又一个兴盛阶段，同时也使这个时代与90年代的文学比较起来显示出更具理想、执着色彩的时代底蕴。

然而，站在现代短篇小说的形式特质与艺术精神考察，知识分子作家们饱满的时代情绪带来了新的表达方式和艺术形式特征导致了短篇创作容量的骤增和结构的宏大。对宏大的社会人生与时代命运的强烈关注，对完美的人格以及生存价值和精神内涵的有意开掘，使得这些精英作家缺乏一种个人本位性的审美视野，对社会人生的“截取”过于追求哲理化的深广度，而相对忽略了身边的个人体验，少了将人生艺术化的个体生命印迹。换句话说，不同于五四时期的知识分子作家，80年代的精英作家由于独特的当代历史遭遇，对时代命运的体验过于压抑，对宏观人生价值与意义的追问又过于激切，以至于情感释放过度而忽略了自身个人性的一面。他们在创作中无节制的情绪抒发，将抒情化的诗意与哲理成分大量地补充到短篇小说的叙述中来，造成短篇小说文体的臃肿庞大，结构体系扩大，对时代的把握缺乏“四两拨千斤”的从容和随性，由此造成了新时期以来文学构思与结构形式上的“宏大叙事”体。

当然，这种“宏大叙事”体不是一时造成的，它严重地带有几十年以来当代社会政治空间对文学的压抑性痕迹。一旦有了新的生存环境，这些小说叙事将毫不犹豫地从权力的规训下逃脱出来，从政治神话的虚构中脱离开来；但也由此进入到另一种由自我主体性构建的精神神话之中。他们企图用饱满的主体精神世界、理想化的生存构架打倒曾经丧失了主体人格和创作支配权的政治神话年代。阅读这个时代的短篇作品，不能不感觉到他们在文本结构上流于某种形式化的隐性特征，展示出一种精神“大团圆”的模式，缺少一种动态、开放的艺术意味。

我们可以回溯到现代小说形成之初，从小说的精神气质方面对比一下20世纪前后期短篇创作艺术形态上的差异。大多时候，现代经典短篇在情感收束方式上是开放性的，其结尾仿佛只是一个休止符，而更长的旋律仿佛还在延续。如阅读下面几段“现代”与“当代”短篇创作的结束段比照一下：

鲁迅的《在酒楼上》结尾处：

> 我们一同走出店门，他所住的旅馆和我的方向正相反，就在门口分别了。我独自向着自己的旅馆走，寒风和雪片扑在脸上，倒觉得很爽快。见天色已是黄昏，和屋宇和街道都织在密雪的纯白而不定的罗网里。

《孤独者》的结尾：

> 我的心地就轻松起来，坦然地在潮湿的石路上走，月光底下。

沈从文的《丈夫》这样结束：

> 水保来船上请远客吃酒时，只有大娘同五多在船上，问及

时，才明白两夫妇一早都回转乡下去了。

再看《灵与肉》的结尾是：

他终于看到了学校。他家门口正站着几个人向大路上这辆马车眺望。秀芝围的白布围裙，在柔和而苍茫的暮色中就像一点皎洁的星光。很快地，那里人越聚越多，最后，他们看出了是他，全都向大路上奔跑。最前面的是一个穿红衣裳的小女孩，她就像迸射出的一团火，飞也似的向他扑来。她越跑越近，越跑越近，越跑越近……

张洁的《爱，是不能忘记的》以这种方式结尾：

我真想大声疾呼地说："别管人家的闲事吧！让我们耐心地等待着，等着那呼唤我们的人，即使等不到也不要糊里糊涂地结婚！不要担心这么一来独身生活会成为一种可怕的灾难。要知道，这兴许正是社会生活在文化、教养、趣味等等方面进化的一种表现！"

首先，从情绪表达方式上看，现代作家更多地将主观情绪掩藏在冷静的客观之中，如鲁迅不直接写人物内心的复杂状态，而是转向对客观景物的描写，沈从文转换了叙述视角，用侧面交代的方式说明主人公回乡的复杂心理；而80年代的作家则用更多夸饰和激情化的手段来理想化、虚构化小说主人公的情感状态，如《灵与肉》的结尾不写许灵均如何走向他们的日常生活化镜头，而写他看到（感觉到）所有人都在向他奔跑的主观情绪状态；《爱，是不能忘记的》也不是真实地写“我”大声疾呼的日常行为，而是“我”真想疾呼的主观心理话语。这鲜明地体现出两个时代不同的文学形式特征和艺术气质所体现出来的差异性。其次，从叙事展开到叙事收束的艺术结构来看，现代作家多在情感的高潮处收尾，虽是平淡结束却是陡然打住，保留一种向前的动态趋势，无论作家的情感还是小说中人物的情绪状态都在无限延宕；而80年代的作家结尾处充满力量感，极力渲染式的高调结尾却是叙事的真正结束，仿佛最后的能量殆尽，作家的情感和主人公的情绪达到了一种饱和状态、完满状态，再向前就没力了。两种不同文学形式结构反映出的精神内涵可以清楚地显示出：80年代的小说创作如何在有意识地构建一种“宏大叙事”体，如何导致短篇小说创作走向情绪的饱满和结构的宏大，而在文体上丧失了叙事的简洁和艺术空间的空灵。

事实上，从延安文学、“十七年”文学、“文革”文学到“新时期”文学的演变，文学创作经历了长期的框定和禁锢，创作主体心灵的束缚不是一下子就能舒放得开，他们对时代的敏感度远远高于对个体身心变化的体验。所以，80年代的“宏大叙事”体是现代中国进入当代中国过程中艺术长期积淀的产物，也必然会形成一种独特的“当代性”的时代形式和风格。

对文学文本史的纵向考察，有利于我们深层认识不同时代的艺术形式和艺术精神的变化。可以说，短篇小说的“宏大叙事”体既是一种延续的形式，又是一种反抗的形式。它反抗了政治功利意识对文学审美方式的侵略，使文学的审美地位独立起来，脱离作为一种载道“工具”化的附庸。文学的价值在于追求人的存在意义以及独立的精神品格，阐释一种超越现实功利性的精神意图，这是80年代文学生产有别于左翼政治思潮主导下文学生产体制的一种反驳与归位；而这种文学艺术回归的前提必须是创作主体心灵的解放。虽然新时期以来的小说家们可以卸下政治意识形态的负担，却在潜意识中构建了一种精英知识文化的谱系，将自己重新纳入到一个宏大的“自我”形象建构之中，这是其后当代短篇小说文体走向中篇化的时代症结。这种症结造成了短篇小说文体形象和艺术属性的弱化，使得这个时代的小说气势有余、韵味不足，稍稍偏离了现代小说形式发展的审美方向。

第四章

困于时代之病的批判意识

作为一种长于形式表达与思想传播的文学文体，短篇小说在困守于时代的弊病之中，同样具有针砭批判的文体功能。但短篇小说跟散文（或杂文）的直接批判方式不同，散文家需要拿出现实的人格精神与力量对时代之病做直接抗争；而短篇小说家更容易通过虚构、曲奥的方式，在个人的艺术表达与时代巨大压力之间找到突破壁垒的方法，体现出一种写作人格的柔性与隐晦。

20世纪中国文学史上，近代短篇小说一出场就具有浓厚的政治批判与社会批判色彩。这明显受到维新、改良等政治浪潮及“文界革命”的影响，导致近代“新小说”多直接介入时事政治、干预现实，成为早期知识分子现实发声的工具。这种小说“群治”观念也直接影响到五四时期的“问题小说”；而“问题小说”只是现代写实小说中的一种创作意识，在文体形式上少有独立贡献。从成熟的文体形态看，真正发挥批判性文体功能的现代短篇当数早期的历史小说。现代历史小说在题材的独特性、借古喻今的主旨以及古今杂糅的手法和人物塑造上显示出其独立的文体审美价值。从五四时期的借历史题材自我抒发，即“把我们现代人的生活内容，灌注到古代人身上去的方法”；到30年代运用丰富的现实主义、现代主义表现手法塑造历史人物，达到“以古讽今”的意旨，由此也奠定了现代历史小说这一文体的基本功能；40年代出现少数知识分子作家运用历史题材进行战争体验的书写；严格来说，50年代以后的“革命历史小说”很难归入历史小说的范畴；再到60年代的知识分子作家创造了一种正面写实、侧面烘托的历史书写方式，曲折、隐晦地表达对当下社会时代的批判意识。80年代以来的历史题材创作较多在中长篇小说中取得成就，即便“新历史主义”小说的出现，在短篇创作领域也多以先锋性、文化怀旧的消费倾向而创作，脱离了现代历史小说文体“以古讽今”的批判功能。

50年代中期受苏联“解冻”思潮和“双百”方针影响，出现了以青年作家为主体的“干预生活潮流”，涌现出一批具有现实批判性的短篇创作。这些小说大胆突破题材禁区，批判了新的社会主义体制中暴露出来的落后现象和旧的思想习惯。这些短篇创作一方面坚持维护了主题的正确性；另一方面在文体形式的选择上较为开放，在看似不够成熟的叙事裂缝中流露出个人化的受压抑情绪，呈现出时代与个人的双重表达效果。

80年代的“现代派”小说虽是昙花一现，但也显示出个人主义式的文学思潮，对当下改革开放背景下的社会体制的僵化面具有较浓的叛逆意识。虽然同处文学“现代化”的进步维度之中，但比起开放式现实主义、“寻根小说”“先锋小说”等，“现代派”小说引起了更多的论争和非议，甚至被斥为“伪现代派”。其思想叛逆强于形式变革，表面上效仿于西方现代主义文学精神，深层里却承接了五四现代文学传统中的个人主义思潮，对当代主流意识形态的反抗意味较浓；尽管具有世界性的文学现代化潮流大背景，但个人主义文学思潮在当代社会主义文化体制中难以持续，“现代派”的精神反抗最终过渡到“先锋小说”的文体实验，并被后者取代了文学现代化变革的地位。

90年代的文学市场化促进了中长篇小说的繁荣，也导致了短篇小说文类的边缘化。消费时代下的速读节奏诱使小说文体容量不断膨胀，简洁、凝练的文体风格越来越少；作家在不断地适应市场化浪潮的追逐，具有丰厚商业利润的长篇创作淹没了节制型和净化式的短篇创作；短篇创作几乎回到个人创作“余事”上来，将短篇创作当成锤炼长篇小说技术的基本功。在文体边界失据的市场情势下，短篇小说依然发挥出对于时代的批判意识功能，一是“新写实”小说以“零度”叙述态度，“还原”日常生活的无聊与庸常，以反崇高、反理想的平民意识解构主流意识的“宏大叙事”，形成文体上的“反讽”效果；二是“新现实主义”小说以热度叙述，强烈关注社会改革进程中的社会矛盾与问题，在市场经济体制的大背景下，冷静客观地剖析负面的社会现状，有种重回左翼式的社会批判意识，一定程度上暴露了体制内的官场黑暗，故也被评论家称为“现实主义冲击波”。两种形态的小说潮流或短篇创作方式均以细致的写实手法，超越了80年代初“改革文学”的现实主义典型论，具有日常生活审美化的现实感染力。

综而言之，短篇小说文体在20世纪中国几个重要的历史阶段充分发挥了对社会时代的批判功能，起到了文学监督与催人警醒的社会作用。同时，在当代文学生产体制的改革进程中，这一文体批判功能既丰富了文学的主题，又使之审美形态多样化。尽管大多时候短篇小说文体的批判功能持续很短，但仍然在20世纪中国文学史上留下了独特的价值。

本章在进入具体文体功能讨论之前，有必要针对“问题小说”这一形态进行说明。因为在20世纪短篇小说文体发展过程中，“问题小说”创作具有典型的揭露社会问题、传达社会批判的功效；但前文交代，“问题小说”很难构成一种现代短篇小说的文体形式，更多只是一种创作意识，不是一种创作形式；“问题小说”不仅体现在五四写实小说中，而且在赵树理的农村题材小说创作，90年代的“新现实主义”小说创作中都能见到。严家炎在《中国现代小说流派史》谈道：“问题小说只是文学现象，它本身并不构成流派，但要讲小说流派，必须从这里开始。”[①] 最早的“问题小说”以虚构的方式提出社会问题，起到说教和批评的散文功效。五四小说中这种“未完成状态”的小说较多，如鲁迅的小说《一件小事》《头发的故事》

① 严家炎：《中国现代小说流派史》，武汉：长江文艺出版社，2009年，第30页。

等；但“问题小说”作为现代写实小说的肇始，将小说文体迅速从“闲书”变为有用之书，成为“为人生”的工具。问题小说创作具有强烈的功利意识，在艺术形式上缺乏用心；而其局限和弱点在于容易造成作品“思想胜过形象，提出了问题而艺术没有跟上去，……除了艺术修养不足之外，关键在于有作者接受新思潮、新观念之后没有来得及同自己的生活实践融合起来，没有化为有血有肉、比较深切的实际生活感受”[①]。所以，本章不打算将“问题小说”作为专节的短篇小说形式问题来论述。

一、短篇历史小说的思维方式

历史小说，准确地说，就是历史题材的现代小说。其在题材表现、古今杂糅的手法及人物塑造、借古喻今的创作主旨等方面均体现其文体的特色。20世纪80年代之前，纵观现代历史短篇小说，其创作意图上均不出借古讽今，以历史题材浇现代情感之块垒；手法上也多以或自我抒发感怀现实，或讽刺、影射现实，或曲折、隐晦的批评当下现实。80年代中后期的“新历史主义”小说创作几近颠覆了现代历史小说的创作法则；究其原因，“新历史主义”只是一种理论批评，其创作实践多在先锋意识的叙事实验，迷恋于中长篇

① 严家炎：《中国现代小说流派史》，武汉：长江文艺出版社，2009年，第39页。

叙事的快感，对短篇小说文体的意识不够明显。

20世纪的历史短篇小说创作具有连续性，和历史剧一同集中流行在几个阶段：最早为五四一代作家鲁迅、郭沫若、郁达夫等历史小说创作，将现代人的情感复活到古人心理之中，以此遣作家自我之怀；而30年代的历史短篇创作影响较大，出现了一批叙事手法丰富，人物性格心理塑造比较成熟的历史小说，如茅盾写农民革命的历史短篇、鲁迅的《故事新编》、施蛰存的现代心理小说等，由此奠定了现代历史小说以古讽今、影射当下，强化批判意识的文体功能；40年代利用历史题材进行民族意识表达及书写战争体验的小说也流行一时；60年代初的知识分子作家陈翔鹤、黄秋耘、冯至等继承历史小说创作的现实影射及批判功能，多以写实手法表现古代生活，类比联想中含蓄、隐晦地切中时代主题；80年代之后，历史题材的小说更多地集中在中长篇小说创作领域，且成就斐然。

中国古典小说以历史为题材的讲史、演义等叙事特别发达；自然，历史小说创作很早就进入了现代小说的题材视野。历史小说作为现代小说的一部分，其叙述形态几乎与现代小说发展同步，并同样追求摆脱史传文学的讲史传统，赋予自身以独立的现代审美品格。历史小说创作的主体——现代小说家们无不在此领域投入大量的创作实践和理论关注。现代历史小说的开山依然可以追溯到鲁迅身上，其最早创作的历史小说《不周山》发表于1922年12月，曾收入《呐喊》集，后改名《补天》，收入《故事新编》[1]。茅盾在《〈玄武门之变〉序》中说道："用历史事实为题材的文学作品，自'五四'以来，已有了新的发展。鲁迅先生是这一方面的伟大的开拓者和成功者。……——在《故事新编》中，鲁迅先生以他特有的锐利的观察，战斗的热情，和创作的艺术，非但'没有将古人写得更死'，而且将古代和现代错综交融，成为一而二，二而一。"[2] 而一贯好用历史题材进行创作的郭沫若早期也写作了许多的历史小说。此外，还有茅盾、郁达夫、郑振铎、孟超等现代作家，均对历史小说的创作和理论有浓厚的兴趣。他们不耽于对历史人事的喜好，更执着于对现实世态的关注，经常截取历史的一角将其翻新，借以表达现代人的心理；其笔下的历史人物被赋予了复杂的现代人心理体验。

现代历史小说与写实小说一同反对旧小说的"滥调"和"载道"的工具化，获得独立的艺术形式和审美价值。然而，历史题材的小说创作与一般的社会写实小说不同，作家无法像现代写实小说那样细致地描写身边熟悉的社会生活状况，直接表现出真实性的生活体验；他们面对过去了的历史，在将古人的生活进行艺术化的处理之

---

① 《补天》最初发表于北京《晨报四周纪念增刊》，1922年12月1日，题名《不周山》，曾收入《呐喊》；1930年1月《呐喊》第13次印刷时，作者将此篇抽去，后改为现名，收入本书。

② 茅盾：《〈玄武门之变〉序》，开明书店，1937年4月，见《二十世纪中国小说理论资料》（第三卷），第473页。

前还必得在“历史”的求实与虚构之间权衡。历史经验的阻碍未必能限制他们的创作发挥，反而给了现代作家更多的自由表现空间。当然，历史小说的创造者并非借助现代意识对传统历史肆意篡改，而是在“信史”的基础上展开创作。这种“信史”不像旧历史小说那样作为史传文学的附庸，“正史之补”；而是在历史的既成事实上进行细节的写实，撕破旧的讲史、演义等神化英雄史观的面纱，进行一种生活事实的“还原”。就连喜好用历史作翻新文章的郭沫若都说：“我是利用我的一点科学智识对于历史的故事作了新解释或翻案。我应该说是写实主义者。我所描画的一些古人的面貌，在事前也尽了相当的检查和推理的能事以力求其真容。我并不是故意要把他们漫画化或者胡乱地在他们脸上涂些白粉。”[①] 显然，这种对历史的“还原”一方面体现出现代作家从英雄化的唯心史观到人性化的唯物史观的认识转变；另一方面还体现在对于历史材料的主观选择以及现代小说文体的艺术表现上。

为此，历史小说被赋予现代性品格也就和作者主体意识的彰显分不开。而对传统历史的怀疑本身即是现代主体意识觉醒的一个重大标志，鲁迅在《狂人日记》里就表露了那一代人振聋发聩的“疑古”精神：

① 郭沫若:《从典型说起——〈豕蹄〉的序文》,《质文》2卷1期，1936年10月10日，见《二十世纪中国小说理论资料》(第三卷)，第437页。

> 我翻开历史一查，这历史没有年代，歪歪斜斜的每叶上都写着“仁义道德”几个字。我横竖睡不着，仔细看了半夜，才从字缝里看出字来，满本都写着两个字是“吃人”！

五四一代先驱者与其说是对历史的真实性进行怀疑，不如说是对历史的记载方式，即历史的叙述进行怀疑；这也是他们不约而同地采用历史素材进行现代小说创作的精神动因。面对历史上的人物与事实，他们“并没有将古人写得更死”[1]，而是用现代人的主体意识去“复苏”历史的面貌，将历史还原为有血有肉的活生生的现实与人。所以，他们在对历史素材的选择与截取，以及小说叙述方法上也充分显示了其现代特质。早期的历史小说创作中，小说家们多集中于选取历史英雄、神话人物、圣人贤徒等进行现实的“还原”，如鲁迅的《故事新编》里的大多数，郭沫若早期历史小说的人物等；这些作品多以心理描写的方式细致展现历史人物的复杂心理，显示其个人性和平民化的一面。撕破历史的神秘面纱，还原人物的日常生活状态，这显然是与五四时期反传统因袭、反旧伦理秩序的观念是分

① 鲁迅：《故事新编·序言》，北京：人民文学出版社，2003年。关于现代历史小说的论述鲁迅早在《〈罗生门〉译者附记》里说过：“这一篇历史的小说（并不是历史小说），也算他的佳作，取古代的事实，注进新的生命去，便与现代人生出干系来。”原文载《晨报》副刊，1921年6月17日，见《二十世纪中国小说理论资料》（第二卷），第185页。

不开的。

历史小说创作在30年代左右进入兴盛期。这个时期的创作不仅取材广泛，而且创作队伍庞大，表现形式多样。一方面是由于现代小说创作不断深化的自然结果，更重要的是政治文化意识和时代使命感越来越强烈。国内党团利益纷争，国际上帝国主义的侵略，使得作家开始失去了新文化运动时期的自由表达权利；文化上的压迫越来越紧，现实生存也越来越严峻。于是，历史题材的小说正好成为现代作家表达内心情绪的一种文学形式。

郁达夫曾归纳历史小说创作的成立路径有两种："第一种是我们当读历史的时候，找到了题材，把我们现代人的生活内容，灌注到古代人身上去的方法。所以这一种历史小说，与考古学家所做的报告不同，是有血有肉的在现代人的读者面前跃动着的历史。""第二种历史小说，是小说家在现实生活里，得到了暗示，若把这题材率真的写出来，反觉实感不深，有种种不便的时候，就把这中心思想，藏在心头，向历史上去找出与此相象的事实来，使它可以如实地表现出这一个实感，同时又可免掉种种现实的不便的方法。"[①] 两种路径的归纳正好印证了从五四时期到30年代历史小说创作方式的因时而变。30年代历史小说的创作素材选取多集中于历史上的反

① 郁达夫：《历史小说论》，《创造月刊》第1卷第2期，1926年4月16日，见《二十世纪中国小说理论资料》（第二卷），第447—451页。

抗或救世时代，着重刻画人物面对历史是非选择上的人生态度，以塑造他们的复杂心理与性格身份。这种追求人物性格塑造为中心的历史小说遵照了典型的现实主义创作原则，如茅盾此期的历史小说《豹子头林冲》《石碣》《大泽乡》等，就是这一时期历史小说的代表形式。它们以激烈的情节为中心，描写历史人物在时代抉择面前的内心矛盾冲突，从而体现出或崇高或卑劣的现代化人格。另一类为以人物精神心理塑造为中心的历史小说，在写法上采用写实主义和现代心理主义相结合的创作法则，如施蛰存的历史小说《鸠摩罗什》《将军的头》《石秀之恋》等，作品多以表现人物心理冲突来推进叙事的发展，试图以人物的主观感觉、心理意识为叙述对象，来开拓中国式的现代心理小说的文体实验。还有一类则为鲁迅的《故事新编》，采用现实主义创作原则的基础上杂糅进了现代主义的实验笔法，既有对古代英雄人物的写实性塑造，又有对人物的生存处境的现代反讽，“古代和现代错综交融”，给现代历史小说文体形式开拓了一条实验的新路，以至对后来的“新历史主义”小说产生某种影响。

历史小说创作的形式探索与现代小说在30年代处于深化拓展期是同步的。我们可以借用张香山考察日本近现代历史小说兴盛时的归纳作为参照。他在《目前的日本历史小说》一文中说道：“我们可以抽出若干共通的特征来：第一这些作品大都是以封国时代的德川幕府末期，到明治维新时代的这一历史过程为背景的；第二含有讽刺的精神;第三是创作方法上的统一——大都是现实主义。”[①]这些特征的概括对于30年代历史小说兴盛的局面也是大体相近的。

首先，历史小说创作意识的产生是与作家对现实世界认识的主观态度是分不开的。不是任何历史素材都能进入现代小说的创作视野，或是与现实相近的时代背景，或是与现代人所感受到的相同心理特征；只有在背景上的相近与精神心理上的相通才会发生历史与现代的交错，才能深入到历史的底层去发掘现代人需要的意义与启示。所以，我们在历史小说创作中可以找到同一个时期内类似的历史背景与相对集中的题材范围。

其次，历史小说创作的要旨是要体现出“现代人之所应憎与应爱”，即现代人的情感。需要借历史素材呈现现代人情感倾向最好的体现莫过于讽刺的精神，并非现代人对历史的讽刺，而是借历史的美丑或善恶来传达出对现实的讽刺。茅盾评价《故事新编》时说道:“然而我们勉强能学到的，也还只有他的用现代眼光去解释古事这一面，而他的更深一层的用心，——借古事的躯壳来激发现代人之所应憎与应爱，乃至将古代和现代错综交融，则我们虽能理会，能吟味，却未能学而几及。”[②]鲁迅在创作《不周山》过程中见

---

① 张香山:《目前的日本历史小说》,《作家》1卷4号，1936年7月15日，见《二十世纪中国小说理论资料》(第三卷)，第423页。

② 茅盾:《〈玄武门之变〉序》，开明书店，1937年4月，见《二十世纪中国小说理论资料》(第三卷)，第473页。

有人批评现代情诗汪静之的《蕙的风》时突然产生了一种新的创作冲动，“这可怜的阴险使我感到滑稽，当再写小说时，就无论如何，止不住有一个古衣冠的小丈夫，在女娲的两腿之间出现了”[①]。这种“油滑”正是鲁迅在新文学运动中感于现实的爱憎，一种对于现实的委婉的讽刺。同样，郭沫若早期的历史小说创作亦是“目的注重在史料的解释和对于现世的讽谕”[②];后来的历史小说和历史剧创作中“以古讽今”的表达意旨就更加明显。时势的动荡与黑暗造就了这个时期的文学讽刺精神，作家们或以古事的纷争影射现实的丑陋，或以古人的反抗精神表露现实改造的愿望，或以人格的伟岸抒发对现实利益争斗的不满，等等。

最后，历史小说创作因为关注现实的目的性，自然在创作原则与方法上形成了现实主义的写实底蕴。他们在小说的历史背景、人物的品质与性格以及情节的史实描写上几乎都在按照“正格”的现代小说理论来创作，而对抒情散文化的笔法或怪诞的现代派表现手法略略收敛了点；而且，由于要传达一种强烈的现实讽刺性，作家们自然选择了对写实性手法的偏爱，减弱了现代主义或抒情文体的实验成色。

历史小说（当然还有历史剧）创作的繁盛局面，以及它的写实

---

① 鲁迅：《故事新编·序言》，北京：人民文学出版社2003年版。

② 郭沫若：《从典型说起——〈豕蹄〉的序文》，《质文》2卷1期，1936年10月10日，见《二十世纪中国小说理论资料》（第三卷），第437页。

性和讽刺性延续到40年代，在全面抗战的环境中不仅发挥了艺术宣传与鼓舞作用，提升了民族意识和抗战决心；而且也在封闭的战争区域生活中利用历史情境进行战争体验的自我抒写。但随着40年代末中国社会的民族解放战争局面的结束，历史题材的短篇创作才消退了下去，代之而起的是革命历史小说的持续繁荣。

严格来说，新中国成立后的革命历史小说创作算不上历史小说形态的一种。其一是因为革命历史并没有被“历史化”，而是跟现实政治有着极大的关联；其二是革命历史的当事人并没有成为“历史人物”，而是作为革命先烈和功臣成了新中国的主宰者。革命历史小说从某种意义上应该是现实题材的一种，与农村题材小说一样，直接面对当代政治生活而书写。只有在艺术表达压缩了现实生存空间的60年代初，历史短篇小说创作才有了短暂的回潮。

50年代中后期一系列的曲折之后，社会经济生活遭受重大挫折，迫使党和政府重新调整社会经济政策，提高农业生产力。但在“反右”运动之后，60年代初期的知识分子一直抱有对时代现实的谨小旁观心理，不敢正面触及现实矛盾与问题；只是由于政策的“调整”和文艺创作环境的松动，他们才试探性地做了一些回应，运用历史短篇小说创作形式，通过选取陶渊明、杜甫等符合阶级意识分明、与底层百姓亲近的古代人物，以政治正确性为前提，抒发了当代知识分子作家对人民生活的隐忧，以及对具有时代类比性的当下的含蓄批评。短篇历史小说的回潮并非一个兴盛的创作现象，其创作数量不多，且都集中于老一代知识分子作家，如陈翔鹤的《陶渊明写〈挽歌〉》《广陵散》，黄秋耘的《杜子美还家》，冯至的《白发生黑丝》等；但在激进主义文学思潮主导下日益公式化、概念化的文学创作界，这些短篇创作显得艺术格外鲜明。

综而言之，历史小说文体形式本身所蕴含的表达思想和社会反映度，得益于“以古讽今”的创作意旨。讽刺性和现实主义是现代历史小说的两大独门武功，体现了现代作家借助历史表达对现实世态看法的一种主体意识和精神行为。然而，进入“当代”以后，这种创作形式迅速地沉寂，难以适应和融入一体化文学生产体制。当短篇历史小说再度出现时，似乎看不到其现代文体形式的特长，感受不出强烈的主体创作意识，缺乏明显的现实针砭性。尽管作家们在选取历史人物作为写作素材时有了同样的现实考量和历史视角，表达他们对知识分子生活清高的赞许和对权贵阶层的鄙视；但作品不敢有太明显的针砭现实的批判意图，反而在作品中出现了较多附和时代意识的观念，如群众路线、知识分子接受工农教育等。这些“当代”观念显然是作家找到的历史与现实的契合点，否则难有历史小说创作的实施动机。小说中描绘了古代文人在日常生活中与下层人民同患难的劳动场景：嵇康宁愿在家打铁也不愿与黑暗的政治势力合污，陶渊明亲耕于田园，杜甫更是与下层人民打成一片，等等。小说一定程度上强调了古代知识分子对于人民朴素的阶级感情，而回避了他们所属“腐朽的”地主阶级集团的文人情感，使得作品有意识地与主流思潮靠近。只有考察当时的写作年代以及社会状况，如“大跃进”带给人民生活的饥荒和政治民主生活的混乱，才可推断这些历史小说家们隐隐地表达着针砭现实的批评意图。

这种含蓄的“讽今”意旨可以从小说的艺术形式上进一步考察，以此探究这些知识分子作家内心更隐晦的思想情感。我们可以发现，以上提到的历史短篇在情节构思上没有选取轰轰烈烈的政治斗争作为小说叙事核心，没有贯彻当时占主流的客观化、戏剧化的小说创作原则；而是通过日常生活化的场景描写，将古代文人的日常行为和内心表白作为主要表现的对象。陈翔鹤的《广陵散》正面叙写嵇康在家与儿女打铁自娱，却通过朋友向秀来访谈心，侧面反映了曹魏末年的政治斗争与黑暗现实。而这些侧面表现的情节内涵正是最能反映嵇康文人品格和心理，完成性格塑造的核心叙事元素；《陶渊明写〈挽歌〉》也多写陶渊明在东林寺回来以后的心情，并通过家庭生活中儿子的憨实、儿媳的体贴、孙子的撒娇等描写表现陶渊明精神上的自慰。然而，最能反映陶渊明“不为五斗米折腰”的清高品格是小说中那些反衬性的人物，如慧远和尚、周续之、刘遗民等一些表面清高的雅士，和王弘、檀道济等官场俗人，但这些人物均没有放在正面进行艺术刻画。黄秋耘的《杜子美还家》主要叙述杜甫在安史之乱中回家团聚、相濡以沫的家庭场景，以及父老乡亲与诗人的问候，而对社会的混乱、穷兵黩武的统治者的批判只是通过诗人的内心抒发，以此展现出其心忧天下黎民的情怀。冯至的

《白发生黑丝》写晚年杜甫流落潭州（长沙）的生活情景，小说着重表现诗人与下层人民同困苦、共患难的日常生活情形，而对混乱的社会局面、贪官污吏的横行都只是作为一种生活背景来显现。

上述短篇创作在叙事方式上呈现某种共通的形式表达：即多集中描写主人公的日常生活，且抒情意味浓厚，情节淡化；小说情节中很少出现恶势力的正面描写，所有的反面力量都只是通过侧面烘托作虚化处理。一方面可以看作是知识分子一贯倚仗运用自省式、散文化的表达方式，反映知识分子自身孤独的心理状态；另一方面我们也能体会到小说家们企图避开鲜明的现实立场和批判态度而做出一种含蓄化的艺术处理。显然，这种艺术形式上的特征正是时代心理的外在反映，暴露出当代知识分子作家普遍持有回避现实的心态，对政治混乱、饥荒不堪的社会现实冷眼旁观，而内心却充满隐隐的批判情绪。这种与时代政治保留距离感的特有心态和身份选择有别于当时的主流知识分子作家，如吴晗在历史剧创作中表达出鲜明的现实态度而最终导致他在现实政治上的获罪。

从少数的几篇历史小说形式分析中，我们可以清晰地认识到知识分子作家在“当代”政治生活中的边缘心态和社会角色；更有意义的是，这些短篇创作丰富了现代历史小说在“当代”艺术形式上的发展。60年代的历史短篇小说创作可以看成是创造了另一种“以古讽今”的艺术形式。他们在历史素材中找到类似的人物遭际与现实心境，运用散文化日常叙述、侧面烘托等含蓄表达方式，传达了对现实关怀的渴望；这种内心渴望是希望拥有一个知识分子与下层人民联结起来的清平世界，而不是“当代”政治所宣扬的知识分子与贫下中农结合的“阶级世界”。当知识分子成为阶级的一部分，其内心建构的理想生活形态在特殊的政治年代里就不可能实现。

这些老一代的知识分子作家是明智的，因为情况很快就恶化了；但他们又是软弱的，在史无前例的“文化大革命”之前，他们的退场和失语使得这段历史在文学史和精神史的书写上呈现出难言的空白。除了显示社会文化体制运行已然失效，我们很难找到与“黑暗时代”进行搏击的真的勇士。也因为没有了文学式的抗争，当“文革”结束之际，新时期文学中的政治控诉泛滥，我们感受到的只有文学对现实的“轰动”效应。

90年代进入市场化文学生产秩序之后，“新历史”小说创作成了先锋小说家与“新写实”小说家们共同挺进的写作园地。但小说家基本放弃了现代历史小说“以古讽今”的创作意旨和批判性的现实主义原则，而是借助于更新了的历史叙事观念，将历史“叙述”放置在历史“意义”的优先地位，撷取对历史任意叙说的自由权利，以满足市场化的欲望叙事需求。先锋小说家们给历史小说创作带入了先锋性的叙述行为，如把历史文本化、迷宫化、暧昧化等，历史事实业已不存，完全沦为虚构的对象；新写实小说家们具有将历史“还原”成鲜活的历史场景的叙事能力，但历史化过后却是一个个世俗化、戏谑化的故事消费形态。他们放弃了现实表达立场和注视对历史片断的生命体验，无法进入“内面化”的现代叙事。所以说，“新历史”小说创作在艺术形式的选择上远离了短篇小说的文体形式，对历史故事进行毫无节制的铺张渲染和叙述变形。在市场化的引导下，“新历史”小说的创作主体缺少个人的历史反思精神，没有真正构成对主流历史讲述方式的化解与反抗；容易踏入历史消费主义的陷阱，消失在快节奏的市场化运作行为之中。

二、“干预生活”与压抑自我

新中国成立以来的主流短篇小说创作在艺术精神上呈现出激情的一面，而在艺术形式上又呈现出保守和封闭的一面；这和40年代以来革命地域化的文学视野有关，特别是在民族解放战争中成长起来的“土著”作家们，获得的艺术资源不多。但新中国成立后开始崭露头角的一批青年作家，如刘宾雁、王蒙、陆文夫、宗璞、邓友梅、李国文、方之、刘绍棠等，开始具备了一定的艺术素养。他们不仅获得了相对稳定的生活和创作环境，而且多出身于知识分子家庭，或在文化部门工作而获得较多艺术方面的引导，或受大量译介的俄苏社会主义文艺的熏陶等。这批青年作家不仅在50年代中后期以独立的姿态走上“当代”文坛，而且在新时期文学史上继续证明了他们的存在，确实够得上是一批当代文学艺术的引领者。尽管他们依然在社会主义文化体制的框架下遵循革命现实主义的创作原则，但比起解放区成长起来的作家，他们敢于在题材上寻求突破，在叙述方式上寻求变化，如叙述视角的增多、心理描写分量的加重等；更重要的是，他们以短篇小说的方式截入社会的角落和禁区，“干预生活”的态度比农村题材的“问题小说”作家还要尖锐。

从时代环境因素看，50年代中期提出的“双百”方针，和苏联“解冻”文学思潮的影响，给了青年作家们较大的创作勇气和艺术探索的机会，产生了一段“干预生活潮流”的创作现象；但他们也为此付出了青年人的代价[①]。“干预生活潮流”的创作大多为短篇小说，在题材及主题的表现上多为暴露、倾诉型的针砭式叙事。今天看来，这些“重放的鲜花”一方面依然带有强烈的主旋律创作模式，坚持主题正确性原则；另一方面在题材的选取上多呈现被压抑的现实状态和情感形态；前者是50年代的时代主流套在青年作家身上的艺术成规，后者则是青年作家正在体验到的现实与情感生活。他们虽然也受到“激情年代”和青春气质的感染，但“不自由”的政治年代也给这些敏感的青年作家诸多现实压力和情感压抑。从艺术形式入手，分析这批“干预”型短篇小说的叙事特征，或许可以从文本形式史进而窥视到个体精神史的一斑。

---

① 受“反右”扩大化影响，这批作品随后被当成“毒草”批判，作家大多被定为“右派”；直到20多年后的1979年，上海文艺出版社编写组从这些被封杀多年的作品中选取了流沙河、刘宾雁、耿简、邓友梅等17位作者的作品，编辑为《重放的鲜花》出版。

吊诡的是，有着创新和冒险精神的青年作家，率先选择“干预生活”的形式策略竟然是“特写”。1956年《人民文学》连续发表刘宾雁的《在桥梁工地上》《本报内部消息》《本报内部消息（续）》和耿简的《爬在旗杆上的人》等作品，以“特写”的形式开始了对现实生活领域的文学干预。青年作家的艺术意图本是要以独立的文学审美姿态参与现实，摆脱新中国成立初期形成的通讯化、特写化的小说宣教形式；他们希望运用更为丰富的艺术手段对现实生活进行深层次的揭露和表达；但在新中国成立初的整体文化氛围之下，激进的文艺创作观念使得青年作家不自觉地选择了一种“干预生活潮流”的工具。这一方面受苏联“解冻”文学思潮的影响，另一方面也是长久以来中国左翼文学形态对时代生活激进参与姿态所形成的潜在影响。

“特写”作为报告文学的一种，属于新闻与文学的交叉文体；在20世纪30年代以来，小说新闻化（速写、通讯、特写等）成为较为流行的文体趋向，承担了浓厚的社会宣教功能。从新中国成立初期短篇小说的创作水准看，这一新闻与小说混杂的文体手段很好地配合了社会主义意识形态的文化建构；但在反映社会生活面上缺乏深度和广度，在艺术探索上呈现落后与滑坡的势态。其速写化的实用笔墨、通讯化的客观叙事模式，一直成为文学史评价中所诟病的方面。

如果说这种“特写”形式拉低了短篇小说的艺术水准；为何在文学试图提升审美表现时偏偏又是“特写”在艺术的舞台上表演呢？

我们可以在当时发表的这些近乎小说式的“特写”中找到答案。

首先，这些所谓的“特写”不同于新闻性的记者采访，文中设置了一个明显带有情感化的叙述者，使之富于小说化的艺术表现力，而不只是新闻式的客观报道。如《在桥梁工地上》中设置一位与主人公罗立正有过故交的“刘记者”，通过亦友亦记者的眼光对人物进行观察和评价；正是这种情感性的涉入，使得“罗立正”这一形象塑造比单纯的新闻人物丰满，更有立体感。其次，这些“特写”作品运用了多种虚构性的小说形式技巧，如过多的言行刻画、心理描写、叙述者的声音效果等，使得叙述充满主观性。如《本报内部消息》写到马文元在新中国成立后的变化时，用了较长的篇幅概括他的革命经历和思想变化。

……

本来，这种工作岗位，要求他经常保持紧张的战斗姿态，饱满的政治热情和强烈的生活兴趣。马文元呢，却慢慢失去了这些东西。他学会了使用自己手下的五名科员，在办公室里越坐越稳了。他也常常因此受到来自上面和下面的批评。这些批评对于别的人是一种鞭策，是一种最具体的帮助。马文元也对自己的这些缺点感到惭愧，但又总是找一些客观原因来原谅自己，例如工作忙呀，任务重呀，甚至还因为自己作了不少工作而觉得别人不体谅自己，因此有些委屈情绪。

这些内省化的心理刻画远远超出了文本设置的报道者“黄佳英”的外部视角；还有一位全知性的叙述者躲在文本背后，成为一种拥有虚构性权威的人，即小说家，而不是新闻报道者。此外，这些“特写”作品在主题思想的表达和人物形象塑造上运用了丰富的讽刺性艺术，抓住了现实环境中各种人物的精神面貌，从而提升到一种艺术的高度。

所以，这些“特写”作品正是借助了小说的艺术形式才很好地体现出“干预现实”的艺术功效。它使得小说保持了一种文本的张力，不仅具有揭露现实真相的功能，还具有良好的艺术感染力。“特写”作品发表时，《人民文学》编辑有意加了评述：“我们没有任何理由满足于真人真事真名真姓的一般化特写。我们不应该反对对于真人真事作适当的有益于真实性的加工。我们不应该反对作家可以选择各种生活侧面、各种有诗意的情节去刻画人物的精神面貌，而不一定大家都非正面地去写发明创造的事情或历史传记不可。我们也应该大力提倡那种用文学的概括手法写成的，并非真名真姓的特写。在目前，我们尤其应该提倡那种尖锐地提出问题的、批判的或讽刺性的特写，因为在这一方面我们还只是刚刚开始有了一些尝试。”[①] 显然，“特写”只有从新闻上升为小说，才能允许超出“真实”限度的艺术加工、文学概括及讽刺手法等。

---

① 何直（秦兆阳）:《从特写的真实性谈起》,《人民文学》，1956年第6期。

从“特写”作品的小说化特征以及权威编辑的评述可以见出，短篇小说表面上运用了当时流行的“特写”形式，而其内在的形式特征依然是“小说式”的艺术虚构。“特写”文体作为一种意识形态的传播工具，适应了近距离反映现实的时代要求；而“小说”文体则适合于间接表现和隐喻现实，成为一种曲折深层地反映现实的艺术手段。特写与小说的文体杂交可谓是“当代文学”生产的一大特色，它既反映了作家在现实面前复杂的创作心理，也是“当代文学”与政治意识形态纠缠不清的结果。所以，从某种程度上说，这一混杂文体的运用正是当代作家在参与现实批判时，为了避免在现实政治的壁垒面前所可能遭受到的获罪而寻求的一种“让步式”的艺术表现形式。

如果说以虚构的小说面孔出现的“特写”只是当代作家一种退让性的现实干预手段；那么，通过纯小说文体的方式“干预现实”则更能体现出一代青年作家在现实参与面前的复杂抗争，以及一种压抑性情感的内在转化。由此，我们也能从这些短篇作品中窥视到青年作家们的主体意识与现实政治较量的曲折心理。

这些“干预”型的短篇小说基本摆脱了主流小说那种固定单一的故事讲述者身份，采取灵活多变的叙述视角和多重的叙述层次，以至于我们今天可以通过细致的形式分析发现作品呈现出主题的多义性与含混性。一方面，青年作家有意识地表现一个“干预生活”的重大而正确的主题思想；另一方面又潜意识地在叙述中流露出青年人被压抑的情感状态。这种双重意识与当时青年作家的复杂情绪和创作心理是分不开的，或许也从某种程度上反映了青年作家在现代叙事技巧运用上的稚嫩。所以才会导致他们在表现现实生活时处于表达的两难之中，以至于出现了小说文本艺术上的某种“裂缝”。具体来说，即小说创作的主题呈现与“青年叙事”方式之间形成了不同程度的文本分裂。换句话说，即“形式”没能很好地为“内容”服务。

今天读来，这些艺术的“裂缝”深层地传达了他们复杂而微妙的创作心理。首先我们来重读最具代表性的文本——《组织部新来的青年人》。小说创作的主旨是表现社会主义体制下的内部矛盾，揭露官僚主义的工作作风；作者着力刻画了刘世吾、韩常新、王清泉等不同类型的官僚主义者，对社会主义制度下的不良现象进行揭露与干预。作者设置了一位“新来的青年人”——林震作为小说的叙事者并以他的见闻为主线；这样，小说叙事视角更容易以内聚焦方式表现主人公的主观情绪状态，而不是客观性的遭遇。小说不仅叙述了林震在与不同的官僚主义者接触时触发的工作热情以及现实参与面前受到的压制，而且还花更多的笔墨来叙述林震与赵慧文的情感交往，充分暴露了同一代青年人内心压抑的情感状态。

“赵慧文”这一文本角色显然不是小说中的配角，也不是小说反官僚主义的主题所能涵盖的人物形象。她传达的是作者潜意识中所渴望表达的那一代青年人普遍存在的内心情感状态。作为一名

"旧来的青年人"，她在林震眼里是一个富于诗意化的理想人物，给予他情感生活上的支持；她甚至比林震这位新人更清醒"当代"政治体制和组织生活。今天看来，小说的文本结构应该是一个等边的三角关系：林震—刘世吾—赵慧文。这个三角关系代表了小说在主题表现上可能呈现的两种向度：一种是林与刘的关系所构成的正面的思想主题，这一主题在现实政治生活上展开，属于小说的主线；另一种是林与赵的关系所构成的侧面的情感主题，这一主题在私人情感生活上展开，属于小说的暗线。这种不同性质的双线结构显然触犯了那个时代关于小说主题集中性的艺术惯例，从作家王蒙的创作目的以及那个年代批判的焦点来看都是如此。如果以主题集中论的标准评价这篇小说，叙述中的表现自然犯了主题不集中、情节游离的毛病。但在今天看来，我们反而从"赵慧文"这一角色和游离的叙述中看到了文本的丰富性，体会到了文本主题和艺术结构上的复杂性。而造成作品艺术上"成功"的原因并非青年王蒙在艺术水平上的成熟与含蓄，反倒是他本身的艺术经验稚嫩，以及他潜意识创作心理的控制弱化所产生的效果。"当代文学"一体化生产体制过于强调主题的重大与明确性，迫使作家的创作个性始终处于一种受压制的状态；而在"双百方针"对艺术要求稍稍松动的时候，由于青年作家对创作心理的控制力较弱，那种不敢直露的时代情绪反而以一种含混的艺术形式潜意识地表现出来。

正是在这一点上，小说当时就受到强烈的批评。认为"《组织部新来的青年人》，在它的客观的艺术效果上，向人们提出了一个值得认真考虑的问题：是用小资产阶级的狂热的偏激和梦想，来建设社会主义和反对官僚主义，还是用无产阶级的大公无私的忘我的激情和科学的‘现实主义’的态度，来建设社会主义和反对官僚主义？在这样一个根本性质的问题上，我以为作者王蒙同志是和他的人物林震一致的”①。这一批评显然不是针对小说的反官僚主义思想主题，而是对小说中过多表现了林与赵所构成的叙事向度的不满，对不够老到的艺术处理导致的主题含混性的不满。

“赵慧文”实际上是《组织部新来的青年人》中一个隐藏式的中心人物，用足球的术语叫“影子前锋”；她与刘世吾一样，揭示了“当代”现实生活的复杂面。所以，从今天的艺术标准看，若没有“赵慧文”这一角色的成功，《组织部新来的青年人》也就算不上那个时代的短篇佳作。这一切都归功于青年作家在思想形态上的敏感度和艺术形态上的稚嫩。

这种艺术表现不成熟的问题在《在悬崖上》也有同样的体现。小说设置了一个“熄灯之后”夜聊的集体场合轮流讲述自己的恋爱生活。这种公开讲述方式看上去跟同时代的主流小说叙述一样；但存在差异的是，革命历史小说的讲述者通常是代言人角色，以“亲历者”“老革命”“历史见证人”的地位来讲述一个合乎革命历史逻

① 李希凡：《评〈组织部新来的青年人〉》，《文汇报》，1957年2月9日。

辑的故事，而《在悬崖上》却是明显的私人化讲述。讲述者在讲述私人的情感故事，自己为自己的讲述承担责任，并时时受着公共意识的监督；所以，这就要求讲述效果的明朗化、公开化，甚至需要自我反省式的讲述来为私人性话题脱罪。

小说依然讲述了一个三角式的情感关系：叙述主角“我”是一名大学毕业的技术员；“妻”是单位的一名会计员，比“我”大两三岁，担任团支书职务，政治素质过硬，工作上进。婚后的生活比较和谐，妻子把家庭生活安排得像工作一样有条有理，并渐渐改掉了“我”不好的个人生活习惯。随着“我”调到设计院工作以后，认识了艺术学院毕业来的雕塑师“加丽亚”，她漂亮热情、生活浪漫、思想新潮。两人趣味相投，经常去电影院和音乐会；很快“我”就爱上了“加丽亚”，并提出要与“妻”离婚。紧接着面对的是周围舆论的压力和组织上的说服教育，但我一意孤行。只是到了后来，加丽亚的情感态度让我彻底失望以后，“我”才终于幡然悔悟，回到了“妻”的身边。

主题的正当性和结尾的合理性通过叙述者本人清楚地讲述出来，起到了“悬崖勒马”的警戒效果。考虑到讲述者受那个时代公共意识监督不得不追求思想正确性的因素，我们不禁要问：主人公“悬崖”边上的反省到底是主动的还是被动的？也许我们会以今天的标准质疑那个年代里人们的婚姻生活状态。从另一个方面看，故事讲述了私人情感生活在集体观念强烈的年代里所遭受到的一种现实围剿。在高度一体化的社会生活中，个人的爱情、婚姻、私人交往，甚至内心隐秘的念头等，所有的个人生活空间都被组织化、透明化了。集体主义是绝对正确的价值标准，个人观念是腐朽的资产阶级思想，个人生活的选择要符合集体生活的准则。所以，在那个年代，“妻”是好青年的生活榜样，“加丽亚”那种女性自然是带有资产阶级作风的、品质恶劣的女人形象；而离婚更是一种不道德的、见异思迁的行为。

所以，在主题正当性的背后，讲述者是真心在反思吗？在公共意识监督的背后，我们能发现讲述者在讲述过程中暴露的“破绽”。看似一切合理的故事进程实际上隐藏了叙述者内心的无奈和压制，公开化的讲述和结果的正当性迫使讲述者将内心情感的复杂体验简单化为一种道德上的选择，将鲜活的恋爱生活转化为一个警戒式的教育故事。这种监督化的公共讲述背后存在着恋爱叙述的极大漏洞，即故事讲述中情节设置的纤巧（妻子留信和我赶去车站），人物情感变化的突兀（加丽亚的情感态度），还有主人公内心转变的过程。故事讲述依然只是呈现出客观化和戏剧化的一面，讲述者省略了最隐秘的内心情感转变过程，将情感选择的错误责任推向了“加丽亚”的突变，将挽救情感的光荣任务放在了最后一刻的车站上，造成一种“悬崖勒马”“迷途知返”的道德胜利结局。这不禁让我们对讲述者故事化的生活真实情形产生怀疑。显然，讲述过程中有了大量的个人化选择，实际的恋爱生活中个人真实的情感体验及不和谐的思想意识都被讲述者过滤掉了，为了得到一个合理的故事结尾，主人公只好来一个叙事的突转。从小说形式方面考察，或许这正是作家内心受到时代意识压抑后的一种创作心理，以至于在小说叙事的过程中露出了这一叙述“破绽”，这种“破绽”背后隐含着作家渴望表达却又不敢大胆表达的情感形式。

今天读来，《在悬崖上》这篇小说情节线索单一、情节设置纤巧，但作家选择的讲述方式却是深有意味的。它暴露了一切被压抑的复杂情感是如何变得单一、正确，符合了时代主题的标准。或许这也显示出作家在艺术处理上的不成熟，他无意中选择的讲述方式让我们在今天还能够窥视到小说形式背后那些无法传达的压抑情感状态。

跟王蒙、邓友梅比起来，宗璞和丰村算是艺术比较成熟的作家，而丰村更是迈入了中年作家的行列。但毫无疑问，《红豆》和《美丽》都是书写青年情感题材的短篇佳作。

《红豆》虽然讲述了人物在个人与历史之间选择人生道路的正确性，但她采用了一种个人化的女性视角。小说围绕女主人公江玫的叙述视角展开，这种叙述是纯个人化的，带有更多第三人称内聚焦式的独白；虽然叙述中也有简短的对话描写，但叙述风格显出主观性。当然，为了处理好主题的正确性，小说设置了50时代比较流行的“巧合”情节模式：女主角在学生时代选择革命，抛却了深爱的恋人；革命胜利后，她以革命干部的身份重新回到母校工作，回到了爱情发生的原点，并“巧合”地住进了原来的宿舍，发现了墙洞里的红豆盒子。《红豆》中的“巧合”情节设置紧扣住小说的题意，既形象地道出了主人公在人生选择上的正确性，又含蓄地表露了人物内心无法诉说的个人隐秘历史。相比而言，这一“巧合”设置除了确保小说叙事回到主题正确的处理上，还传达了小说主题的多义、含混性，体现出小说家丰富的艺术表现力。正如前文分析，“巧合”设置作为“十七年”农村题材短篇小说惯有的套路，呈现出主题的确定性和形式的封闭性；然而，与主流小说的全知叙述不同，《红豆》用一种独特的女性视角讲述巧合故事；这种个人化的叙述意图显示出与公共化的叙述意图不同的面貌，它具有一种将巧合中包藏的内容一一抖搂出来的叙事冲动。如果说故事的“巧合”设置需要表现出个人选择在历史转折关头体现出的时代正确性，是人物对于人生与事业把握之后的成功返回；那么，为什么小说却在个人化的女性叙述的推动下，娓娓地回想出受革命意志压抑住的情感思念呢？正如小说标题的主题意象“红豆”所暗示的，它指代的是爱情“相思”还是封存住了爱情的革命“相思盒”呢？这足以使得小说在形式表达上呈现含混性的一面。所以小说在当时遭到批判时，就被视为“是一种颓废的、脆弱的、不健康的小资产阶级个人主义的感伤。它会削弱人们的革命意志”。批评者清楚地感受到，作品“一当进入具体的艺术描写，作者的感情就完全被小资产阶级那种哀怨的、狭窄的诉不尽的个人主义感伤支配了"[1]。正是从这一点来看，小说确实在主题思想的表达与艺术形式的表现上存在分裂；但当时的批评者一味地上纲上线，只注重作品的阶级品质，不太注重"形式批评"。

《红豆》在今天品读依然难掩主题意蕴的丰富。从掩藏的"红豆"意象上，我们至今无法肯定，作家在创作的当时将哪个主题放置在正面表现，哪个是侧面流露。这也正是《红豆》的艺术魅力所在。《红豆》的知识分子趣味和表达的含蓄性使得它达到了很高的短篇艺术标准。

丰村的《美丽》依然是表现"青春"主题。从表层形式看，它的叙述方式依然是主流式的故事讲述。小说开头："这是今天现实生活中的一个故事，自然它是真实的。"设置了一个面向大众讲述的基本框架，强调了故事的真实性。这符合了当时主流叙事的特点，就像这一时期大多数短篇小说的叙述一样。然而，仔细体会我们就知道，故事的呈现并非"讲述"出来的形式，而是"聆听"出来的形式。因为小说并非叙述者"我"向读者讲述，而是"我"在听他人讲述。由"讲述"变为"聆听"，这之间存在较大的分别。因为讲述是向大众公开的形式，它强调讲述的声音效果和教育意义；而聆听却是个人接受的形式，它更注重听者个人心里的反应。于是我们看到，小说在"我"听从季凤珠大姐讲述的故事框架中，不自觉地又将季

① 姚文元：《文学上的修正主义思潮和创作倾向》，《人民文学》，1957年第11期。

凤珠的讲述转换成了第二层叙述者“我”的见闻自述，继而成了季凤珠在与季玉洁的火车偶遇过程中听众侄女讲述自己的故事；这样产生了第三层“我”的讲述，前两个讲述者均转换成了聆听者。所以，小说是用三重的叙述者“我”讲述了一个关于爱情与事业纠葛的故事：第一个叙述者“我”成为聆听者后，转换成的第二个“我”为季大姐，接着她又成了主人公季玉洁（侄女）的私人聆听者，转换到故事讲述的第三层则是小说主人公季玉洁对自己私人情感生活的讲述。这一形式意味复杂而多义，它将讲述者的主动行为几乎隐匿了，双重的“我”均是聆听者，反而为故事的讲述开辟了一个私人化的情感交流与传递空间，而不会受到公众意识的集体监视，并使得故事内核存在着多重可能性的听取效果。

剥开故事多层的叙事话语包装，我们看到了又一个标准的三角故事。主人公季玉洁美丽、能干，受到组织上的重点培养，安排在一位首长身边做秘书工作。由于首长忘我的革命工作，季玉洁承担了过多的日常生活照料任务；过于亲近的关系遭到首长爱人姚大姐的猜疑和仇视，她一直在家养病，担心自己深爱的丈夫会被年轻的季玉洁夺走。但首长对两个女人之间的矛盾心理始终处于不知晓的状态。之后，姚大姐在医院里去世，留给在身边照顾她的季玉洁一双仇恨的眼神。再后，季玉洁自然还是待在首长身边承担日常工作，当首长对她表达爱意时，尽管她也爱着首长，却忘不了姚大姐仇恨的眼睛而不敢接受。最后，首长另娶了一位爱人，季玉洁升为主任后也忘我地工作，将个人的情感抛在了一边，成为一名出色的干部。

这种革命干部之间的三角情感关系可以构成某种情节模式，诸如“精神恋爱”“师生恋”“办公室恋情”等，在当代文学作品中反复出现。如果往后追索，读者也许能发现，如80年代张洁的小说《爱，是不能忘记的》中的情节形态，再往后到90年代开始的官场反腐小说。前者是书写一名女性与老干部之间的理想精神之恋，后者则是世俗化的社会道德剧。然而，在50年代的叙事逻辑中，不仅首长的形象被放置到虚化的背面，没有将男性主角提到道德与爱情的抉择点上；而且女主人公的情感行为最终也被旁观者“我”（季凤珠）的视线所代替，完全是一出无尾的情感戏。小说到底要表现什么呢？是塑造女主人公经历锻炼和考验最后成熟为一名优秀的党的干部？还是表达主人公在体制化的工作生活中默默奉献了美丽的青春，私人情感逐渐压抑而转化成一个工作狂？即便是今天的读者来判断，小说的主题也足够隐晦、含混。小说中讲述者（季凤珠）在观察中曾这样道出女主人公的隐忧：

> 她过去的勇敢和大胆，被慎重所压制了，而她的热情埋没在严肃中间了。她的纯黑的外套和蓝色的制服，以及她的那种平梳的发式，都使我感觉到玉洁这孩子是努力使自己脱离青年人，而她的精神中间却偏偏隐藏着苦恼。

然而，小说的结尾讲述者季大姐又反复强调对主人公生活的信心，并发出这样的感叹：“是么？是么？一个事业上的胜利者，在生活上会是败北的么？”谈到侄女的生活时又说：“你看着，玉洁会是幸福的。她怎么会不幸福呢？”如此反复加反问的强调，让叙述者语言或者说聆听者心理都处在一片矛盾、含混的判别之中。

小说《美丽》用“聆听”来转换讲述故事的方式很大程度上是作家的有意为之。跟《在悬崖上》上讲述方式不同，在当代文化政治浓厚的社会氛围中，作家冒险地讲述出一位首长与秘书的爱情故事，需要极小心地避免将二者的任何一方推向现实道德的前台。所以，作家只能以一种层层设置的叙事包装，小心地讲述一个关于青年人情感生活的故事，而将这段情感生活所可能指向的社会政治与道德结果压抑在小说讲述的黑暗当中。从这篇小说独特的形式意蕴我们可以理解到：一方面，《美丽》的作者在故事讲述的内容上小心地避开政治与道德性的嫌疑，突出主题的正当性与明确性，通过季玉洁的自身讲述和知心亲友的“聆听”，很“安全”地表现青年女性在人生事业上的“美丽”风采；另一方面，在故事讲述的方式上，作者以三重的叙述者转换设置小心地传达写作主体内心复杂的情感态度和创作心理，将当代体制化的社会文化氛围扼制个人的美丽青春这一无法正面言说的社会禁忌隐晦地传达出来，从而使得小说内部产生了丰富的形式意味。

通过以上几部有代表性的作品叙事形式分析可见，这些“干预生活”的短篇作品充分暴露了青年作家在叙事形式运用上的艺术问题，以及他们在复杂的社会环境下隐晦、压抑的创作心理。在其他“干预生活潮流”的小说中，我们仍然可以体会到作家在面临文艺指导的统一化要求下，通过艺术形式上的独特表达瓦解主题单一性和正确性的冲动，从而表现出“青年叙述”的创作个性。整体而言，这种个性意识的抗争是压抑式的流露，是潜在意识的表达。他们在真正干预到现实的深度上还显得远远不够；无论是对官僚主义的批判，还是对错误的情感生活的反省，他们均只是“点到为止”。如在《组织部新来的青年人》中的刘世吾、《本报内部消息》中的马文元等官僚主义形象的塑造上，他们仅从个人的思想变化寻找热情消退的原因，而对人物的思想根源挖掘不深。正如评论家李复威指出：“由于时代条件和作者主观认识的限制，小说对这个人物的动机分析和渊源阐释是不充分的，作者看到了这种人物，并真实地加以反映，但还没有完全认识他、理解他。在当时的条件下，作者和读者都没有可能意识到去探究一下党内‘左’的倾向与产生这类人物的复杂联系。也许刘世吾身上所体现出来的‘消极’和‘疲惫’，正是对当时教条主义风气的某种扭曲性的朦胧性的不满和反感。”[①] 而在关于情感题材的小说中，无论是《红豆》中的江玫的内心回忆、《在悬崖上》的技术员的自我解剖，还是《美丽》中季玉洁与季凤珠之

① 刘锡庆:《新中国文学史略》，北京：北京师范大学出版社，1996年，第55页。

间的讲述与聆听，无疑都只停留在对个人情感的不幸作缅怀和屈服上，而不敢对压抑个人情感生活的社会根源作太多的暴露。

这些“干预生活”的短篇小说虽然出现思想主题与艺术形式之间的“裂缝”，但依然值得肯定的是，50年代的青年作家没有固守保守的艺术法则来“粉饰太平”；而是在寻求艺术表达的多样性上与一体化文学生产制度展开了“迂回作战”。这些后来被誉为“重放的鲜花”的作品带给我们的阅读意义不仅是文学本身的审美价值，更具有丰富的文学史意义。它们在艺术上直接为“新时期文学”开启了道路。

就文学形象的塑造而言，这些作品形成的几种基本的人物类型在新时期文学中反复出现：首先是那些热情冲动、充满理想却在个人情感生活上受到压抑的主人公形象，如林震、黄佳英、江玫、季玉洁，还有《入党》中倔强的韩梅，《西苑草》里的黄家萍，《寒夜的别离》中的南燕等；其次是那些在现存体制中失去工作热情的官僚主义者，如前面提及的刘世吾、罗立正、马文元，还有《爬在旗杆上的人》中的朱光、《入党》中的李海山院长、《沉默》中的区长、《科长》中的刘局长，等等；还有一种在当代体制中生存下来，能够见风使舵、随势而转的“风派”人物形象，如《组织部新来的青年人》中的韩常新、《科长》中的王科长、《爬在旗杆上的人》中的李震、《灰色的帆篷》中的孔令顺等；最后一类则是具有才华、善良却遭遇不幸或冷遇的人物形象，如《改选》中的“老好”郝魁山、《平原的颂歌》中的章波、《西苑草》中的蒲塞风、《小巷深处》中的徐文霞等。以上四种类型的人物形象，我们在后来的伤痕、反思、改革小说中均能找到诸多熟悉的身影。

50年代“干预生活”小说所塑造的四类小说形象，代表了一代青年作家对于所处时代社会认识的广度和深度，也是他们敏感的艺术个性与“当代”体制化的社会现实柔弱地碰撞出的艺术结果。这些人物形象在当代文学发展史上证明了它们的艺术生命力，从而也证明了当时受到批判的青年作家在反映“当代”社会现实的认识水平上具有一定的真实性。它引领今天的我们去认识那个历史年代的丰富性，去质疑那个压抑的年代：为什么社会主义政治体制下会产生形形色色的官僚主义者？为什么社会主义的新制度下善良的人会继续遭受不幸的生活命运？为什么在直面现实的真实报道时却要借助于小说虚构的方式？为什么在讲述情感生活故事时作家采用的艺术形式和思想主题之间存在较大的“裂缝”？

显然，没有艺术就没有表达！在那个压抑的年代里，“干预生活潮流”的作者们努力寻求一种艺术形式释放自我表达的压抑性情感体验；这种压抑性的体验或在人物形象的塑造当中流露，或在艺术形式的选择上潜意识地传达出来。

三、“现代派”的个人主义气质

新时期文学之初，王蒙、宗璞、李陀、高行健等小说文体意识开放的作家已经开始了“现代派”短篇小说的技法实验；从马原开始，苏童、余华、格非、孙甘露等先锋小说家们更是在小说形式实验上乐此不疲。反而是命名为“现代派”的小说家，如徐星、刘索拉等，其小说的叙述方式更多接近于早期现实主义文学中对叛逆化的形象塑造和追求个性化的语言风格。他们没有刻意运用西方现代派文学手法，追求文体形式的新颖度；而是作为个人化的文学思想表达者，其创作体现出一种个性化的现代精神气质，似乎有了一些西方现代派文学的影子。正是基于这一点，80年代理论批评家们才将同时代出现的“现代派小说”和“先锋小说”划分开来，并引出了一番争论。

80年代关于“现代派”小说的真伪问题，一时众说纷纭。当一种新的文学形式或理论术语介入当代文学批评现场时，持各种文学与理论观念之人总是要相互较量，在文学话语场域争取优先言说权。“现代派”命名之争几乎像“朦胧诗”命名一样遭到诋毁与贬斥，其中饱含着太多复杂的情绪观念，或对西方“现代派”艺术的追崇，或对西方“现代派”文学思想的警惕等。因为前者，所以我们不会有真正的“现代派”；因为后者，所以我们只能矫情地虚构一种现代主义的情绪。总之，两者都反映出批评者对西方现代主义文艺进入当代中国的“影响的焦虑”。

然而，时间是最好的权威。当时代流转、话语沉积之后，历史的评价也就渐次稳定了下来，谁是谁非自然能一见分晓。洪子诚在《中国当代文学史》借贺桂梅的研究话语肯定到：这一争论的启发性之处，不在于做出有关现代派“真/伪”的判断，而是产生这一“真/伪”分析的“知识类型和话语结构”；它揭示了“西方‘现代派’作为‘异己’（同时也是理想的文学榜样）参照系的存在，形成了80年代文学变革的持续动力”。[①]

文学论争最终指向对历史的开放性态度，只有符合当代文学史规律才是文学进步的正途。今天的我们已经走出了“现代派”命名的泥潭，脱离前人那种“影响的焦虑”，所以再去纠缠这些真伪问题显然不合时宜；但是，在这种争论背后，我们是不是可以再次回首细察一下，以开放性的世界文学格局为横向视野的“现代派”真伪之争的话语结构背后，是否可能掩盖了另一种历史的真实来源——中国本土“现代文学”对80年代现代派文学的纵向遗传？

40年代末，“现代文学”的传统已经式微，持守“启蒙者/文学家”这一个体思想者身份的“现代作家”在民族国家的道路趋于左转的大势下，其“现代文学”的创作处于矛盾的胶着状态，陷入了“个人艺术自由/民族国家改造”的二元选择之中。当艺术创作被宏大的国家体制化规范之后，这种“挣扎”的内心状态逐渐消失，“现代作家”与“现代文学”一并进入无法言说的困境。尽管“现代作家”的命运各异，但其文学创作几乎停滞的处境大都相似。[②] 与时

① 洪子诚:《中国当代文学史》(修订版)，北京:北京大学出版社，2007年，第293页。

② 贺桂梅:《转折的年代：40—50年代作家研究》，济南：山东教育出版社，2003年，第10页。

俱起的是左翼文学传统的代言人文学样式，文学家们不再需要承担个体思想者的责任，只需举起时代传声筒的号角，将表达个体精神的文学命运依附到宏大的民族国家体制的战车上。

沉寂了30年之后，新时期迎来了伤痕、反思文学的热浪。至今还有研究者或文学史家确信新时期小说继承了“现代文学”的五四现实主义传统，是向“人的回归”，关注大写人的尊严与价值的启蒙主义思想回归；但他们很少确认紧随其后的“现代派”文学也是“现代文学”的传统回归。为何80年代的“现代派”小说不是在回归现代文学的启蒙传统呢？其反叛式的个人主义形象塑造，以及另类的个性表达风格，与五四文学观念似乎更为契合。

对于这一点，80年代的批评家肯定无法认同。“现代派”小说跟伤痕、反思主题的小说几乎不是同一种文学表达系统，也不是同一种文学价值观念及形式法则，前者甚至是在反叛后者的文学规则；而且，更明确的反对意见是：首先，“现代派”作家直接受西方“现代派”作品的影响，无论是“文革”中的“内参读物”，还是“文革”后公开译介的出版物，均是中国“现代派”文学和青年作家最直接的知识来源与艺术创新的基础[①]；其次，在中国现代文学传统的格局中，只有40年代的“新感觉派”小说创作似乎算得上现代主义，

---

① 贺桂梅：《后／冷战情境中的现代主义文化政治——西方“现代派”和80年代中国文学》，《上海文学》，2007年第4期。

而鲁迅开创的中国现代小说一直被奉为现实主义文学标杆。没有任何根据证明，作为现代主义小说创作方法的“新感觉派”会影响到80年代的“现代派”作家们。

然而，从文学精神史和形式演变规律着眼，情况或许不那么简单。首先，我们并不怀疑西方现代派文学对80年代中国“现代派”的直接影响力，这是早已被广泛认可的文学事实；其次，我们要考虑的是，为什么80年代的文学环境会出现两种形态的具有现代主义倾向的小说创作：一是“表现了对于小说的精神气质更多的关注”的“现代派小说”，二是“有着更鲜明的‘文体’（或小说‘范式’）实验的指向”的“先锋小说”。[①] 他们的出现只是受同一潮流（西方现代主义文学思潮）中不同具体流派文学（如象征主义、存在主义、表现主义、意识流、超现实主义、魔幻现实主义、荒诞派、“垮掉的一代”、黑色幽默，等等）影响的背景差异吗？批评家不认同本土“现代派小说”归因于中外时代语境和文化内涵上的差异，认为西方现代派文学“反抗现代社会的‘非理性’精神”，本土的“现代派小说”是后“文革”时代“对于人性、自由精神，对于主体创造性追求的‘情绪历史’”。[②] 今天看来，80年代的批评家过多地纠结于“现代派”的现代主义思想观念，并未从文学形式上真正考察两种现代

① 洪子诚:《中国当代文学史》，北京：北京大学出版社，1999年，第337页。
② 同上。

主义小说倾向的形式内涵。

80年代“现代派”之“伪”的真正含义是什么？要考虑这些问题，就需要重新梳理以下问题：一、关于“伪现代派”之争多关注“我”与“他”这样一组世界文学格局的内外部关系上，很少考虑“自我”与“本我”这样一组中国现代性文学格局的内部关系，即“本土性”而非“伪”性；二、在中西文学与文化的“碰撞—影响”机制下，这一认知结构掩盖了80年代“现代派”文学向中国现代文学传统回归的视线；三、在主流意识形态话语的遮蔽下，“伪现代派”小说作家及人物塑造一度被看成是正常社会体制的“叛逆者”和“另类”，而早期的中国现代文学开创者的“叛逆”身份却被历史转换成革命者、先驱者。虽然同处于从封闭到开放的现代化、民主化进程的转换期，但“伪现代派”却成了80年代正常社会改革体制中的另类、受压抑的一代，无法排上前辈的谱系；四、80年代的“现代派”由否定（争论之初）到肯定（文学史的评价）的认同过程，其最大的催化剂还是西方现代主义文学，并完全得益于西方文学谱系的权威影响。事实上，80年代“现代派”小说作家及作品容量完全够不上当代文学史应有的地位，跟“先锋小说”作家群比较只能算是一种过渡性的前奏。

梳理完这些问题之后，我们会发现，80年代“现代派”小说的思想内涵之“伪”翻转成另一面则显露出形式意蕴之“真”来。“现代派”作家们没有明确的文体形式意识，而是沿着早期“现代文学”的精神维度，从个人主义文学思潮或现代个体精神气质传承下来的一种文学形式；尽管他们处于后革命时代，却依然能碰上文学前辈们在40年代末从“现代文学”到“当代文学”转型过程中的表达困境。

在当代文学史叙述中，1985年发表刘索拉的《你别无选择》被看成具有“现代派”精神气质的典型代表作。小说叙述了一群就读于音乐学院的现代青年人的生活，塑造了新一代青年在艺术和人生价值上与现实环境的冲突和反叛，突出了向社会秩序进行挑战与反叛的自我选择，表现了个体自由和放任不羁的青年气质；叙述形式上，小说虽然采用全知视角，情节的写实性与叙述线条的逻辑性较强，但小说内在的叙述节奏却显得跳跃而率性，并融入个性化的场景描写与语言风格。显然，作者并没有刻意地模仿和借鉴西方经典“现代派”小说技巧挖掘社会生活的荒诞及性格心理的复杂，而是较为写实性地传达出当代青年的情绪特征和叛逆意识；可以说，小说在思想意蕴上的“现代”感比叙述形式上的“现代”味表现得更好一点。

“现代派”小说多以浓厚的个性主义思想气质带动文本叙述形式的变化。在这一点上，徐星的《无主题变奏》更鲜明地体现了“现代派”小说的形式规则。小说采用第一人称内聚焦方式符合典型的“现代派”主观叙事，通过叙述“我”与老Q的一段情感生活，展现“我”对于生活和艺术的一种自由无羁的态度。小说塑造了一个典型的“现代派”青年，他挣脱一切既定的社会秩序和社会标准，对世俗的价值标准不屑一顾，崇尚自由、个性的生活方式，对社会现实充满着叛逆心理。主人公的思想气质决定了小说在叙述方式上选择了一种高度自由化的叙述视角，即叙述者“我”与主人公“我”的高度重合，体现出个性化的叙述风格和语言风格，某种程度上带有自传性小说的色彩。

“现代派”小说中的个性主义气质与形式表达上的无羁状态，不仅对“新时期”文学规范与时代意识构成反叛，而且从文学思想本质上看具有一定程度的反体制性；个人主义的思想观念与形式意识对任何既成的社会文化体制都构成对抗关系。追溯个人主义文学思潮的根源，与其说80年代“现代派”青年作家是有意识地模仿西方现代派文学的个体精神与艺术成规，不如说是无意识地“模仿”了现代文学的开山者鲁迅的现代小说笔法。因为细心阅读发现，徐星的《无主题变奏》在叙述方式和短篇布局上几乎成为《伤逝》忏悔体的“翻版”。

首先，从叙述人称与视角看，都是运用第一人称的内聚焦方式。这种方式近似于五四时代的日记体和自叙性小说，但却更富于现代反省意识，有现代主义小说叙事的萌芽。叙述者“我”既面对自我进行内心自白，又近似于面对时代或读者进行坦白和反省，带有强烈的个人色彩和自省意识；不像50年代“干预生活潮流”的青年作家，表面的自我在有意识地传达时代主题的正确性，内心的自我却下意识地流露出受压抑的个人情绪。鲁迅在《彷徨》集明显有现代主义小说的艺术追求，除了《白光》《幸福的家庭》《肥皂》《高老夫子》《弟兄》等有意识流小说的雏形外，《伤逝》的主观化叙事中富于隐喻性、意识流、蒙太奇等现代叙事手法，一定程度上呈现了以心理型为主的现代心理小说的文体形态。

其次，两篇小说在具体的叙述方式上（如开篇方式、情节构成、“隔行”形式、结尾方式等）有很多的形式类同。如开篇方式，《伤逝》开头这样叙述：“如果我能够，我要写下我的悔恨和悲哀，为子君，为自己。”《无主题变奏》也这样开头：“也许我真的没有出息，也许。”几乎一样的句式，均运用了假设性副词起始、短句、近似的语气等，充满着对自我的质疑和忏悔。两篇的开头都创造了一种不确定性的情绪氛围，为故事的讲述定下了情感基调。

接下来我们还发现，两篇故事的情节构成那么地相似，都是通过回顾“我”与恋人之间失败的情感经历，袒露心路历程，并对造成情感创伤的社会秩序充满谴责。两篇小说均表达了个人与社会秩序对抗之后的失败感，以及无法改变的个体命运，具有强烈的自我反省意识。

两篇小说的段落结构均采用了“隔行”的形式。这种停顿式的隔行，是一种叙述的节奏感，也体现出充满情绪状态的叙述主体在故事讲述中的不确定性和主观化色彩。

同样，两篇小说的结尾也有较大的相近性。叙述者“我”都是通过大量的回叙最后重新回到现实，回到内心；整个讲述的过程充满一种疲倦感，和对未来生活的无奈与忏悔，最终却是告诉时代，“我”无力改变。《伤逝》的结尾：

> 但是，这却更虚空于新的生路；现在所有的只是初春的夜，竟还是那么长。我活着，我总得向着新的生路跨出去，那第一步，——却不过是写下我的悔恨和悲哀，为子君，为自己。
>
> 我仍然只有唱歌一般的哭声，给子君送葬，葬在遗忘中。
>
> 我要遗忘；我为自己，并且要不再想到这用了遗忘给子君送葬。
>
> 我要向着新的生路跨进第一步去，我要将真实深深地藏在心的创伤中，默默地前行，用遗忘和说谎做我的前导……

《无主题变奏》这样结尾：

> 我累了，我想回家。我想起妈妈一定为了给我换一条干净床单把我床上乱七八糟的书都放回书架上。今天我还要从书架上把《伪币制造者》拿下来继续读……
>
> 老Q，我还会给你写一篇故事。若干年后当你分配到某个团去拉琴，去为香港什么地方来的末流歌星们伴奏，下班后顺便买五毛钱肉馅和几个胡萝卜回家的时候，而我还会和现在一样，心情总是莫名其妙地愉愉快快、恍恍惚惚，过马路时不会

看看是否走在人行道……

这种叙述表达上的一致暗合了现代个人主义者心理状态与精神结构的一致性，也体现了“现代小说”文体形式所蕴含的现代意识和个体表达精神；然而，这种个体表达精神在20世纪80年代似乎久违得很，让人以为是从西方现代派文学中横向引进的思想意识。

再次，两篇小说在叙述时间安排和结构布局上也呈现出惊人的相似性。都是巧妙地截入，慢慢地通过回叙进入人物的心理时空（过去进行时）；最后叙事时间赶上了故事时间的步点，重新回到现在进行时。这样，叙述者的视角不是固定的，而是以自我讲述的速度丈量着故事里冗长的社会空间，强化个人情感空间的节奏感和色彩感。换句话说，貌似写实性的平铺叙述，实际上却是叙述者个人对现实空间进行塑形。这种巧妙的时间结构将大量的心理情绪压缩在高度自我化的现代叙述之中，在有限的审美结构中蕴藏了个性化的表达容量，体现了短篇小说的艺术匠心。

没有哪两部小说有如此多的形式类同，但这无疑与抄袭无关。究其源还是因为同样的精神心理决定了形式选择。这也从个案方式证明了形式史即精神史。对于“现代派”小说来说，思想状态带动形式变化，徐星与鲁迅之间的叙述“巧合”正是现代个人主义者在自我表达精神上的一致性。或许可以这么认为，80年代的“现代派小说”是在向中国现代小说源头做出回应，是“现代小说”创作在时隔60年之后的一次“回乡偶记”。乡音未改，鬓毛已衰，而我们却把它认作“外乡人”，认作是西方“现代派”教出的“徒弟”，甚至斥其为“伪现代派”。

60年一甲子，中国传统纪年的一个轮回。这仅仅是个巧合，因为中国现代小说不可能从个人主义思潮的源头重来。“人不能两次踏进同一条河流”，文学也一样。“现代文学”范式的“左转”在“文学现代化”道路上成就了它的一次次风光与劫难。深入中国当代文学骨髓中的宏大叙事与国家体制意识，深层地牵扯着80年代文学潮流难以向个人主义文学叙述回流。个人主义的文学很容易与当代文学生产体制产生直接对抗并走向失败，反对“资产阶级自由化”的意识形态斗争仍然在80时代高度警戒。所以，“现代派小说”的惊鸿一瞥，只是偶然浮现于“统一化”社会秩序之中；这也是为什么被命名为“现代派小说”的写作者寥寥无几，并迅速让位给形式实验的“先锋小说”。

与徐星、刘索拉的个人主义写作直接“挑衅”外在的社会文化秩序相比，残雪更多地将个体精神表达内化到“梦境”和抽象的世界秩序（“异境”）中去。显然，从精神气质上看，残雪的小说创作更接近西方现代派文学；从短篇文体上考察，她对现代派的荒诞与变形技巧有着更自觉的艺术形式追求。她似乎延续了前一代如宗璞、李陀等的现代派手段，将“文革”历史遭际作荒诞化艺术处理。但宗璞是作为“一代人”，从整体上控诉“文革”历史对知识分子的迫害，是理性的、宏观的艺术观照；而残雪却是在个人主义的精神根柢上与整个荒诞的社会秩序较劲。她的写作意义超越了对“文革”历史的批判，是对一切世俗的社会秩序中的恐惧与屈辱、镇压与迫害、变态与荒诞进行抗诉，对异化的生存处境进行灵魂的拷问。正如她所言：

> 灵魂在世俗中受压、扭曲、分裂、变形、遭受致命重创；说不尽的辛酸、屈辱和剧痛，说不尽的恐怖、绝望和悲愤；灵魂不说话，因为受到自身内部铁的桎梏的镇压。那是满目疮痍的大地上阵阵腥风血雨的风景。然而活的灵魂是绝不可能沉默的，反扑的阴谋经过酝酿终于爆发，在更为强力的高超和镇压中，起义更显出孤注一掷的悲壮。革命运动中，恍若隔世的奇异画面出现了——既是出自意志，又是无心的产物。[①]

这无疑成为她个体精神写作的宣言。“灵魂”的写作决定了残雪小说在叙述形式上的超越性，共短篇创作脱离写实情境，直接截入个人的精神之境，仿佛落枕梦现、天外飞仙一般，永远是“现在时”的状态；形式选择上的超现实意象、荒诞的异境、怪诞的变形，以

① 残雪:《异端境界》,《从未描述过的梦境——残雪短篇小说全集·前言》，北京：作家出版社，2004年。

及一些晦涩的动作、语言等构成了一个排他性的个人表意世界。看这些短篇小说的开头：

> 现在是半夜，朋友，外面漆黑，天上下大雨，院子里人群涌动，闹哄哄的，大雨打在他们的油布雨披上，“嘭嘭嘭嘭……”地响个不停。(《我在那个世界里的事情》)

> 那天外面雨漆漆的。风刮着，老桑树上桑葚儿“嚓嚓嚓”地落到瓦缝里。(《公牛》)

> 我的母亲化作了一木盆肥皂水。(《污水上的肥皂泡》)

> 从上个星期四以来，就一直落大雨。到今天早上，忽然雨停了，太阳很厉害地晒起来，将满院子的泥浆晒得臭烘烘的。(《阿梅在一个太阳天里的愁思》)

> 在我家屋后的荒山上，有一座木板搭起来的小屋。(《山上的小屋》)

这种迅速地截入异境的方式使得残雪小说在短篇结构布局上短小、急促，更像一首首现代派诗歌，语意晦涩却富有象征化意蕴，意象幻美犹如天马行空的梦魇。如果说她的代表短篇《山上的小屋》在构思方式上与《狂人日记》有某种相近之处，则她更多数的小说表达方式形同于鲁迅的散文诗集《野草》。这也是她作为一个坚定的现代个人主义写作者，在经受个体人格自我分裂的痛苦创伤时与“反抗绝望”的鲁迅获得了某种共通的精神体验和审美形式，接通了中国现代文学的“现代派”源头。从这种意义上说，残雪运用的不是西方现代派的技法，而是本来就属于她自身的特殊表达方式。

残雪小说的“现代派”形式风格依然是由其独特的个人思想意识表达所带动的。虽然西方现代主义文学资源对她有明确的影响，但她还是同刘索拉、徐星一样，在文本创作中显示出过于浓厚的个人精神气质；这种“精神前卫”与整个时代环境下的政治文化氛围难以相融，也与80年代的大众阅读接受层有某种程度的疏离。

短暂的“现代派”小说在文学精神上回归了中国现代小说的“正统”，但他们所处的时代环境无法留出个人主义文学的生存与批判空间；对于一切既定秩序的反叛导致他们像40年代末的前辈们一样的命运，走入早已让历史证明了的“现代文学”的书写困境。当文学史叙述在指认新时期之初的伤痕、反思文学对五四现代文学传统的回归时，我们不要忘记回归的是什么，是现代作家以“现代文学”的方式书写人生经验的个体表达传统，还是利用文学反映时代变革的社会写实传统。80年代的“现代派”文学某种程度上也在实现对现代文学书写传统的“回归”；但只有将宏大的启蒙主义思想与国家意识观念剥离之后才能发现这种真正的传统回归。

进而言之，我们在接受中国现代文学传统时曾将五四“启蒙文学”的传统看成是“现代文学”的全部传统；而忽略了“现代文学”开创者们对于个人主义文学的创造是文学革命的另一面。他们反抗的不只是在“传统/现代”维度上的落后社会与封建观念，以及“东方/西方”的反帝反殖民的世界观念；同时也在“个人/社会”维度上反抗当下社会秩序对个体的压迫。“现代性”的动力不仅来自对落后民族国家的焦虑和冲动；也来自对变化的、瞬间的现代人心灵改造的当下体验，这种体验正是作为个性解放、人的自由的“现代性”文学的本质内涵。“20世纪中国文学”的格局是现代中国人在个体生存与社会、国家、民族以及自我的磨砺中所完成的现代精神塑造过程。个体精神的叛逆与表达是“文学现代性”的永恒追求，它与时代意识形态的向背无关，与社会的动荡或和谐无关。文学是人的自我表达，也是对个体人的精神改造。从这种意义上说，文学是表达个体的，现代精神即是个体精神。

只有上升到文学格局层面的认同，才能真正提高我们反省中国现代文学的自身建构能力，将世界文学格局中的文学权利关系顺利转换为中国文学现代格局内部的血脉关系；从而能够正视文学自身的现代创作方式和精神表达的深层问题。无论是处于一种“第三世界”的文学处境之中，还是处于一种保守的民族文学的自律性之中，“走自己的路”都是中国文学现代性发展的正途。

当然，“个人主义”文学思潮并没有完全终结或扼杀。80年代中后期，“先锋小说”抢去了“现代派小说”的风头，也传染了一些残留的现代主义精神。虽然先锋小说家们的形式实验巧妙地回避了“现代派”个性思想表达自由的困境，以“形式”策略化解意识形态的“统一性”，寻求到一种不关乎思想意识的自我表达出口；但现代个性精神气质在他们身上并没有完全褪尽。先锋小说家们有时也用晦涩的叙述形式表达自我成长的曲折，隐含对社会秩序的无奈与抗争；在叙事形式的革命中流露出一些被压抑的个体精神气息，借助繁复多变、谜一般的叙事套路传达他们的内心意绪。这种意绪化浓厚的艺术结构似乎让我们看到了“现代派”的影子。如余华的《十八岁出门远行》、孙甘露的《我是少年酒坛子》、格非的《褐色鸟群》等，运用荒诞、无逻辑的叙事设置，梦呓般的虚构场景，传达出青年人内心关于成长、漂泊、与主流秩序对抗的秘密。评论家唐小兵将这些从先锋叙事文本中阅读到的多义性主题痕迹命名为一种“残存的现代主义”[①]。

面对复杂的时代意识和文本艺术形态，我们很难截然地将80年代以来的文学流派规划清楚。但从抽象性的文学思想考察，似乎有一个共同点让我们确信：个人表达意识是“文学现代性”路途

---

① 唐小兵：《残存的现代主义：关于自我的叙事》，《英雄与凡人的时代——解读20世纪》，上海：上海文艺出版社，2001年。

中的精神内驱力，无论开放的现实主义、“现代派”或“先锋小说”，还是90年代之后的文学形态。这也是早期现代短篇小说文体一开始就赋予的形式功能，以及体现出来的艺术精神。

历史事实再次证明：几乎紧跟“伪现代派”争论的身后，“重写文学史”活动开始了对五四现代文学传统的清理与反思[①]，这是一种历史巧合，还是一种逻辑式的文学反省？“现代文学”与个人主义文学思潮还“在路上”。

四、写实小说的反讽和批判

90年代市场化转型前后，中长篇小说创作的实力明显增强，而短篇小说创作的影响渐趋弱势。从文化思想和文化市场两方面考察，“寻根”小说追求宏大的民族文化建构，反而阻碍了地域文化小说向乡土抒情小说文体的回归，小说的形式感逐渐向中长篇文体迈进；“现代派小说”或受到个性思想表达上的限制，或进入自我精神化的实验文体，在主流意识和市场化的大众文化面前显得有些另

---

① 相关研究论文参见：陈思和等：《评论家对话》，《人民日报》，1989年2月14日；胡明：《“五四”文化精神的迷失与复归》，《文艺争鸣》，1989年第4期；夏中义：《历史无可避讳》，《文学评论》，1989年第4期；刘纳：《“五四”新文学的实绩与光影》，《上海文论》，1989年第6期；周来祥：《一种被长期忽略的深层的“五四”精神——近代对立精神对古典和谐模式的否定》，《文艺报》，1989年6月24日；等等。

类和隔膜；“先锋小说”作为80年代中后期最大的文学势力，从迷恋于叙事的形式实验转向虚构化的“新历史主义”文本世界，并受消费文化影响而增强故事的趣味性，逐渐向大众读者靠拢，淡化了短篇文体形式的独立意识。可以说，90年代之后小说创作中，能够保持清醒文体意识的短篇小说创作者似乎越来越少。

短篇小说本是一种非常敏感的文体。它的第一次没落是在新中国成立初期。由于一体化文学生产体制的建立和政治意识形态的控制力，尽管创作数量不减，但短篇小说的创作迎来了艺术上的大滑坡，其功能多被新闻写实体（通讯、报告、特写等）所取代；其后随着意识形态的松动及改革开放时代到来，短篇小说创作顽强挣扎并迎来勃兴；我们从连续多年的“全国优秀短篇小说评选获奖作品”（1979—1986）可见一斑；附着80年代后期到90年代文化市场体制的形成，短篇小说也开始了它的第二次沉落。小说流派的多元化、社会文化的多元化、市场需要的多元化等导致了纯文学文体观念及独立的文体意识越来越模糊不清，短篇小说文体在社会文化形态的转型过渡中失去了自己的身位感，而让位于中篇小说（“寻根”小说、先锋小说作家的后期创作大多以中长篇为最，“新写实”小说与“新历史”小说的代表作大都是中篇小说）。或者说，随着文化消费市场及电子书写手段的到来，作为文体边界的容量标准发生位移，活泼灵动的短篇小说“妹妹”长成了肥胖丰腴的中篇小说“姐姐”。

文化市场的崛起是阻碍短篇小说发展的首要原因吗？联想到

上世纪初，现代短篇小说正是在现代媒体与报刊的促进下才得以生长的。文化市场成了文学形式的物质载体，在早期的报刊市场上，现代短篇小说打败了长篇章回体小说连载的形式，取得了独立的文体地位。其优势得益于两点：一是用“最经济的文学手段”表现人生中“最精彩的一段或一方面”[①]，适应了快捷、竞争化的现代生活；二是现代短篇小说摆脱了“旧派把文学看作消遣品，看作游戏之事，看作载道之器，或竟看作牟利的商品”，而使它赋予了“表现人生的，诉通人与人间的情感，扩大人们的同情的”现代表意功能[②]，从而给创作主体以表达的充分自由，给读者以阅读的启迪，使得这一文体具有充分的自主性和生命力。可以说，短篇小说的兴盛与现代化的文化市场是分不开的。

然而，何以在靠近世纪末的文化市场上，短篇小说的身位感丧失了呢？1997年首届鲁迅文学奖设立了短篇小说单项奖，这是继1986年中断了全国优秀短篇小说评奖机制以后最有权威性的短篇小说奖项。就在这次评奖之后，批评家李敬泽谈到近几年短篇小说创作整体状况时称，短篇小说已经成为一种相对“边缘”的体裁。他强调了市场化的秩序对短篇小说创作的侵蚀与冷落：

---

① 胡适:《论短篇小说》,《二十世纪中国小说理论资料》(第二卷)，第36—45页。

② 沈雁冰:《自然主义与中国现代小说》,《二十世纪中国小说理论资料》(第二卷)，第232—234页。

> 在文学生产和消费中，90年代以来一种新的体裁秩序已经形成，这种秩序中贯彻着无情的市场逻辑，决定着作家的想象力和艺术才能的分配，结果就是，现在很少有专写短篇小说的作家，短篇小说正在成为一种“余事”。

而他认为“其中的一个原因是，短篇小说由于它的规模限制，正在失去向大众提供故事资源的功能，在媒体的全面竞争下，它甚至很难唤起对于‘片断’的凝视，而这似乎是它的最后阵地”[①]。但文化市场不是制约短篇小说创作的真正根由，短篇小说失去文体形式的优势背后，潜藏着更深层的原因。

首先，世俗化浪潮下知识精英的立场后退导致了创作主体意识的弱化。

前文反复强调过，艺术即表达，只有渴望表达主体意识的创作者才能找到属于自己的独特匠心，这是短篇小说文体形式（接近于诗歌文体）所持有的艺术秉性。而当一名小说家的个性精神甘于限制，或主体意识不敏感时，他就很难借助短篇小说文体形式来表现思想情感的体验，而导致小说的中篇化、截入视角的平庸、结构的疏松、叙述的无节制等淡化短篇文体形式的趋向。

---

① 李敬泽：《共识的形成——关于短篇小说奖的笔记》，《鲁迅文学奖获奖作品丛书：短篇小说》，北京：华文出版社，1998年。

导致创作者主体心态敏感度的下降首先是世俗化的社会浪潮和政治意识形态对自由精英意识的警戒与压制。改革开放的社会局面给中国的社会形态带来了深刻的变化，它催促了经济体制的迅速变革，但政治体制改革还处于相对保守与稳妥当中。市场经济的自由带动着各种自由的文化政治思潮的抬头，而政治意识形态的保守性却强化了对自由思潮的控制与防范。中国的经济改革走向了一定程度的发展困境，社会各个领域发展的不平衡状态，更导致社会生活的内外不平衡状态，即思想舆论的紧张与经济生活的松弛，使得社会呈现出“断裂”性[①]，人们活在焦虑与不安的精神状态之中。社会改革的不彻底性很大程度上会导致社会发展与思想落后的悖论，并错误地引导了人们消费生活的观念，由此也造成了80年代中后期世俗化浪潮中一度精神失据的思想状况。

社会的结构形态发生了重大变化应该说是一次文化发展的机遇。比起思想意识控制过严的阶级革命年代，大众在自主生活方式上得到解放，大众文化心理需求也发生了深层次的变化，他们对物质生活的追求开始强过对精神信仰的寄托。随之而来的是，在世俗化浪潮的裹挟下，知识精英也通过放逐自我的形而上生存形式取得了大众性的身份，他们不再是精神世界的建构者和立法人，而成了

---

① “断裂”的概念引自于孙立平的《断裂——20世纪90年代以来的中国社会》一书，北京：社会科学文献出版社，2003年。

市场化秩序中充满竞争意识的职业人。王晓明教授在“人文精神”大讨论中描述过市场化冲击下知识精英所感受到的一种“后退”感：

> 但是，从一些似乎并不相关的现象，我却强烈地感受到一种共同的后退倾向，一种精神立足点的不由自主的后退，从“文学应该帮助人强化和发展对生活的感应能力”这个立场的后退，甚至是从“这个世界上确实存在着精神价值”这个立场的后退。①

这确实隐含了中国当代社会转型过程中现代知识分子所面临的两难选择。要么选择固有的精英姿态被“边缘化”，要么适应市场化的环境让出人文精神领域内的立法者身份。但最终他们都知道，现代性的社会结构转型是一个无法逆转的趋势，文学生产的市场秩序正是在一个更大的自由平台上牺牲了少数精英个体的主体意识，让更多的文化职业人得到解放。青年一代的叛逆者（现代派和先锋小说家们）也许在这个过程中已经获得了一些利益，并解体了精英主流阶层的“宏大叙事”结构和理想主义的承担意识；但作家在社会主义体制下的市场收益中也付出了代价，即他们无法得到像上世纪初现

---

① 王晓明等:《旷野上的废墟——文学与人文精神的危机》,《上海文学》，1993年第6期。

代文化精英对报刊媒体的主导权。市场化的运作必须依附于文化政治体制的权力才能得以实行；所以，当一种新的市场媒介权力诞生的时候，当代文学创作主体会发现他们陷落在两种权力的中间，成了一个无法公开对抗的“第三者”。他们丧失了文学创造的主体意识和艺术精神，甚至也失去了充当时代精神发言人的机会。他们只是一名个人化的职业写作者，或继续充当体制内的文化人身份。

第二，短篇小说的滑落当然也与市场化的新秩序有关。

市场化的崛起使得一种看不见的权力形态在潜在地影响大众的思想与生存意识；而文化媒体与市场消费导向深刻地影响了作家的写作方式。文化市场一旦成型就会构成独立的权力意志，形成新的市场秩序。它会将文化大众引向文学消费主义的道路；而作家也会在新的秩序中失去个体写作的主动性；不比现代媒体与报刊发展初期，均是知识分子在主导文化市场的权力运作，同人刊物、办刊宗旨、自主运营使得知识精英成为文化市场的主导者和核心元素。但80年代中后期，主流意识形态依然强势，文化思想领域仍未得到多元化方向的松动；新成型的文化市场秩序少了知识精英的主导参与，它不仅没能给文学生产体制解套，反而给独立自由的文学创作增加了新的牵制。一方面意识形态领域的监督仍然比较严密；另一方面，市场行为的过多涉入也使写作者的自由创作意识逐步淡化，写作仿佛只是成为市场消费中的一个生产环节。正如一些评论家所道出的：“现在更多的写作者基本上走的是由短篇而长篇的套路，对他们来说，短篇仿佛是一种练习文体，写作短篇不过是个热身，真正下功夫的都是长篇。这显然是一种功利主义的行为。但在一个逐渐以市场为法则的社会里，这好像又是可以理解的。”①

没有良好艺术素养的作家是写不好短篇小说的；同时，没有独立性的主体意识也不能运用好短篇小说这一文体形式。新中国成立后短篇小说尽管创作数量不少，但艺术严重滑坡在于作家队伍一是缺乏足够的艺术资源和艺术素养，二是创作者的表达愿望都让政治意识形态给规范化了；然而到了80年代中后期，已经摆脱了一体化文学生产体制的文学艺术，却在市场体制的多元文化需求中，再次陷入到滑落的境地。我们可以看到，在市场体制与主流意识形态的双重压迫下，短篇小说正逐渐地失去了其特有的文体功能和艺术精神。

第三，90年代的文学生态内部，作为“后卫”功能诗意化传达时代尾声的短篇小说创作并没有完全衰弱，只是缺乏之前的流派化书写趋向，这也几乎成了现代短篇小说文体的核心功能；而在其他文体功能的发挥方面，短篇小说也有过在写实主义形式方面的积极探索，如“新写实”和“新现实主义”小说，似乎成为一股生长的力量，发扬短篇文体形式的批判功能；但由于短篇小说文体意识及形式创新的动力不济，同样遭遇到自身的困顿而滑落。

---

① 汪政:《短篇小说的沉沦》,《中国当代文学研究》(2005年卷)，北京：文化艺术出版社，2006年，第109页。

作家并非完全被动的市场化主体，外部环境引起内部环境的变化更多呈现出文学的他律性；而文学内部的艺术规律及艺术传承无疑保持着自律性的一面。在八九十年代的时代转型过程中，文学依然发挥出独特的艺术功能和审美价值；从“新写实”小说到“新现实主义”小说，我们明显可以感受到短篇小说文体对现实的干预和批判意识。

“新写实”小说习惯于铺叙成篇，缺乏独特的视角和精细的裁剪布局，在情节构架上以自然时序而散开，不会有意识地突出艺术性的表达愿望。而主体视角的隐匿、情感“零度化”的写实风格，正好暴露了小说创造者自动放弃强烈的主体意识，也放弃了短篇小说文体的形式意识。尽管在叙事的流畅性上，“新写实”小说带给读者在阅读时间上的体验依然是短篇式的艺术感受（市场化时代下，文体量化的标准放松，使得“短篇”长成了“中篇”的形式）；但跟之前的小说中篇化不同，“新写实”小说的表意单纯而平实，没有宏大叙事的艺术构架和用心；日常生活化的细致写实解构了以往承载理想、崇高、雅致、深刻的文学精神，“零度”式的叙述风格解构了传统的典型现实主义范式，甚至给后者带来了一种形式上的反讽意味，或许这就是“新写实”小说给短篇文体带来的有限形式意义；然而，在“新写实”小说创作的背后，过于放松的艺术态度和叙述语言的无节制，使得我们越难发现小说家们的艺术匠心，反而越来越感受到小说家在取悦市场化运行下大众读者的阅读视野。

我们并非质疑“新写实”小说家们的艺术能力，不妨进入“新写实”的代表作细致分析文本中的形式意识。如池莉的《烦恼人生》，小说展现了作家对现实生活有意识的主体选择与截取方式；但由于作家欠缺对短篇小说形式的敏感度，致使在现实生活的截取上不是选择一个横断面，而是一块粗厚的生活样本。这烦琐的一天太长，里面不仅细致地描写了吃住拉撒的方方面面，而且还插入了主人公过去的生活回忆，以及爱情、事业、理想等等。这种铺叙成篇的厚厚一块反映的不是现代生活垂直的动态截面，而是浓缩版的平面化人生。如果拿同样书写繁杂的底层生活的《九十九度中》（林徽因）比较的话，则可见出“新写实”作家对现实生活的捕捉不仅缺乏立意与匠心，更缺乏一种“现代性”的空间意识。刘震云的《塔铺》存在同样的艺术问题，尽管作家截入到过去一段难忘的生活断面，但作者随着回忆的闸门冲开而任意放逐思绪，情绪的放任导致叙事上无节制，过于写实反而造成艺术空间没有留白，结构与布局上缺乏张力，仿佛作者在绵绵的情感回忆中忘却了艺术是一种创造；叙述主体的隐匿不能等同于创作主体意识的放弃。

不排除“新写实”小说受西方“新小说”形式策略的影响，或者在一种后现代主义式创作思维中反抗“宏大叙事”中的理想书写，达到现代主义的艺术反讽效果；但这些形式策略与观念影响或许只是批评家们的一厢情愿。事实上，市场化对文学阅读与消费的引导具有更大的诱惑力。1989年，南京《钟山》杂志开辟了一个《新写实小说大联展》专栏。正是借助媒体的力量，有力地推动了“新写实”小说的市场影响力。

同样在努力发挥短篇小说形式批评功能和艺术精神的还有同属于写实手法的“新现实主义”小说。与“新写实小说”的“零度”叙述相反，“新现实主义”小说家们走向了某种程度的“热度”叙述。尽管经历了80年代中后期文学疏离政治思想的多元化审美浪潮，但“新现实主义”小说还是在90年代掀起了一股文学回归现实政治生活的“左翼”书写热潮，形成“现实主义冲击波”。小说紧扣中国社会经济改革大潮中出现的诸多现实问题，以描写基层人物政治生活、强烈关注当下的现实生活为主题特征，体现出“左翼文学”式的对时代生活面的选材大视野、细致写实和客观剖析。代表作家有刘醒龙以及号称“三驾马车”的谈歌、关仁山、何申等。从小说的题材方式及主题呈现而言，他们的小说多关注某一特定领域的社会问题，通过人物的遭遇和情节线索表现对改革转型时代的批判主题。如刘醒龙的《凤凰琴》关注农村基层教育领域中因落后的体制问题所呈现的艰难窘境，他的《分享艰难》和关仁山的《大雪还乡》《九月还乡》等均关注乡镇企业改革领域的各种复杂的社会现象和矛盾，谈歌的《年底》《大厂》等则关注国有大中型企业的改革困境，何申的《年前年后》《信访办主任》多关注基层政府组织领域的腐败现实，等等。这些小说一定程度上发挥了短篇小说文体对社会现实的积极批判功能，有“问题小说”的创作意识。然而，小说家们缺乏对现实生活足够的艺术提炼，较多形而下地描绘了中国社会改革过程中的利益纷争、价值失衡和精神阵痛，不能从形而上层面寻求小说文体的形式结构及主题深化的精神结构。所以，这些作品虽以选择了中短篇小说文体的形式表现，但差不多都有中篇的篇幅，叙述内容庞杂、叙述语言缺乏节制，“选材不严、开掘不深”，缺乏严格的材料筛选，反映生活面貌的广度有余而深度不足。

更有甚者，“新现实主义”小说在描绘改革转型期的物欲膨胀、道德失范等一些社会丑恶现象时采取了自然主义式的再现，对社会形态分析多做二元对立的悖论式呈现，尤其是对于自我牺牲、个人尊严、道德价值换来的现实苟且、忍耐的写实方式没有清楚的叙事价值立场；从而在审美阅读过程中明显感受到“人文关怀和历史理性的缺失”。如《大厂》跪求厂里不要给自己女儿看病的小魏、《年底》中小李献身救厂、《卖厂》中张师傅卖肾救厂，等等，看似是一种宝贵的牺牲精神，“实际上是漠视普通人的尊严、价值和起码的生存权利，是在背离人文的道路上越走越远”[①]。

“新现实主义”小说发展到世纪末，题材不断地扩展，更加全景式地描写90年代的政治生活和经济改革；并形成了揭发体制改革过程中官场腐败的系列“反腐小说”。基于叙事的需要，作品的篇

---

① 童庆炳、陶东风：《人文关怀与历史理性的缺失——“新现实主义小说”再评价》，《文学评论》，1998年第4期。

幅及文体形态转向了长篇小说创作。

回头再看，“新现实主义小说”除了极少数的短篇创作，大多选择在中长篇小说创作领域。其企图重新焕发出的小说文体批评功能，也因文体感不强及创作主体精神不足，难以产生对大时代的审美观照，不仅导致文体创作上的中长篇结构散漫，甚至引来批评家对其“人文关怀”不足的指责。显然，从审美文体的精神气质看，“新现实主义小说”确实难以完全继承短篇小说直面社会的批判功能，从而也决定了其缺乏内在的艺术精神；反过来也一样，因缺乏独立性的主体精神决定了其在文体选择上缺乏恰当的形式感。

90年代以后的新型作家（如80后作家、网络作家等）更加无法摆脱市场化文学生产行为对独立写作状态的影响。他们甚至越来越成为市场化秩序中受益的职业写作者，所以在短篇小说创作领域难以投入，也难有建树。或许这本身就是某个社会发展阶段中的一种进步标志，中间正在孕育着新的文化秩序建构的主体力量，等待着短篇小说文体的重新召唤。不过我们也能看到，少数有艺术经验积累的中年作家仍在坚持对短篇小说文体的偏爱，如王安忆、铁凝、苏童、迟子建、刘庆邦、毕飞宇等。这些短篇小说家将自己的主体视野投向社会生存的底层，关注个体弱小者的心灵状态，他们最先感受到社会转型过程中的社会生存危机和个体精神病症，用活泼的艺术形式和艺术体验敏锐捕捉大时代发展中被遗忘、被忽视的人性动态，从而充分显示出短篇小说固有的文体优势。然而，在一个越来越密集化的信息传播年代，现代短篇小说的文本阅读方式也在面临新的选择；即使现代写作者仍然保持对短篇小说文体的形式偏好，但如何转换对短篇小说创作与阅读的传播方式也是值得考虑的，或许其中真的需要一场新的文体形式的变革！

参考文献

资料类：

《新中国文学纪事和重要著作年表》，仲呈祥编，成都：四川省社会科学院出版社，1984年。

《中国新文艺大系（1949—1966）·理论史料集》，北京：中国文联出版公司，1990年。

《中国新文艺大系（1976—1982）·史料集》，北京：中国文联出版公司，1990年。

《二十世纪中国小说理论资料》（第1—5卷），北京：北京大学出版社，1997年。

《中国当代文学史·史料选:1945—1999》，洪子诚主编，北京：长江文艺出版社，2002年。

"中国新时期文学研究资料汇编"，孔范今主编，济南：山东文艺出版社，2006年。

《中国当代文学编年史》，张健主编，济南：山东文艺出版社，2013年。

《中国当代文学批评史料编年》，吴俊主编，上海：华东师范大学出版社，2017年。

以及《人民文学》《文艺报》《小说月报》《小说选刊》等。

作品类：

《鲁迅全集》，北京：人民文学出版社，2005年。

《短篇小说集》（胡适译），合肥：安徽教育出版社，1999年。

《郁达夫全集》，杭州：浙江大学出版社，2006年。

《茅盾全集》，北京：人民文学出版社，1984年。

《废名集》，北京：北京大学出版社，2009年。

《沈从文全集》，太原：北岳文艺出版社，2002年。

《汪曾祺全集》，北京：北京师范大学出版社，1998年。

《张爱玲典藏全集》，哈尔滨：哈尔滨出版社，2003年。

“中国现代文学百家丛书”，中国现代文学馆编，北京：华夏出版社，2011年。

“中国文库（文学类）丛书”，北京：人民文学出版社，1990年。

《茅盾短篇小说集》（上、下），北京：人民文学出版社，1980年。

《丁玲短篇小说集》(上、下),北京:人民文学出版社,1981年。

《赵树理小说全集》,长春:时代文艺出版社,1997年。

《孙犁小说全集》,长春:时代文艺出版社,1998年。

《萧乾短篇小说选》,北京:人民文学出版社,1982年。

《中国现代各流派小说选》(第1—4册),严家炎编选,北京:北京大学出版社,1986年。

《短篇历史小说选》,吴秀明编选:长沙:湖南人民出版社,1983年。

《中国现代作家历史小说选》,上海:上海社会科学院出版社,1984年。

《短篇小说创作谈》,上海师范大学中文系文艺评论组,上海:上海人民出版社,1973年。

《朝霞文艺丛刊——序曲》,上海:上海人民出版社,1975年。

《重放的鲜花》,上海:上海文艺出版社,1979年。

《1979年全国优秀短篇小说评选获奖作品集》,《人民文学》编辑部编,上海:上海文艺出版社,1980年。

《1980年全国优秀短篇小说评选获奖作品集》,《人民文学》编辑部编,上海:上海文艺出版社,1981年。

《1981年全国优秀短篇小说评选获奖作品集》,《人民文学》编辑部编,上海:上海文艺出版社,1982年。

《1982年全国优秀短篇小说评选获奖作品集》,中国作家协会编，上海：上海文艺出版社，1983年。

《1983年全国优秀短篇小说评选获奖作品集》，《小说选刊》编辑部编，北京：作家出版社，1984年。

《1984年全国优秀短篇小说评选获奖作品集》，中国作家协会编，北京：作家出版社，1985年。

《1985—1986年全国优秀短篇小说评选获奖作品集》，中国作家协会编，北京：作家出版社，1988年。

《李准小说选》，成都：四川人民出版社，1981年。

《峻青小说选》，成都：四川人民出版社，1981年。

《马烽小说选》，成都：四川人民出版社，1983年。

《王愿坚小说选》，成都：四川人民出版社，1984年。

《最后一个渔佬儿》，北京：人民文学出版社，1985年。

"新时期流派小说精选丛书"，吴亮、章平、宗仁发编，长春：时代文艺出版社，1988年。

"跨世纪文丛"，武汉：长江文艺出版社，1989—1993年。

《苏童文集》，南京：江苏文艺出版社，1993年。

《马原文集》，北京：作家出版社，1997年。

《王蒙文存》，北京：人民文学出版社，2003年。

《中国当代短篇小说经典》，李敬泽编选，沈阳：春风文艺出版社，2003年。

《从未描述过的梦境：残雪短篇小说全集》(上、下)，北京：作家出版社，2004年。

“新生代作家小说精品丛书”，程绍武主编，北京：北京十月文艺出版社，1999年。

《鲁迅文学奖获奖作品丛书：短篇小说》，人民文学杂志社主编，北京：华文出版社，1998年。

《鲁迅文学奖获奖作品丛书：短篇小说》，陈建功、陈昌本主编，北京：华文出版社，2001年。

《第三届鲁迅文学奖获奖作品丛书：短篇小说》，中国作协评奖办公室主编，北京：华文出版社，2005年。

“布老虎短篇小说”丛书，沈阳：春风文艺出版社，2005年。

论著类：

毛泽东：《毛泽东选集》（第1—4卷），北京：人民出版社，1966年。

茅盾：《茅盾评论文集》（上、下），北京：人民文学出版社，1978年。

高行键：《现代小说技巧初探》，广州：花城出版社，1981年。

黄子平：《沉思的老树的精灵》，杭州：浙江文艺出版社，1986年。

洪子诚：《当代中国文学的艺术问题》，北京：北京大学出版社，1986年。

童庆炳:《文体与文体的创造》,昆明:云南人民出版社,1994年。

罗钢:《叙事学导论》,昆明:云南人民出版社,1994年。

陶东风:《文体演变及其文化意味》,昆明:云南人民出版社,1994年。

徐贲:《走向后现代与后殖民》,北京:中国社会科学出版社,1996年。

鲁迅:《中国小说史略》,北京:东方出版社,1996年。

刘锡庆主编:《新中国文学史略》,北京:北京师范大学出版社,1996年。

廖超慧:《中国现代文学思潮论争史》,武汉:武汉出版社,1997年。

申丹:《叙述学与小说文体学研究》,北京:北京大学出版社,1998年。

王晓明主编:《批评空间的开创》,上海:东方出版中心,1998年。

钱理群、温儒敏、吴福辉:《中国现代文学三十年》,北京:北京大学出版社,1998年。

洪子诚:《1956:百花时代》,济南:山东教育出版社,1998年。

洪子诚:《中国当代文学史》,北京:北京大学出版社,1999年。

许纪霖编:《二十世纪中国思想史论》(上、下),上海:东方出版中心,2000年。

黄子平:《“灰阑”中的叙述》,上海:上海文艺出版社,2001年。

唐小兵:《英雄与凡人的时代:解读20世纪》，上海:上海文艺出版社，2001年。

董之林:《追忆燃情岁月——五十年代小说艺术类型论》，郑州:河南人民出版社，2001年。

范智红:《世变缘常——四十年代小说论》，北京:人民文学出版社，2002年。

李洁非:《中国当代小说文体史论》，西安:陕西人民教育出版社，2002年。

庞守英:《新时期小说文体论》，济南:山东大学出版社，2002年。

洪子诚:《问题与方法》，北京:生活·读书·新知三联书店，2002年。

孙立平:《断裂——20世纪90年代以来的中国社会》，北京:社会科学文献出版社，2003年。

季桂起:《中国小说体式的现代转型与流变》，济南:山东大学出版社，2003年。

李杨:《50—70年代中国文学经典再解读》，济南:山东教育出版社，2003年。

陈平原:《中国小说叙事模式的转变》，北京:北京大学出版社，2003年。

贺桂梅:《转折的时代:40—50年代作家研究》，济南:山东教育出版社，2003年。

曹文轩:《二十世纪末中国文学现象研究》，北京：作家出版社，2003年。

董之林:《旧梦新知："十七年"小说论稿》，桂林：广西师范大学出版社，2004年。

夏德勇:《中国现代小说文体与文化论》，北京：中国广播电视出版社，2005年。

刘涛:《中国现代小说范畴论》，郑州:河南大学出版社,2005年。

温儒敏、李宪瑜、贺桂梅、姜涛等:《中国现当代文学学科概要》，北京：北京大学出版社，2005年。

杨匡汉主编:《20世纪中国文学经验》(上、下)，上海：东方出版中心，2006年。

杨聚臣等:《20世纪中国文学期刊与思潮(1949—2000)》，南昌：百花洲文艺出版社，2007年。

王本朝:《中国当代文学制度研究》，北京:新星出版社,2007年。

严家炎:《中国现代小说流派史》，武汉：长江文艺出版社，2009年。

张均:《中国当代文学制度研究(1949—1976)》，北京：北京大学出版社，2011年。

王晓冬:《中国现代中篇小说研究》，北京：中华书局，2012年。

王秀涛:《中国当代文学生产与传播制度研究》，北京：文化艺术出版社，2013年。

郭宝亮:《新时期小说文体形态研究》，北京：中国社会科学出版社，2014年。

张柠:《民国作家的观念与艺术》，济南：山东文艺出版社，2015年。

段崇轩:《中国当代短篇小说演变史》，北京：中国社会科学出版社，2015年。

郝敬波:《中国新时期短篇小说论稿》，北京：生活·读书·新知三联书店，2016年。

译著类：

[意]克罗齐著，朱光潜等译:《美学原理　美学纲要》，北京：外国文学出版社，1983年。

[美]韦勒克、沃伦著，刘象愚等译:《文学理论》，北京：生活·读书·新知三联书店，1984年。

[英]克莱夫·贝尔著，周金环等译:《艺术》，北京：中国文联出版公司，1984年。

[美]M.H.阿伯拉姆:《简明外国文学词典》，长沙：湖南人民出版社，1987年。

[法]波德莱尔著，郭宏安译:《波德莱尔美学论文选》，北京：人民文学出版社，1987年。

[俄]维克托·什克洛夫斯基等著，方珊等译:《俄国形式主义文论选》，北京：生活·读书·新知三联书店，1989年。

[法]热拉尔·热奈特著，王文融译:《叙事话语 新叙事话语》，北京：中国社会科学出版社，1990年。

[美]伊恩·P. 瓦特著，高原、董红钧译:《小说的兴起》，北京：生活·读书·新知三联书店，1992年。

[法]让-弗朗索瓦·利奥塔著，岛子译:《后现代状况——关于知识的报告》，长沙：湖南美术出版社，1996年。

[荷]D. 佛克马、E. 蚁布思著，俞国强译:《文学研究与文化参与》，北京：北京大学出版社，1996年。

[日]小野四平著，施小炜译:《中国近代白话短篇小说研究》，上海：上海古籍出版社，1997年。

[美]R. 麦克法夸尔、费正清编，谢亮生等译:《剑桥中华人民共和国史》，北京：中国社会科学出版社，1998年。

[美]雷内·韦勒克著，张金言译:《批评的概念》，北京：中国美术学院出版社，1999年。

[英]安东尼·吉登斯著，田禾译:《现代性的后果》，南京：译林出版社，2000年。

[法]伊夫·瓦岱著，田庆生译:《文学与现代性》，北京：北京大学出版社，2001年。

[德]卡尔·曼海姆著，艾彦译:《意识形态与乌托邦》，北京：

华夏出版社，2001年。

[日]近藤直子著，廖金球译:《有狼的风景》，北京：人民文学出版社，2001年。

[英]E.M. 福斯特著，朱乃长译:《小说面面观(英汉对照)》，中国对外翻译出版公司，2002年。

[美]J. 希利斯·米勒著，申丹译:《解读叙事》，北京：北京大学出版社，2002年。

[美]赛尔登著，魏晓明译:《革命中的中国：延安的道路》，北京：社会科学文献出版社，2002年。

[美]马泰·卡林内斯库著，顾爱彬、李瑞华译:《现代性的五副面孔》，北京：商务印书馆，2002年。

[日]柄谷行人著，赵京华译:《日本现代文学的起源》，北京：生活·读书·新知三联书店，2003年。

[英]拉曼·塞尔登编，刘象愚、陈永国等译:《文学批评理论——从柏拉图到现在》，北京：北京大学出版社，2003年。

[英]雷蒙·威廉斯著，刘建基译:《关键词：文化与社会的词汇》，北京：生活·读书·新知三联书店，2005年。

[美]华莱士·马丁著，伍晓明译:《当代叙事学》，北京：北京大学出版社，2005年。

论文类：

黄子平:《论中国当代短篇小说的艺术发展》,《文学评论》,1984年第5期。

吴亮:《马原的叙述圈套》,《当代作家评论》,1987年第3期。

王晓明等:《旷野上的废墟——文学与人文精神的危机》,《上海文学》,1993年第6期。

王富仁:《中国现代短篇小说发展的历史轨迹》,《鲁迅研究月刊》,1999年第9、10期。

严家炎、范智红:《小说艺术的多样开拓与探索:1937—1949年中短篇小说阅读琐记》,《小说评论》,2000年第1期。

萨支山:《“故事”与“抒情”:五六十年代短篇小说的两种可能性》,《中国现代文学研究丛刊》,2004年第2期。

汪政:《短篇小说的沉沦》,《中国当代文学研究》2005年卷,文化艺术出版社,2006年。

后　记

本书内容从撰写到出版经历了一个较长的过程。这一过程也伴随我对文学专业教研从激情投射回归到理性培养的过程，以至于我略略担心书中的一些观点传达是否已如教材编写一样过时。好在这是一本关于短篇小说文体的宏观性研究，跨度大，线索长，所以也不至于落尘太厚。譬如一列旧火车，虽然进入了提速的高铁时代，但列车运送旅客的道路和方向大体一致，只不过高铁能享受早到几个小时的优势。但早到的时间你未必能真正享受到，可能你又得匆匆赶路，或者继续等待下一列；比起我这种延缓上车或坐旧火车的人，你那积极往前的心情未必好得过我的懒散。自从进入文学研究领域，我越来越难专注于一件事的钻研，喜欢作游勇散兵状，或做些不相干的事；总要等到别人忙完准备散场时才去鼓足勇气做要紧的事。这样说来，这期间被我拖沓了的时间似乎有了借口。当朋友问起我这些年都做了什么，回答是成都天阴好喝茶呀！

最初的写作可以追溯到十几年前的博士论文开题，那时的我设计了一条美好的主线，即沿着知识分子写作者的“表达的舛途”，去探讨20世纪中国短篇小说文体中的形式问题。思想在寻找形式的过程中如何更好地表达？当他碰到无法表达的自由时又是如何寻求形式的帮助？借助于短篇小说这一文学形式史，梳理出文学思想史上作家艺术表达的精神史过程。但这条线索可能会显得太主观了，最后沦为我个人对文学史的一个单面化的不成熟认识。于是几年后，我改弦易辙，将本书的历时线索转换成短篇小说在20世纪文学史进程中呈现出的几种面相，并归结为相互联系、呼应、结构而成的“文体功能与艺术精神”。通过几年的时间，本书以短篇小说在文学与社会思潮中所彰显出的文体功能为核心，分析、论证其功能背后所散发出的现代艺术精神，企图在文本与历史之间，探讨文学形式史与思想史之间的互动生成关系。但由于个人精力及研究能力有限，本书还是存在资料掌握不充分及文本阅读面不够广泛之弊，致使本书的研究程度与个人的期待之间存在距离。于是，为了出版的需要，本书标题再次调整为短篇小说的“文体史研究”，一是强调其出版后的学科教学目标，二是强调本书仅仅为这一课题研究的初步阶段，取一个中性化的学术著作名称把本课题研究的下一步探究留给下一部作品来完成。

以上只是一些出版前的告白，希望本书能给同行读者带来一点阅读的前史。

本书得以出版，首先需要感谢经费的支持方——我就职的单位西南交通大学。本书受“西南交通大学研究生专著经费建设项目专项资助（项目编号：SWJTU-ZZ2022-051）”及人文学院学科建设经费共同资助；其次需要感谢人民文学出版社的课题审定组专家。为本书的出版，他们付出了诸多专业方面和事务方面的工作精力；最后我还要特别感谢张柠教授。他一直是我学术研究道路上的良师益友，从最早的撰写指导、评阅到出版前后的推介、撰序，均对本书产生了非常重要的影响。

言短意长，也符合短篇小说的文体规则。祝愿本书的出版能赶走疫情，自由喝茶、写作。

记于成都·艺术城

2022年11月22日